Rachid Boudjedra

# L'insolation



Denoël

Rachid Boudjedra est né en 1941 à Aïnt El-Beïda, en Algérie. Il a enseigné la philosophie jusqu'en 1972. Depuis, il se consacre à la littérature et au cinéma.

Romancier, il a publié notamment *La répudiation* (1969), *Topographie idéale pour une agression caractérisée* (1975), *L'escargot entêté* (1977), *Le désordre des choses* (1991), *Timimoun* (1994). Poète, il a publié *Pour ne plus rêver* (1965) et *Greffe* (1984).

Il est aussi le scénariste d'une dizaine de films dont *Chronique des années de braise*, qui a obtenu la Palme d'or au Festival de Cannes (1975).

L'œuvre de Rachid Boudjedra est traduite en une quinzaine de langues. Depuis 1982, il écrit principalement en arabe.

L'allusion à la plage la rendait folle et je faisais alors exprès d'y revenir pour la harceler des journées entières, au point qu'elle ne s'occupait plus des autres malades. L'exaspération ne la rendait pas vraiment mauvaise, mais elle lui donnait des airs de démente en blouse blanche. Je me demandais alors – sans oser le lui jeter à la face – pourquoi jamais personne n'avait songé à la prendre en traître, par-derrière, et à lui mettre la camisole de force afin qu'elle nous laissât tranquilles, ainsi que nos esprits habitués à se pavaner dans nos corps, en toute liberté? Elle était vraiment folle et j'en étais tout à fait sûr, quoique je fusse très mal placé pour pouvoir en juger. L'allusion à la maudite plage la mettait hors d'elle et au lieu de partir dans d'autres salles ou bien dans le jardin, elle restait assise sur le bord de mon lit à me regarder avec une haine tenace pendant tout le temps durant lequel j'embobinais mes discours à l'intérieur de ma tête. Lorsqu'elle exagérait, je devenais tout à coup susceptible et lui disais qu'elle était pitoyable. Elle retrouvait alors une sorte de sérénité et devenait quelque peu affectueuse. Je n'en étais que plus meurtri dans ma sagacité d'homme malade. Je partais dans d'interminables quintes de toux; essayais de me faire passer pour un phtisique afin de changer de pavillon. Echapper à l'horrible bonne femme m'aurait été d'un grand réconfort, mais elle veillait sur moi et tenait à ce que je reste sous sa terrible protection.

En attendant je lui pourrissais ses siestes chaudes et la traitais de haut chaque fois qu'elle m'ordonnait de me taire. Il n'y avait pas, d'ailleurs, que cette histoire de plage qui la rendait furieuse. Elle ne me croyait pas non plus quand je lui racontais par le menu comment j'avais été circoncis à l'âge de six ans, parmi les musiciens et les négresses, parmi – aussi – les élèves de l'école coranique et leur maître Si Lakhdar. Comme elle ne croyait jamais ce que je disais, je me mettais à lui raconter des histoires à dormir debout, ou bien de fausses histoires, ou bien encore des histoires réelles mais que je falsifiais totalement. Elle ne me croyait pas davantage. Elle se méfiait de moi. Des fois, la sonnette nous coupait et nous restions indécis pendant deux minutes, elle avait alors un petit air crédule et je la sentais sur le point d'abandonner toute réticence à mon égard. Mais à nouveau la sonnerie se mettait en branle et le voyant rouge s'allumait et s'éteignait comme pris de panique; elle partait alors en courant. L'attente douloureuse reprenait et il m'arrivait de ne plus la revoir pendant un jour ou deux. Que faisait-elle pendant ces longues absences? Elle ne le disait jamais et prenait son air des mauvais jours pour me houspiller (moi je mordais mon oreiller sous l'effet de l'humiliation; comment en étais-je arrivé à ce point? Devenu l'esclave de cette infirmière, de vingt ans mon aînée, je ne savais plus comment faire pour sortir de ses griffes. Elle, pavoisait à me voir pleurer et sa poitrine opulente se gonflait sous sa blouse blanche amidonnée. Elle aurait pu être ma mère mais elle ne faisait pas son âge et restait terriblement désirable).

Pourtant, je la connaissais bien cette histoire de plage; et comme elle ne voulait pas que je la lui raconte (ne parlons pas du médecin qui ne prenait pas les choses au tragique et qui avait des mains de boucher et des lunettes de donzelle), j'essayais – calmement – de me la raconter à moi-même, en prenant mon temps et mes aises. Dans ma tête, il m'arrivait souvent de rire tout seul, sans éveiller les soupçons de personne, en pensant à cette histoire de plage. Je ne l'avais quand même pas inventée! J'avais – toujours dans ma mémoire – mille et mille détails et je pourrais les décrire en mille pages. Certains jours, cependant, il m'arrivait de ne plus pouvoir rien dire à ce sujet. Je m'embrouillais quelque peu, mais j'étais tout à fait conscient de la violence qui m'était faite : de quel droit me gardait-on dans cette salle minable, livré à la flamme maussade de cette femme dominatrice et aux sarcasmes des autres malades, parasites et simulateurs! Que me reprochait-on au fond? Nadia ne savait jamais que répondre. Chaque fois que je lui posais une telle question, elle devenait provocante, ouvrait discrètement le haut de sa blouse et prenait des attitudes lascives. Je n'avais plus d'autre recours : j'oubliais mes revendications et me hâtais de la rejoindre dans une sorte de cagibi puant l'antiseptique et encombré de balais. Il n'y avait certes pas beaucoup de place mais elle avait appris – l'habitude aidant – à savoir juste écarter les jambes, étendue à même le sol, sans se cogner aux parois de l'affreux petit réduit. Là, elle jubilait, déchirait mes vêtements et avant même d'être pénétrée, elle avait déjà sur les cuisses l'abject liquide qui poissait tout et tuait en moi toute frénésie. Elle, arc-boutée à quelque manche à balai, jurait tout ce qu'elle pouvait contre ma passivité et tout en continuant à baver, elle me traitait de tous les noms. Pour me venger de cette mégère farfelue qui grinçait des dents et balançait ses cuisses à demi repliées, je pensais à d'autres femmes, à des photos de pin-up, à des positions excitantes, et finissais par la pénétrer profondément.

L'âcre odeur de la semence lui donnait l'impression d'un plaisir fou (en réalité, elle demeurait frigide!) Elle en voulait alors par-derrière et par-devant, par-devant et par-derrière. Elle marmonnait tout bas, et, toute à sa besogne, elle n'arrêtait pas de bouger dans le noir. Quelque chose, dans ma tête, me disait qu'elle était désirable malgré la peur du liquide épais qui n'arrêtait pas de couler de la blessure, mais il ne fallait pas me parler de sa poitrine! Tant qu'elle était cachée sous les vêtements, elle ne me dérangeait pas; au contraire, elle me semblait opulente et j'avais souvent envie de la tâter à travers le tissu de la blouse en nylon, mais dès qu'elle la dénudait, c'était le cauchemar! Elle avait un sein beaucoup plus gros que l'autre et lorsque je la voyais ainsi, j'étais partagé entre l'angoisse, le délire et le fou rire. A voir cette difformité, j'avais toujours l'impression qu'elle était ivre et qu'elle chaloupait à travers les rues d'une ville encombrée non seulement de voitures, de maisons, de devantures et de passants mais aussi de balais, de chiffons et de boîtes de produits d'entretien. Quelle fable inventer devant ce désastre et cette peur que j'avais de la voir tomber du côté du sein le plus gros, malgré mes efforts pour la retenir de l'autre côté, en secouant énergiquement l'autre sein, flasque, bleuté aux abords du téton volumineux? Elle riait de ma peur et disait que j'exagérais cette malformation de sa poitrine. Il n'y avait plus rien à dire. J'étais au bord de l'évanouissement et de l'écœurement face à cet optimisme viscéral. Je voyais, dans le petit jour qui filtrait à travers le vasistas du réduit où elle continuait à se rouler à même le sol, un spectacle lamentable. (Surtout ne me parle pas de cette circoncision, on aurait dû te couper le tout jusqu'aux testicules! Ça te sert à quoi cette chose-là, sinon à t'alourdir et à te gêner lorsque tu marches vite?) Elle rêvait de refaire mon éducation sexuelle, et moi je regardais, l'œil vide, le contraste que sa poitrine faisait dans l'espace flou.

A vrai dire, je ne me faisais pas trop de soucis au sujet des sarcasmes. Elle participait au complot avec les autres et feignait de ne pas comprendre mon état génésique. Une fois qu'elle avait remis ses vêtements et sa coiffe d'infirmière-chef, elle devenait indifférente à mes supplications. Elle se vengeait à sa façon du fou rire qui me prenait chaque fois que je voyais jaillir de son corsage l'un ou l'autre de ses seins, qu'elle sortait parfois, à tour de rôle, pour mieux cacher cette difformité dont le bon Dieu l'avait gratifiée pour toute la vie. Lorsque je riais trop, elle ne s'impatientait pas et me montrait les deux mamelles à la fois; mon rire sardonique s'étranglait alors dans ma gorge et j'étais, tout à coup, pris de panique, ne sachant plus à quel délire me vouer. Pour cacher ma peine, je la culbutais, de temps à autre, et menaçais de l'étrangler ou mieux encore, de lui couper un sein, le moins gros, qui hantait ma vie et mes rêves. Mais je ne trouvais jamais la force d'aller jusqu'au bout de mes envies, car la mollesse radicale reprenait mon corps.

L'hôpital se trouve en contrebas de la ville, aveuglante le jour et scintillante la nuit, avec ses mille lumières et ses phares venant trouer l'espace noir de notre salle. La nuit, il y a toujours une veilleuse qui éclaire d'une lumière bleue la face des gisants enroulés autour de leurs rêves, en position fœtale. Nadia veille au grain et fait du zèle. Elle ferait mieux de se reposer et de cesser de marcher silencieusement. Toujours, cette façon de chalouper! C'est lorsque tout le monde dort ou simule le sommeil que la plage surgit dans ma tête avec une violence inouïe. Nadia ne saurait jamais m'écouter jusqu'au bout, ni le médecin avec ses lunettes bleues et ses verres qui attirent les rayons de soleil comme par quelque sortilège dont l'explication serait au-dessus de mes forces. Puisqu'il fallait écrire, je me transformais, le soir, en scribe hargneux. On devait m'éviter! Avec cette lumière chiche et ce bout de crayon que l'Autodidacte m'avait légué, je rédigeais de nuit, entre les rondes des infirmières; m'étant fait de la méfiance un principe intangible de vie.

Eté comme hiver, la plage était toujours déserte. Elle portait en son milieu le mausolée blanc d'un saint, mort depuis longtemps mais qui continuait à la hanter. Elle était adossée à une immense forêt de chênes-lièges et d'eucalyptus. Personne ne s'y risquait, à cause d'un vieillard boiteux qui venait y faire les cent pas en rechignant contre un matou aussi vieux que lui, grognard invétéré et amateur d'oursins noirs que le bonhomme ouvrait avec un canif et gobait à longueur de journée. De temps en temps, il en laissait un, à l'appréciation de son chat aux énormes moustaches blanches tombant par terre, au ruban rouge passé autour du cou. Le chat était blanc. Le vieillard qui boitait était noir. A eux deux, ils peuplaient la plage où débouchait un oued desséché l'été, et en crue l'hiver. Je savais bien que ce n'était pas un lieu où on pouvait amener une jeune fille de bonne famille fréquentant un lycée de bonne renommée, mais Samia avait insisté pour y venir et j'avais cédé dans l'espoir qu'elle trouverait le paysage sinistre et le nègre avec son chat, inquiétant. Je la connaissais bien cette plage, avec ses oursins à fleur d'eau et ses rochers coupants, sa forêt innombrable, et derrière la forêt, la montagne qui avait toujours l'air de voguer entre eau et brouillard. J'avais mis Samia en garde contre tous les sortilèges possibles et imaginables qu'on pouvait subir sur cette maudite plage où personne ne venait se baigner, devenue le repaire de barbus plus ou moins louches s'y arrêtant pour boire en cachette et de chats plus ou moins blancs faisant le guet pour manger des oursins à condition qu'on eût la patience de les leur ouvrir; autrement ils restaient sur leur faim de sales matous enrubannés de satin rouge et crasseux.

Tu avais répondu qu'enfermée entre quatre murs, dans la maison de ton père, puis entre les quatre murs du lycée où tu m'avais connu puisque j'étais ton professeur et que je t'enseignais dans une langue qui n'était ni la mienne ni la tienne des philosophes farfelus parmi lesquels l'homme à la ciguë que je détestais par-dessus tout; tu avais répondu qu'entre la prison du jour et la prison de la nuit, tu en avais assez de te voir convoyer par une grosse femme voilée qui décourageait par sa laideur, sa hargne et sa mauvaise foi, toute tentative d'approche de centaines de galants amassés sur ton passage et dévorés par le désir. « Mais, répétais-tu, qu'était leur désir face au mien »? Ils jouaient aux mâles. Avec tes cheveux noirs et souples qui écorchaient les commissures de tes lèvres et que tu démêlais difficilement et patiemment tout en buvant mes paroles alors qu'agacé par tant de coquetterie et par tant d'éclat dans tes yeux, extraordinairement verts, je continuais avec beaucoup de peine à faire mon cours. Et toi, avec tes cheveux de jais que tu continuais à triturer, avec tes yeux noircis au khôl (en cachette de ta famille, avant de quitter le lycée, tu faisais disparaître les traces de ton crime en te débarbouillant la figure, à la petite fontaine de la cour, dans le soleil de ce mois de ramadan où tu avais cessé de jeûner après le cours sur Dieu et grâce à mes conseils toujours allusifs), avec cette poitrine que tu aimais exhiber en t'étirant, sans aucun scrupule, face à mes pauvres yeux de petit professeur de philosophie, guetté par la hargne des gros commerçants de la ville qui n'aimaient pas trop me confier l'éducation de leurs filles.

Tu avais répondu qu'entre la prison du jour et la prison de la nuit, tu avais bien besoin de sortilèges. Et aller avec toi sur cette plage où j'avais fini par amadouer le chat, dans l'espoir d'amadouer plus tard, beaucoup plus tard! le vieillard qui boitait de plus en plus, tant je savais son silence efficace et difficile à rompre, n'était pas aisé; peut-être même qu'au fond de moi-même, je voulais te faire découvrir cette plage dans le but secret ou plutôt vague de t'utiliser afin de détourner le pêcheur d'oursins de son mutisme merveilleux. S'il n'y avait pas ces cheveux que tu t'escrimais à écarter de tes yeux et de ta bouche; s'il n'y avait pas cette couleur de tes yeux (gris? verts?) et s'il n'y avait pas cette poitrine houleuse que j'avais rêvée flasque, au cours d'un cauchemar éveillé; j'aurais juré, avec très peu de conviction d'ailleurs, que je t'emmenais sur la plage dans le seul but de me faire admirer par le vieil homme au chat blanc, qui, ébloui par ta présence, finirait par me parler, au lieu de faire des discours savants et inaudibles à son sacré matou qui en venait, à force de vertige et de silence, à boiter comme son maître, à moins qu'il n'essayât, dans sa sagacité de vieux chat gâté, de se moquer du nègre et de le faire sortir de ses gonds. S'il n'y avait pas ce gros désir de toi que je portais en moi, même lorsque j'avais quitté la ville monstrueuse sous le soleil orange et dur, et débarqué sur la plage, avec derrière la forêt de chênes-lièges, puis derrière encore la montagne toujours camouflée dans le brouillard – qu'il fasse chaud ou qu'il fasse froid –, avec, devant la mer verte-jaune-bleue, les oursins, le vieux nègre et le chat, l'air confus avec son éternel collier rouge, un peu crasseux sur les bords, avec au milieu une fermeture métallique en forme de cœur ayant dû appartenir à la femme du vieillard, une folle, qui, de son vivant, ne quittait jamais le mausolée où son mari ne dormait que les nuits de grosses tempêtes, non pas qu'il la craignît, la tempête, lui, mais pour ne pas laisser le gros matou tout seul, dans le noir, alors que le tonnerre lui faisait sortir ses grosses griffes des mauvais jours d'hiver; je n'aurais pas hésité à penser que je t'utilisais bassement à des fins même pas honteuses, mais tout simplement puériles.

La plage portait en son milieu le mausolée blanc d'un saint que personne ne venait plus visiter parce qu'il était plus facile de visiter les autres saints – des centaines – qui avaient choisi de mourir dans la ville elle-même, livrée maintenant au fracas et aux voitures dernier cri des technocrates. Eté comme hiver, le vieil homme noir était toujours parti à la pêche aux oursins innombrables à infester le bord de la mer, sur des centaines de mètres. Il avait toujours le visage trempé : la sueur en été et la pluie en hiver. Il ne disait jamais un mot; et même lorsque pour la première fois, j'étais venu avec Samia, il était resté obstinément silencieux. Tous les deux – l'homme et son matou – ne daignèrent même pas marquer leur surprise ou leur agacement. J'en étais véritablement outré. Ma petite idée de derrière la tête (utiliser Samia comme un appât) n'avait servi à rien. Il fallait se vouer aux mirages et laisser le miroitement du soleil et de l'eau venir à bout de ma jeune compagne conquise un jour de grande pluie cinglant les vitres de la salle de classe, pendant un cours sur le thème du suicide, dans un pays où les paysans ne mangent pas à leur faim! « Mais – disait-elle – faire comme moi et se résigner à aller de la prison du père à celle du mari, c'est comme sucer des petits cailloux pour tromper sa faim; ça ne résout rien et l'affrontement est devenu de plus en plus nécessaire. Jusqu'à quand vais-je accepter cette situation qui m'est imposée, parce que je suis une femme...? » De toute manière, elle se sentait méprisée et devenait solidaire des paysans sans terre que son père exploitait à cueillir des oranges de l'aube à la tombée de la nuit. Mais elle n'excluait pas le suicide exemplaire. Je l'avais séduite en lui parlant vivacement de la Contrée, un soir qu'il pleuvait à torrents, mais elle s'entêtait à ne pas exclure le suicide. Déjà je me méfiais de cette propension à mourir, elle si belle, si jeune. Mais, moi, les idées m'avaient vieilli, figé, frappé définitivement de leur sceau, à telle enseigne que je n'arrivais plus à agir. J'avais peur du clan de son père et elle riait de ma couardise. « Justement, disait-elle : le suicide qu'en fais-tu? » A vrai dire, j'étais perplexe. Je reconnaissais lui avoir inoculé ce poison qu'on m'avait vanté à moi aussi, un jour d'orgie au vin et au haschisch. J'avais peur de l'emmener sur la plage, de la dénuder et de couvrir sa poitrine et son bas-ventre d'oursins. Tu es fou, dirait-elle. Je n'en étais même pas sûr. Qui savait? Mais il faudrait épier d'un œil torve le duvet entre ses cuisses; et puis viendrait la défloration, à l'intérieur du mausolée abandonné, à la lueur d'une bougie dans la nuit bleue du littoral, avec la face du nègre collée contre l'unique vitre, le chat blanc enroulé autour de son cou, et les deux me regardant faire, avec déférence en ce qui concerne le chat, avec beaucoup d'ennui en ce qui concerne le vieil homme noir, confondu avec le bleu de l'espace découpé un peu plus bas que la voûte du ciel criblé de mille étoiles et limité par la lucarne à travers laquelle le nègre et son chat auraient assisté à cette parodie qu'elle appelait, tranquillement, la mise à mort.

Tu avais pourtant insisté! Cette histoire de plage devenait une véritable obsession. J'avais même pensé qu'au fond, tu n'étais pas téméraire mais jalouse. Tu me croyais capable de transporter dans ma voiture quelque femme étrangère au pays, dépucelée depuis longtemps et ne craignant plus rien, dans la mesure où elle avait mari et enfants et même un prêtre timide la confessant de ses péchés commis avec le mécréant que j'étais – quand même – à ses yeux. Tu me croyais capable d'une telle liaison parce que cette femme étrangère à laquelle tu songeais, était belle et surtout versée en haute philosophie qu'elle enseignait démagogiquement dans l'unique but de s'acheter, pour la fin de ses jours, un immeuble de rapport, du côté de Nice. Tu étais donc jalouse car le mari de la femme n'avait pas attaché à ses pas quelque détective du pays (apprenant à parler comme un véritable détective, en mâchant du chewing-gum devant un petit miroir qui ne le quittait jamais), tandis que toi, disais-tu, tu ne pouvais sortir qu'accompagnée de cette affreuse vieille femme qui était un peu ta mère puisqu'elle t'avait allaitée quelque temps, durant une courte maladie de la tienne. Je trouvais que tu exagérais à me raconter toutes ces histoires compliquées et pour te gêner, à mon tour, je racontais que la maudite plage n'avait jamais existé, pas plus que le vieillard ni le chat blanc, pas plus que les oursins, pas plus que le Coran et le Capital que je prétendais avoir lus, simultanément, assis sur une roche plate et bronzant tranquillement en attendant de déclencher la révolution!

A elle aussi, j'avais relaté les péripéties de la circoncision et lorsqu'elle m'écrivait des lettres qu'elle dissimulait dans ses copies, elle confondait le barbier au sofa violet, le vieillard au chat blanc et Si Lakhdar, le maître d'école, à la ribambelle d'enfants peu disciplinés et très mal élevés qui venaient dire des obscénités au cours des saintes fêtes de la circoncision. Je lui avais fait le coup de la circoncision, mais à la différence de la garce d'infirmière-chef, elle m'avait tout de suite cru. Et elle disait : « Heureusement que l'excision des jeunes filles ne se fait pas dans la Contrée juste sortie de la guerre de sept ans. Heureusement! » Moi je ne voulais pas lui faire peur et passais sous silence l'excision des jeunes filles dans une certaine tribu, nomadisant du côté des sables. D'ailleurs qu'aurait-elle à faire si loin de sa ville natale? La défloration lui suffisait amplement, disait-elle. Pourquoi avait-elle compati à mon sort lorsque je lui avais raconté – par intermittence – au moment où le sommeil pesait sur ma nuque, alors que mes yeux demeuraient grands ouverts, cette histoire de mon enfance? Elle, m'avait cru. Mais Nadia, l'infirmière-chef, ne voulait pas me croire. Le plus beau, c'était qu'elle niait aussi l'existence de Samia, cette élève que j'avais séduite malgré ma peur du clan des orangers. Niait-elle le vieillard au gros chat blanc? Elle niait tout! En vrac! Sans aucune pitié pour ma mémoire, partie certains jours loin de moi et que je récupérais après de terribles efforts. Puisqu'elle ne voulait pas me croire, ni même m'entendre, je n'avais pas d'autres recours que de me la raconter à moi, mon histoire. Je n'avais qu'à bien me caler contre l'oreiller, à faire semblant de regarder le mur d'en face et à faire dérouler la bobine des souvenirs. Avais-je tendance à embellir les choses, à tirer la couverture à moi, à cultiver tout ce qui peut sembler, de loin ou de près, paradoxal? Certes, oui! Mais que faire devant tant de faste? Les images épongeaient en moi la folie et par mon délire radical, toute la salle vibrait. Je me donnais en spectacle. Mais l'histoire de Samia avait été bel et bien vécue.

Je l'avais emmenée sur la plage et je l'avais présentée au pêcheur d'oursins. Il avait l'air de ricaner. Tranquille. Son chat faisait les cent pas au fond de la crique et guettait quelque bestiole que l'eau rejetterait sur le sable. J'avais pu l'emmener grâce à mille ruses et mille précautions. La nourrice ne savait rien. Elle l'avait si bien convaincue que la vieille avait fini par relâcher sa surveillance. Je l'avais dénudée et ses yeux ne brillaient plus comme durant tout le trajet entre la grande ville et la petite plage, à l'écart de tous. Sublimement amoureux, à force de mirages qui avaient ébranlé la cervelle du vieil homme noir; j'avais mis un oursin sur le sexe de la jeune fille et trouvé qu'au fond la comparaison était non pas saugrenue, mais idiote, idiote! Elle, frileuse, avait honte de sa position ridicule mais elle savait que je voulais gagner du temps avant la défloration, la mise à mort ou la mise à vie? (Que marmonnait-elle au juste? Dans le brouillard de ma pauvre mémoire, les mots étaient le plus difficile à retenir.) Puis, il avait fallu en finir, car le jeu avec l'oursin était devenu fastidieux. Samia avait d'ailleurs froid et la chair de poule sur sa chair glabre m'avait décidé à la faire entrer dans le mausolée. Là, fut le sang! Banalement. Entre l'odeur de la bougie et celle de l'urine de chat, je l'avais coupée du clan auquel elle était rattachée depuis toujours. J'avais tranché le fil de l'honneur. Elle était livide. Le nègre, avec sa face lippue d'idiot surmontée du minois sarcastique du matou, restait collé à la vitre du petit mausolée où elle jubilait, béante, les deux seins à la dérive de son corps, l'un retombant à droite, l'autre à gauche. Lui, demeurait figé au-dessus de moi, imperturbable, à la lucarne, dans le bruit du ressac de la mer, avec l'odeur de sang, d'anguilles vivantes et de pisse de gros chat blanc, nourri aux oursins. Elle, déflorée pour l'éternité, jubilait plus qu'il ne fallait; et moi par-dessus elle, calamiteux, atteint dans mon équilibre mental, celui que le barbier avait fait chanceler... Blême, j'avais l'impression d'avoir commis un acte ignoble, alors que Samia témoignait sa reconnaissance! Livide et le corps froid et chaud, inondé de sueur que le vent glacial ne parvenait pas à chasser de sur ma peau. Et elle encore, après avoir ahané, crissé de toutes ses dents, passait ses noirs cheveux autour de mon cou et se moquait du sang puisqu'elle était heureuse d'avoir rompu les amarres avec son féodal de père atteint définitivement par la honte et le déshonneur. Elle riait d'autant plus qu'elle avait longtemps douté de mes capacités à passer à l'action, me sachant engoncé dans mes idées et englué dans mes paradoxes. (Comment concilier – disait-elle – le suicide et la révolution politique? Des mots! Je n'avais même pas envie de lui répondre. Elle était dérisoire. Quel rapport entre la rupture avec le père et cet orifice rose d'où coulait lentement un sang pivoine?) Dehors, le vieillard semblait cloué sur place mais son visage n'exprimait rien! Je ne l'avais pas cru si indiscret. Il est fou! disait Samia. ***(Mahboul! Mahboul!)***

Me voici devenu scribe! A gratter du papier à

longueur de nuit, je retrouvais la culpabilité ressentie dans ce petit mausolée, blanc de l'extérieur, sale à l'intérieur, où j'avais l'impression d'avoir tué un coq. Me voici redevenu scribe venimeux, à vouloir briser l'étau du temps. En écrivant, l'extase me fait trembler, mais l'hallucination au lieu de diminuer ne fait qu'augmenter. Avec la fin de la nuit vient l'aube laiteuse. C'est alors que je me rends compte des râles des patients et des derniers soupirs des morts gravés depuis longtemps dans ma mémoire de malade amaigri et barbu, maugréant du haut de son lit, mais pas trop (la camisole de force!). J'ai donc cessé de vouloir convaincre Nadia. Ecrire pourrait peut-être mettre fin à nos algarades. Mais je soupçonne en elle une méchanceté tumultueuse qui ne dort jamais. Inutile alors de réveiller sa chienne de lascivité. Il faut m'armer de volonté pour résister à ses avances, sinon la douceur de son corps, son giron irradiant et son buste apparemment harmonieux me mettraient hors de moi. A nouveau, ce serait le déluge de la chair blanche et rebondie, puis à nouveau la peur face aux deux seins ridicules. En attendant, il vaut mieux écrire. Lorsque j'en aurai fini d'égrener mes peines et mes souvenirs vivaces que personne ne prend au sérieux, j'aurai rempli plus de mille livres (écrire aussi ce qui s'était passé le lendemain de la défloration).

Le vieillard avait disparu en ne laissant que quelques traces de pas en direction des dunes, entre plage et forêt; mais son chat calamiteux guettait toujours quelque menu fretin que la mer rejetterait comme une aubaine quotidienne. La plage, livrée à nous par la pudeur (ou la stupéfaction) du nègre demeuré dans son soliloque que seul le chat goûtait quelque peu, nous aveuglait de mille scintillements! et la journée s'annonçait belle et chaude; la blancheur du salicorne, le sable, l'amertume, la peur du sang et la jubilation de l'amante détournée de sa tribu riche et puissante avec des ramifications jusque dans les halles de la capitale et dans l'armée, me donnaient de terribles maux de tête. Ecœuré, j'avais toujours cette sensation d'avoir commis un acte atroce. A midi, je ne bougeais toujours pas. Je ne faisais qu'écouter Samia parler de la fuite dans un pays voisin pour échapper à la vindicte du clan parti, déjà, à l'heure qu'il est, à sa recherche, elle, la femme fatale arrosant de son sang virginal la terre compacte et drue du pays dont la victoire avait éteint quelque peu la vigilance, alors qu'un nègre hirsute, avec très peu de poils blancs autour de la figure et deux yeux morts éteints comme des laves millénaires, nous donnait secrètement l'hospitalité. (Nadia m'écoutait palabrer des heures durant. « Allons, allons, disait-elle, veux-tu cesser de raconter des sornettes! Tu as tout inventé. Tu n'avais pas peur du sang, pour la bonne raison qu'il n'y en a pas eu, comme il n'y a pas eu d'oursins, ni de crabes entre les jambes de cette prétendue élève de philosophie. Non, il n'y a rien eu! Arrête d'écrire. »)

Pouvait-elle dire qu'il n'y eut jamais de vieillard nègre, ni de chat blanc? Là, elle hésitait et je la surprenais. Vite! Il fallait l'amener à de meilleurs sentiments avant que le jour fît irruption, dans la pièce, dérangeant mes compagnons et mes frères coincés entre berlue et cauchemar, étendus, recroquevillés en chien de fusil, rongés par la peur et poncés par l'extase merveilleuse de la folie; ne sachant s'il fallait prier, pour accueillir l'aube, ou s'il fallait se gratter pour calmer les terribles démangeaisons au niveau du crâne. Vite, il fallait en profiter, puisqu'elle n'osait pas affirmer qu'il n'y avait jamais eu de vieillard avec la peau noire et un chat blanc. J'ajoutais alors (ou j'écrivais, pour lire à ceux qui pour l'instant dormaient) que le vieux pêcheur d'oursins était revenu, inopinément, au moment où j'avais peur que ma tête n'éclatât tant elle vibrait de mille tremblements. Livide, j'avais l'impression de ne plus voir clair, et somnambule frileux, je tendais les mains pour toucher le visage de Samia qui n'avait pas cessé, avec volubilité, de parler ou plutôt de s'enfoncer des mots dans la bouche et dans la gorge, comme prise de panique, comme consciente tout à coup de sa situation véritable. Mais comme elle voulait conjurer le mauvais sort, elle disait le contraire – superstitieuse – de ce qu'elle avait envie de dire et à travers ma somnolence et ma mauvaise foi, je croyais percevoir encore sa jubilation d'avoir enfin rompu avec ceux qui lui avaient donné deux prisons : celle du jour et celle de la nuit et une femme sourde pour l'escorter entre... Le vieillard noir était arrivé, inopinément, avec sur les épaules une chèvre noire et toute maigre qu'il avait certainement volée dans la montagne, là-haut, après la plage, la dune, la forêt et même après les rails du chemin de fer qui ne passe plus jamais depuis quelques années, depuis – comment l'avais-je su? – que l'on avait fermé la carrière de sable, épuisée et délaissée comme une mamelle de vieille femme vidée de son sang et de son lait.

Il était arrivé tout contre nous, suant abondamment, la chèvre rivée à son cou, comme un serpent charmé, l'haleine infecte (avait-il bu? Mais où pouvait-on boire du vin dans ce désert?) et, soigneusement, il s'était mis à égorger l'animal dont il avait attaché auparavant les pattes de devant à celles de derrière. Samia se taisait. Je pensais avoir attrapé quelque maudite insolation. Le bêlement dans le silence semblait terrifiant et le chat accroupi sur son derrière regardait, fasciné, son maître poser son pied nu et noir sur le flanc fragile de l'animal étendu par terre, attendant que le couteau s'enfonçât dans sa gorge duveteuse. Sitôt la lame enfoncée, le sang avait giclé, mais le nègre n'avait pas fait de grande entaille, il recueillait seulement le sang de la chèvre noire coulant par un orifice qui bleuissait à vue d'œil et comme l'animal se mettait à se cabrer, essayant de fuir la mort, le sang s'était mis à gicler dru, vers le ciel en petit geyser, rouge orange à cause peut-être du soleil. Le vieillard n'avait cure de l'animal qui se débattait dans le sable, perdant son sang, le jetant de toutes parts : il recueillait le liquide dans un vieux bidon d'essence dont la mer avait rongé l'émail. Maintenant que la chèvre ne se débattait plus, qu'elle ne frappait plus le sol de ses pattes chétives, qu'elle n'éclaboussait plus les choses autour d'elle (pierres, écorces de chêne, coquillages, morceaux de bois pourris par l'eau, galets blancs et marron et bleus...); le chat s'était approché et léchait le sang qui suintait, à même l'entaille bleutée, dans la gorge. La bête avait les naseaux pleins de morve et de sang, les yeux fixes et glauques et révulsés et bleus avec un cerne marron autour de la pupille. Le vieil homme solitaire était occupé à son bidon, lorsque soudain, il s'approcha de Samia qui avait regardé toute la scène et l'aspergea du sang de la bête encore chaud, mais déjà pas mal épaissi. Pour la première fois, je l'entendais dire des mots dont je comprenais la signification. Soliloque. Ce fut donc l'insolation. Personne ne m'obligeait à regarder. Mille fois mille soleils pénétrèrent ma tête avec une lenteur et un faste merveilleux. L'ellipse devant mon visage dévoré de fièvre et Samia courant vers la mer. « Va te laver maintenant, avait dit le nègre. Tu n'as rien perdu. Le sang a remplacé le sang. » Avait-il empêché son chat de lécher le sang avant qu'il se mît à vomir une bile rose? Samia s'était-elle noyée? Que dire à présent? Scribe faramineux, j'écrivais, haletant, dans la nuit, alors que deux somnambules s'embrassaient sur la bouche. Je ne me souvenais plus, car à un moment donné, ma tête devint une orange oblongue et rouge pleine de sifflements stridents. L'infirmière-chef revenait à la charge et me harcelait des heures durant. Elle persistait à ne rien croire de tout ce que je lui racontais. (Et puis – disait-elle – tu nous agaces avec toutes ces histoires qui ne tiennent pas debout! Avoue que tu sais les inventer tes sales histoires! Et cette jeune fille de bonne famille qui se donne à toi, passe encore; mais ces enfants qui disent – le jour de ta circoncision – des obscénités au lieu de réciter les psaumes du prophète, et ces coupures et ces raccourcis qu'ils se permettent de faire à travers le livre de Dieu... Quelle engeance! Allons donc! Ton histoire de circonciseur qui fréquente les bordels et qui est fragile de la tête, ne tient pas du tout! C'est du cirque! C'est du Garagouz!...)

Que dire de la cérémonie de la circoncision? Sinon qu'à travers une profusion de couleurs et de sons, les braillements nasillards des garnements de l'école coranique fusaient en plaques métalliques dont l'acuité exaspérait le maître des opérations, drapé autant dans sa dignité que dans son burnous de laine marron dont il savait balancer – mine de rien – les pans qui flottaient autour de son pauvre corps, l'espace d'un éternuement, et lui donnaient l'air d'un archange à la sale face chafouine. Avec ses mains longues, blanches, virevoltantes dans l'air qu'elles trouaient violemment, avec ses attitudes d'ascète fasciné par le vol d'une mouche dont il suivait mélancoliquement les méandres insoupçonnables, il ne payait pas de mine. Il ne ressemblait pas à un croque-mort. Pas même à une vieille laveuse de cadavres! Malgré ses doigts imprégnés de formol et le dessous immaculé de ses ongles dont un seul n'était pas coupé et ne laissait pas non plus apparaître la chair vive, rougeâtre et arrondie à la manière des neuf autres doigts. Il n'attirait pas l'attention, malgré son immense corps qu'il entourait de fastidieuses précautions chaque fois qu'il fallait s'asseoir ou se lever; malgré sa petite tête, ses paupières enflées, sa moustache toujours plus longue d'un côté que de l'autre et qui lui donnait des allures d'équilibriste tranquille; malgré sa joue droite plus glabre que sa joue gauche qu'il avait plus rugueuse et plus bleutée. Il ne bougeait surtout pas, pour l'instant. Recroquevillé, blême, le derrière délicatement posé sur un sofa violet qui accusait la blancheur de sa face farineuse où le nez partait presque du milieu du front proéminent, pour venir chercher les deux lèvres comme deux feuilles de papier à cigarettes; il était assis, comme sur le point de suffoquer. En fait, il était frileux et avait des yeux troubles. Mais ce n'était qu'une impression, il avait la réputation, dans le village, d'être un homme clairvoyant, capable de voir venir de loin les silhouettes et les choses. Mais comme il savait qu'il était le maître des opérations, il savourait en toute tranquillité la ridicule agitation qui se déroulait sous ses yeux. Les garnements de l'école coranique exagéraient. Ils faisaient exprès de hurler, le sachant délicat de la tête dont les vertiges étaient célèbres dans toute la région. Il les connaissait un par un et les avait opérés tous. Foi de barbier de village! Et foi surtout de maître circonciseur, coupeur de prépuces! Ha! Ha! Il jubilait dans son for intérieur, mais n'en laissait rien voir. Il préférait attendre son heure. Surprendre les garnements au moment où l'évanouissement les prendrait, lorsque le sang giclerait et que le cri effroyable les rendrait pitoyables, toussant nerveusement pour ne pas perdre contenance et surtout pour ne pas vomir. Eux ne s'intéressaient pas à lui, pour le moment. Ils hurlaient de plus belle et leurs petites voix aiguës, stridentes devenaient forcenées et vociférantes lorsque, chaque fois qu'ils en avaient l'occasion, ils glissaient – à l'unisson – une grossièreté, un blasphème ou un simple jeu de mots cocasse, hurlés avec une rapidité prodigieuse, à l'intérieur de la litanie coranique. (Dieu miséricordieux, prends soin de son prépuce et donne-le au barbier afin qu'il le suce! Dieu miséricordieux, on va lui couper la bite, déjà qu'il l'a petite! O croyants soyez bons avec vos enfants...)

Le vieillard lugubre qui leur tenait lieu de maître d'école s'esclaffait vicieusement et fourrageait nerveusement dans ses narines, comme à la recherche de son être constamment en vadrouille dans quelque orifice de son corps, au lieu de se tenir tranquille, là où la philosophie musulmane, depuis que le grand El Ghazali a tout réglé, lui a assigné sa place. Le maître se gaussait sans aucune hilarité provocante mais le chœur des enfants se méfiait de cette attitude ambiguë. (Il n'a qu'à faire comme nous! Le con de sa mère a tellement englouti de serpents...) Le bruit courait que c'était là un traquenard. Il fallait donc faire attention, rester vigilants. Moduler la litanie, la triturer, l'avaler jusqu'à la rendre incompréhensible à force de gonfler les joues, puis en douce régler leurs comptes à ces bourreaux d'enfants : le barbier et le maître de l'école coranique. Les deux hommes n'étaient d'ailleurs pas nés de la dernière lune! Ils ne laissaient rien passer et s'amusaient à déchiffrer l'amalgame compliqué fait du texte religieux et du tissu monstrueux de vulgarités et de blasphèmes capables d'ensevelir sous la honte éternelle tous les musulmans de la terre. D'ailleurs, se disait le circonciseur imperturbable, nous sommes nombreux et saurons écraser cette vermine, le moment venu. N'étaient l'importance de sa position sociale et la douceur du sofa violet, il se serait volontiers levé et aurait exhibé devant les yeux horrifiés de ces sales enfants tous les instruments tranchants, aseptisés et brillants qui brinquebalaient dans la capuche de son burnous, au moindre mouvement. Bah! Aouah! Il n'y a qu'à les laisser faire. Ils ne manquent pas de courage, ni de finesse. Il faut le reconnaître. Mais s'ils criaient moins fort, la vie serait possible, agréable et tranquille dans cette maison de bonne famille. Ce que c'est que de confier ces âmes innocentes – malgré tout – à des maîtres coraniques qui sont très fiers, parce que sous la domination coloniale, ils ont fait à pied et clandestinement le trajet Constantine-Tunis pour aller macérer dans cette Zitouna où la théologie mène au vice. Aouah! Parlez-moi de l'université « El Azhar » où mon grand-père a étudié assidûment avant d'être proclamé – à son retour – chef de la corporation des coupeurs de prépuces. Il ne jubilait plus! Il s'irritait. Avec cette maudite tête et cette bestiole immonde qui lui taquinait la grosse veine de la tempe droite, il ne savait plus où se mettre. Extérieurement, il tenait bon. Il était imperturbable et le demeurait. La mouche, maintenant, entamait à travers un lacis compliqué une danse effrénée, juste contre ses yeux. L'animalcule ivre de chaleur lui donnait des éblouissements et percutait de temps en temps la terrible barre de son nez : « Dieu! Donnez-nous notre patience quotidienne! » Il savait que tout le monde l'observait et que certains des enfants du chœur le fixaient si fort qu'ils en oubliaient de dire des insanités. Le pire, c'était le maître. Miteux déformateur de la parole sacrée! Il aurait bien voulu savoir qui le regardait encore, mais, assis de biais, il ne pouvait avoir l'œil sur toute l'assemblée, à moins de loucher horriblement! Maintenant que la mouche butinait allégrement le coin humide et quasi gélatineux de son œil gauche, l'irritation se transformait en douleur sourde. Pourvu que son œil ne se mît pas à couler! Il était sûr, quoique fixant longuement son ongle long et immaculé, que tout le monde jetait sur lui un regard narquois. Qui l'aimait au fond?

Son cœur battait très fort et les bavardages des membres de la famille et des invités le rendaient mauvais et susceptible. Quelle attitude prendre vis-à-vis de la mouche? Il n'aurait jamais fait un geste pour la chasser, ni même essayé de rabattre le pan de son burnous de laine marron – coquettement, avec un négligé calculé –, ce qui aurait pu désamorcer l'action virulente de l'insecte creusant de son aiguillon gracile la chair vive et veinée du bord de la paupière, juste à la lisière de cette partie où les cils prennent naissance.

Dès que la mouche se fut envolée, le chœur devint plus braillard que jamais. Les obscénités redoublèrent d'autant plus que les garçons faisaient de gros efforts et suaient abondamment. Ils ne se contentaient plus de blasphémer et de dire des grossièretés, mais ils jetaient leurs sarcasmes sur les femmes enfouies dans les cuisines ou agrippées aux fenêtres des pièces intérieures. Le patio immense avait l'air d'être plus grand sous la couche de chaux blanche. Et les ouvriers n'y étaient pas allés de main morte, qui avaient criblé les murs de couches superposées de chaux, comme s'ils avaient voulu transformer la cour centrale en un brasier crépitant sous les youyous des femmes. Certes ils n'y étaient pas allés de main morte! Ils avaient plaqué la matière sur la matière et le blanc devenait plus aveuglant que jamais à tel point que les musiciens venus avec leurs grosses caisses et leurs gros trombones ne savaient plus où ni comment abriter leurs yeux. Les visières de leurs casquettes ne leur étaient plus d'aucun secours! Leurs yeux étaient striés par les mille flamboiements du soleil sur la chaux vive; même que le boute-en-train de l'orchestre, le gros là-bas qui suait sang et eau avec son énorme tambour, comme une seconde bedaine sur sa bedaine déjà édifiante, disait qu'il n'avait plus d'yeux, mais des excavations vides, sans pupilles, devenues le repaire de mille fourmis rouges et chauffées à blanc. Non ce n'était pas là un jeu de mots. Il était écœuré, le boute-en-train, et ne faisait plus aucune plaisanterie de mauvais goût, se réservant pour l'hiver, lorsque la neige serait venue éteindre cet immense incendie. Il suintait comme la paroi pourrie d'une vespasienne publique et en avait même la couleur gris-jaune avec juste – çà et là – un peu de vert. Il n'était pas rouge. Il n'était pas cramoisi. Mais il souffrait le martyre non seulement à cause de cette maudite chaleur qui ne gênait en rien l'auguste personnage assis en tailleur, là-bas, sur le sofa violet, et qui se payait le luxe d'avoir froid; mais aussi, parce que l'un des gamins ne cessait pas tout en chantant des miséricordes de lui faire des gestes désobligeants, sans même le regarder. Il y avait de quoi devenir fou. Il était lugubre (le gosse continuait son manège, sans regarder personne, surtout pas l'homme à la grosse caisse), mais il prétendait que cette cacophonie était un signe de civilisation raffinée! Lui, était ignorant des sortilèges et des fous rires intarissables qu'aucune des verges ne saurait arrêter. Plus tard, on recevra des coups de bâton, mais qu'est-ce que ça peut faire, même si c'est sur la plante des pieds? L'affreux musicien, mutilé d'une guerre qui n'était pas la sienne, avait bien l'habitude de boire ses quatre litres de vin rouge! Il finira par se prendre pour un satyre et ne plus avoir l'envie de se regarder dans une glace.

(Dieu de Dieu de grosse bite! Sens-tu l'odeur de bonne cuisine? Qu'on nous donne à manger et qu'on nous laisse partir avant le massacre...) Le maître des opérations n'en devenait même pas hargneux. Il avait l'habitude... Il ne jubilait plus! Il supputait ses chances. Combien lui donnerait-on? Il avait quand même quelques craintes. L'odeur des fumigations le prenait à la tête... Revenir vite à la supputation : le maître de maison a la réputation d'un pingre, mais la médisance a bonne fortune dans le village. Les pauvres exagèrent toujours l'avarice des riches. Lui n'est ni riche ni pauvre. Il est barbier par la grâce de Dieu et coupeur de prépuces par l'habileté de sa main droite. Clac! Ha! Ha! Allait-il exulter pour de bon? Intérieurement. Seulement à l'intérieur où personne ne peut venir voir, sauf Dieu le grand, le miséricordieux, qu'il nous évite l'humiliation devant Siomar, le gros propriétaire terrien. Au fait, combien d'hectares? Pas mal, pas mal! Dieu enrichit qui il veut. Amen! Les garnements sont perplexes maintenant. Que manigance le vieux barbier? Une telle immobilité n'augure rien de bon. La fascination les rend méditatifs. Ils en oublient leurs gros mots et leurs jurons. (Zebi! Zebi!) Ils savent que l'heure approche. Irrémédiablement. Eux, élèves de l'école coranique qui avaient rêvé toute la semaine de cette fête, qui avaient été astiqués à fond par leurs pauvres mères, étaient pris d'une panique soudaine. Mais où était la victime? Il fallait changer de cap. Revenir à leur sacré bon Dieu! Faire vite! Ne plus traîner, le sang allait gicler. Le cri serait effroyable. Il était clair que le circonciseur à la face simiesque allait, une fois encore, avoir l'avantage sur eux. Ils ne braillaient plus. Ils toussotaient parce qu'ils avaient peur de vomir. La belle occasion pour l'autre là-bas – le maître de Coran – l'œil incendié, l'air absent. Il allait les malmener. Sacré bonhomme! Sa djellaba ne lui collait pas à la peau, mais sa peau collait au tissu de son habit ample sous lequel il a le loisir de cacher ses mains et fricoter lamentablement ses affaires louches.

Les élèves venus là, dans le seul but de ramener un petit sac en papier rempli de miettes de gâteaux au miel, s'ennuyaient maintenant qu'ils avaient dit leur vérité à tout un chacun. Dieu, le barbier-circonciseur, le maître d'école, les cuisinières, les domestiques noires... Mais la victime? Où est-elle? Des bruits contradictoires couraient parmi la trentaine d'enfants qui ne s'époumonaient plus, n'avalaient plus leurs mots, ne faussaient plus rien. Ils n'étaient quand même pas devenus dociles subitement! Ils se demandaient ce que faisait la victime. Celui qui semblait être le chef disait : « Dieu de Dieu de grosse bite! J'urinerais bien un bon coup dans le jardin. Mais où est-il? Il n'a quand même pas foutu le camp dans le giron de sa grand-mère! Nous y sommes passés! Il y passera. » Foi de barbier! Le salaud ne ricanait même pas. Il ne gobait pas la mouche qui l'avait tant embêté! « Nous y sommes passés! Il y passera. » C'était le nouveau mot d'ordre. Il circulait si bien parmi les enfants du chœur qu'il mit fin aux recherches scabreuses de leur meneur. La modulation n'en était pas moins maintenue. Il n'avait quand même pas fichu le camp chez sa vieille tante du Maroc! Non! Non! Cela se saurait. Une fugue! Le comble! Le gros musicien profitait du répit pour essayer de comprendre ce que disaient les chanteurs malveillants. Quand il avait fini par comprendre, il était trop tard pour rire car ses yeux venaient de rencontrer les yeux terribles du garçon qui n'avait pas cessé de lui faire des gestes obscènes. Il restait coi, le bras levé cocassement en l'air et la main tenant la grosse baguette inutile puisqu'elle ne touchait plus le tambour. Son ventre avait l'air de se dégonfler : ouff!... (Il a avalé une couleuvre! Non, une baguette! Non, la petite bite de la future victime qui n'en a plus! Donc, plus d'opération. Le barbier se doit de repartir bredouille, chez lui. Bredouille! Le salaud! Il en fait une mine.) Les commérages allaient bon train. Les gosses chahutaient de plus belle. Intérieurement. Apparemment tout allait pour le mieux. Il s'agissait d'une cérémonie recommandée par Dieu et par son prophète. On allait couper le prépuce d'un petit garçon pour lui permettre d'entrer véritablement dans la religion musulmane. Il y avait là le barbier du village, assis tranquillement sur un sofa violet et emmitouflé, malgré la chaleur, dans un burnous de belle laine marron. Il y avait une fanfare musicale. Il y avait un maître d'école et ses élèves qui récitaient des versets coraniques et chantaient des psaumes à la gloire du prophète. On habillait, dans une chambre de l'énorme maison, le petit enfant qu'on allait circoncire. Les invités étaient nombreux et les femmes s'agitaient vaillamment devant les fourneaux.

Tohu-bohu dans le soleil. Tout à l'heure, le sang allait gicler et un bout de chair tomber dans un bol plein de son. C'est ce qu'il y a de meilleur pour absorber le sang! La tante du Maroc, quant à elle, aurait préféré la cendre. Ça ne coûte rien. Mais Siomar n'en était pas à une dépense près! Il n'y avait pas que le vieux barbier dont l'ancêtre avait fait des études à l'université « El Azhar » du Caire, qui jubilait en ce jour mémorable où toute la mémoire d'un enfant allait se figer dans un cri de douleur perçu à travers les clameurs et les youyous. On ne voyait pas les femmes, mais les femmes regardaient les hommes à travers tous les trous et tous les interstices dont elles pouvaient disposer aux fenêtres. Leurs cris étaient éjectés à une allure très rapide de leurs bouches où la langue joue un rôle primordial en agitant l'air très rare qu'on laisse chichement passer à travers les lèvres juste pincées, mais sans aucune rigidité inutile. Il s'agissait là d'un savoir-faire qu'elles monopolisaient et dont elles étaient très fières. Les hommes, eux, auraient honte d'agiter leurs langues dans leurs bouches viriles à la façon d'un gland pris de panique! Ils se trouvaient au-dessus d'une telle situation. Ils savaient les femmes puériles et les laissaient vriller de toutes les fibres de leurs palais hachés, pressurés, meurtris par ce roulement de la langue sur elle-même, percutant contre la paroi des dents, écorchant les gencives frottées à l'écorce de chêne pour mieux en faire éclater la rougeur flamboyante dans l'émail de la denture éblouissante et devenue plus blanche et plus brillante grâce à ce contraste étonnant que les ancêtres avaient toujours essayé de transmettre aux générations plus jeunes. Les hommes riaient. Mais le barbier frissonnait sur le sofa violet. L'homme ne changeait pas de couleur. Il ne changeait pas non plus de position. Il barrissait, toujours intérieurement, à l'idée de toutes ces langues dans toutes ces bouches cernées de toute cette blancheur due à l'écorce de chêne, parmi toutes ces cataractes de salive, doucereuses, voire moelleuses et fraîches. Quand il pensait à toutes ces langues de femmes, son visage de carême rosissait quelque peu sous l'effet d'une bouffée de chaleur, dangereuse pour sa position sociale. Le bonhomme était capable d'érection! Mais il se savait surveillé par tout le monde et en particulier par les petits chanteurs qui tourneraient immédiatement de l'œil, s'il venait à surgir parmi eux, fusant soudain, de son sofa violet, crochetant l'air avec les deux pans de son burnous marron, exhibant ses instruments monstrueux. Quelle hécatombe! Il riait. Mais il était ramolli par le désir lancinant qui le travaillait depuis des heures : et toutes ces femelles jacassantes derrière les portes et les fenêtres et toutes ces langues fines, acérées, rouges. Plutôt difficile de supporter une telle tension! Toujours délicatement posé. Toujours frileux. Souvent exaspéré par l'attitude de ces avortons incapables de respect, de déférence. Il était énervé par l'excitation continue qui fondait sur lui, à travers ces youyous stridents et fantastiques planant longuement dans l'air avant de venir le chatouiller dans sa tête délicate et fragile, soignée magiquement dans la cour de la mosquée. Il continuait à garder sa sérénité extérieure, mais il en avait assez de ces cris féminins aigus comme des aiguilles aiguisées gaillardement par quelque gamin vicieux apprenti d'un non moins vicieux forgeron fou et athée qui avait fait le voyage, non pas à La Mecque, non pas à la vénérable université d'El Azhar (Sacré nom de Dieu le Divin...), même pas à Bariz, pour aller dans quelque lupanar sordide, mais à Mousco, Monsieur! Pour quoi faire? Pour quoi faire? Je vous le donne en mille... (Vite, avant que le petit garnement de droite avec la calotte blanche sur la tête ne mange le gland du fez de son camarade qui se balance juste devant lui, dans une oscillation tentante, tentante...) Sacré nom de Dieu le Divin et l'histoire de ce forgeron du village le plus pieux de la planète : trois mosquées contre un seul bordel! Minable d'ailleurs, le bordel. Mais les mosquées : fastes, lustres, encens et formes envoûtantes des arcs et des arceaux. Qui dit mieux? Trois mosquées! Parlez-moi un peu de ce mécréant. Oui, il avait fait le voyage jusqu'à cette capitale... Le nom ne revient pas facilement... Il y neige toute l'année... Ah! ça y est! Mousco! A son retour, il proclamait devant tout le monde qu'il avait visité le mausolée de leur chef barbu. Il en pleurait. « Hérésie, hérésie, sacré nom de Dieu le Divin. Mon chapelet... » On l'avait surnommé « Loudnine », à cause de ses longues oreilles d'âne bâté et à cause de cette visite ridicule à leur barbu, chef de bandits... Hérésie, mes enfants, que tout cela... Pourtant, il ne buvait pas de vin. Il ne venait pas narguer les croyants à la sortie de la mosquée centrale, celle qui dégringole sur une pente douce jusqu'aux confins du marché français où on vend des têtes de cochon roses et hilares... Que Dieu nous préserve...

Un rayon de soleil tombe dans l'œil d'un fou, parti à déblatérer contre la lâcheté des petits enfants. De son temps, disait le maniaque (il regardait avec une régularité de métronome une fois son épaule gauche, une fois son épaule droite, et humait fortement l'air à chaque coup), les gamins étaient plus costauds, plus courageux et plus pieux. Il ne faisait pas allusion aux gosses de l'école coranique – disait-il – mais à la vermine qui grouille dans les rues et vous assaille à chaque coin de rue pour vous demander l'aumône. Non, il ne parlait pas des enfants de l'école coranique – répétait-il – ils sont tous circoncis et intégrés dans l'Islam depuis longtemps, mais la racaille l'obsédait. Il fallait avoir l'œil sur elle. Il savait pourtant bien que les élèves de l'école coranique étaient tous des polissons dévergondés qui répétaient à longueur de journée : « Dieu de Dieu de grosse bite... C'est bientôt l'heure du crime?... Mais où est donc la victime? Dieu de... » Il s'en souciait peu. Tout ça n'est rien. Plaisanteries d'écoliers. Qui n'a pas appris ces choses-là et qui ne les a pas répétées à satiété dans les fêtes de circoncision?... Le rayon de soleil tombé dans l'œil du fou équarrissait, à l'heure qu'il était, chairs et nerfs. Lui se disait que ce n'était pas si mal que ça un petit rayon de soleil juste dans le trou de l'œil. De vrai, il avait l'œil allumé, pavoisé de mille couleurs où grouillent surtout le rouge et le vert juste à l'intérieur du point noir englouti dans le cerne marron de la pupille. Il portait l'incendie et s'en flattait. Vieux fou! C'était un oncle maternel de la victime. Il savait qu'on était en train de l'habiller, avant d'aller dehors, rendre visite au saint du village. Il était obèse et malgré l'embrasement de son œil droit, l'œil gauche demeurait torve, la paupière tombante et flasque. Il n'était que borgne mais il jouait déjà à l'aveugle. Hilare, sa canne jaune sculptée à la poignée, en avant, il faisait exprès de venir écraser les orteils du barbier, jaillis hors du burnous marron ramené sur les pieds. Le circonciseur assis en tailleur laissait venir à lui le gros bonhomme habillé d'un complet blanc, nu-tête, les cheveux noirs de jais, brillantinés et tirés en arrière, les pieds dans des babouches jaune safran. Il exultait et se trouvait amusant car le barbier, le sachant puissant, avait une mine réjouie. Comme le temps passait, le soleil n'était plus dans l'œil du fou, qui, honnêtement, s'était aussitôt arrêté de jouer à l'aveugle. Du coup, il avait retrouvé un sérieux extraordinaire et l'autre œil, sauvé de l'ennui grâce au soleil, redevenait à son tour flasque et humide. Il retrouvait sa place et s'asseyait comme si rien ne s'était produit. S'était-il excité? Avait-il jamais exhibé sa canne sculptée, son complet blanc et son œil flamboyant? Jamais! Dieu m'est témoin! N'est-ce pas, mon oncle le barbier, que vous pourriez témoigner que je ne vous ai jamais écrasé les orteils, l'instant d'une exaltation stupide? Il était sérieux à nouveau et n'intéressait plus personne. L'on venait à dresser l'oreille pour déchiffrer tout cet embrouillamini et s'en gausser entre voisins, mais bien sûr dans la limite de l'honneur et de la correction. Plus tard, au café, on pourrait laisser libre cours à son émerveillement devant ces jeux de mots et ces versets coraniques truffés de grossièretés. L'on tendait l'oreille et pour narguer toute cette piétaille adulte et adipeuse, les enfants du chœur revenaient dans le chemin de Dieu, n'ajoutaient plus rien aux litanies et aux chants, prenaient des voix pathétiques et des airs mystiques. Les grands n'y comprenaient plus rien. (Allez voir ce qu'ils font. Ils deviennent tristes et vous donnent la chair de poule. Ah! les sales garnements!) Seul le maître coranique s'amusait follement. Que de comptes à rendre! Que de bastonnades en perspective! Ses habits lui collaient à la peau! Il n'était pourtant pas gros mais il suait abondamment et le liquide rejeté par ses pores infects et empoisonnés rongeait le tissu et le rétrécissait. Ha! Ha! Il riait mais rien ne bougeait dans ses yeux tristes. Il fixait longuement le gros musicien à la grosse bedaine et à la grosse caisse et s'apercevait non sans stupeur qu'il lui manquait quelque chose. Il ne pouvait préciser quel était le membre coupé, mais il était sûr qu'il y avait quelque chose en moins dans ce corps en forme d'outre dans lequel on avait jeté pêle-mêle et sans ordre préconçu, la graisse, le sang, les nerfs, la chair, le cartilage, le chyle et l'eau, surtout beaucoup d'eau...

Le barbier restait sceptique. Le musicien mutilé d'un quelconque membre étouffait dans son col rigide. Le maître de l'école coranique avait d'autres soucis avec son énorme nez qui lui fracassait le visage et le couturait pour ainsi dire longitudinalement du front jusqu'à la bouche, puis horizontalement au niveau des pommettes saillantes tant l'évasement de la partie inférieure de son appendice nasal était ample, débordant et en fin de compte horriblement encombrant; il aurait facilement ressemblé non pas à un clown, mais à un de ces blessés graves portant deux énormes morceaux de sparadrap rose l'un en long et l'autre en large, en plein milieu du visage, et que l'on voit fréquemment aux actualités cinématographiques de tous les temps et de tous les pays; que ces derniers fussent en guerre ou non : car lorsqu'il n'y a pas de guerres, il y a les calamités naturelles, les incendies, les explosions de gaz, les accidents de travail, etc.

L'oncle était très bavard; mais tout le monde faisait semblant d'être attentif, car on savait l'importance de sa position sociale. Personne n'était dupe, mais tout le monde savait qu'il était, ou bien un officier de l'armée française (qu'est-ce que ça pouvait faire s'il ne portait pas l'uniforme et les galons, cela ne changeait rien à l'affaire, sauf peut-être qu'il aurait paru plus mince si sa femme l'avait sanglé dans son habit de parade) ou bien un commissaire principal de la grande ville distante de cent kilomètres, connue surtout pour cette histoire rocambolesque de femme sauvage inventée de toutes pièces par les fumeurs de kif pour se payer la tête des gros propriétaires terriens des hauts plateaux qui y venaient pour quelque affaire ou bien urgente ou bien louche ou bien honteuse, et qui y croyaient dur comme fer, eux et l'immense cohorte d'affamés qu'ils ne manipulaient que pour les élections municipales et qu'ils disputaient, à ce moment-là, aux colons même pas paternalistes, mais de plus en plus autoritaires; ou un directeur de prison modèle qu'on venait juste de construire pour amadouer la hargne des innombrables prisonniers politiques, véritables bêtes noires des mêmes gros colons qui n'aimaient pas les entendre prononcer des discours sur la fin de l'électoralisme et la nécessité de la guerre; ou le directeur d'un lycée dont le censeur serait un Corse au pied bot; voire le directeur d'une médersa financée discrètement par les riches propriétaires qui tenaient à ne pas avoir maille à partir avec les autorités coloniales.

Les élèves ne disaient plus de gros mots, mais ils restaient indifférents et ne demandaient pas ce qu'était et ce que faisait, au juste, le gros poussah qui, incapable de croiser les jambes, les étendait devant lui. Ce qui intéressait les petits chanteurs, c'était la position sans nul doute douloureuse de l'officier-commissaire-gardien de prison, etc. A coup sûr, il souffrait, sinon il ne rirait pas tant, à se décrocher non pas la mâchoire qu'il avait solide, mais la panse qu'il avait molle et pleine de bonnes choses ingurgitées la veille car il n'avait pas eu le temps chez lui d'aller se soulager dans les cabinets, avant de prendre sa voiture et de faire les cent kilomètres qui séparent la ville du village. Ce n'était quand même pas maintenant qu'il allait faire ses besoins, avec tout ce monde qui l'épiait et ces garnements affreux qui s'amusaient à gober leur morve comme le ferait un caméléon qui happerait un moustique ébloui par la lueur blanche d'un quinquet fumant et crachotant une odeur de pétrole. Mais ils se lassaient vite de tous ces jeux qui n'arrivaient pas à éloigner d'eux cette vision du cauchemar à venir : le sang absorbé par le son, épongé comme ça d'un coup dans le petit bol ébréché qui recueillerait le prépuce coupé d'un seul coup du rasoir tellement affilé qu'il en était doux au toucher comme un poil de la queue d'un pur-sang arabe. Les visions se succédaient et malgré la chaleur, les enfants commençaient à avoir froid aux pieds, ce qui était un signe avant-coureur de la panique plus grande qui les saisira plus tard, plus tard... Ils n'osaient même plus regarder le barbier perdu dans ses rêves érotiques, alors qu'eux étaient obsédés par un petit bout de peau sanguinolente aux extrémités mais nettement blanche à l'intérieur de l'orifice bordé d'une zone à peine perceptible d'un jaune bleuté comme les contours d'un rêve infesté par mille abeilles et un seul et unique soleil orange et dur comme un pavé de grand-rue. Dru, le songe les emmenait loin, mais il n'y avait rien à faire. Les couleurs leur donnaient des envies terribles : avoir immédiatement leurs viscères chauds, lisses, graisseux et verdâtres, là en travers des mains jointes dans un geste de sublimation quasi clownesque. Mais les visions se succédaient d'une façon bizarre, à un rythme lancinant.

Ils étonnaient tout le monde, car ils demeuraient vivaces au moment où tout semblait se figer avant l'acte sacramentel et purificateur, au moment où le maître semblait oublier pour un moment son énorme nez, au moment où le gros musicien avait oublié qu'il avait perdu son bras gauche dans il ne sait quel bon Dieu de village avec des pagodes et des bonzes et une forêt de caoutchouc. (Bien fait pour sa gueule! Ça lui apprendra! Ça lui apprendra! hurlait le chœur.) Au moment où les larmes commençaient à venir furtivement aux yeux de la mère. Pan! Le feu était mis aux poudres! Ils haïssaient ce charlatan de circonciseur que bon nombre d'entre eux avaient souvent coincé dans les petites ruelles des bordels de Constantine. On disait qu'il se teignait les cheveux (ou bien portait perruque, ce qui était plus plausible), s'habillait à l'européenne, se collait un mégot au beau milieu de la lèvre inférieure et prenait des allures de Sioux sur la piste bordélique. Il s'obstinait à ne reconnaître personne. Non ce n'était pas lui le barbier du village, il n'avait pas non plus une ribambelle de gosses, ni un ancêtre – surtout pas son père – qui fut un élève de la sainte faculté de théologie du Caire. Lorsqu'il était harcelé par les questions des deux ou trois garnements qui le reconnaissaient très aisément malgré ses ruses de barbier, il leur racontait qu'il était ouvrier en France et qu'il revenait au bercail après avoir eu des histoires avec la police parce qu'il avait organisé des grèves dans une usine où il y avait une majorité d'ouvriers nord-africains. On le savait féru de politique et il en profitait pour baisser la tête, se gratter le crâne, regimber un peu, puis laisser tomber d'une voix qui se voulait honteuse, qu'on l'avait expulsé sous le prétexte fallacieux de proxénétisme. « Aouah! Allah est grand! Croyez-moi, mes frères, c'est une méprise! » Il fallait vite s'éclipser car il était capable de raconter mille sornettes aux foules silencieuses des abords des maisons closes, de charmer le charmeur de serpents revenu depuis peu de son Sud natal... Ils le laissaient tomber tant il les écœurait et rentraient vite au village pour retrouver, en passant devant la boutique, le rusé barbier en train de faire une saignée au cadi des lieux, superbement installé dans sa douleur, malgré la dureté du vieux banc en bois vermoulu et rongé définitivement par des vers repus de fine sciure. Ils n'en croyaient pas leur yeux, mais s'entêtaient à dire qu'ils l'avaient bien vu là où il n'avait rien à faire. Sordide coupeur de verges en deux et de cheveux en quatre! Merveilleux suceur de sang, il utilisait pour cela les ventouses collées sur le haut de la nuque ou bien le rasoir célèbre dans toute la Contrée avec lequel il faisait des saignées en tranchant dans le vif de la peau des tempes et du front. « Une bonne pinte de mauvais sang », disait-il, avec son air d'assassin tranquille et il sortait fièrement le verser dans le caniveau. L'hiver, quand le gel était vif ou que la neige s'était transformée en glace, le sang se coagulait et restait d'une couleur pivoine contrastant avec la blancheur de la neige. Il vivait dans le sang, et les enfants du village, chaque fois qu'ils venaient dans sa sale boutique, se méfiaient de lui et ne le lâchaient pas du regard jusqu'à ce qu'il eût fini de leur couper les cheveux.

Le barbier-circonciseur était toujours là, l'air toujours étrange, assis sur le sofa violet. Il continuait toujours à bien résister aux provocations toutes verbales des garnements de l'école coranique. Le voilà parti dans un soliloque hargneux et il n'oublie pas de crier de temps à autre, d'une voix de stentor, le nom de Dieu, parmi ses pairs et autres farfelus et barbus de la dernière heure qu'il soupçonnait gentiment d'hérésie mais qu'il tuerait froidement s'il venait à s'assurer de l'affaire. L'homme n'était point fanatique mais coupeur de prépuces. Cela suffisait, quand dans quelque assemblée religieuse, assis à côté de quelque croque-mort en congé, il laissait partir, mine de rien, sa petite phrase mielleuse : « Je suis le modeste serviteur d'Allah et par sa grâce coupeur de prépuces de cette contrée menacée par l'hérésie. » Il se savait quand même vulnérable à cause de cette histoire de déguisement qu'il lui arrivait de prendre dans les petites rues de la grande ville distante d'une centaine de kilomètres; il se savait aussi frileux, à cause de ce mauvais sang qu'il trimbalait dans son corps chétif, et toute cette maladie n'était due qu'à la mauvaise foi des croyants qu'il côtoyait dans sa vie de barbier d'un village situé à l'est du pays, dans une région de hauts plateaux où le blé abonde. Riait-il lui-même de la torpeur du croque-mort (il suffisait de lever la tête pour l'apercevoir entre le dernier musicien et le premier récitant, les mains derrière le dos, l'air tranquille et ressemblant si peu à ses cadavres dont il parlait avec mélancolie, se grattant l'omoplate gauche qu'il avait plus osseuse et plus volumineuse que l'omoplate droite, son malheur, disait-il...) qui ne ratait jamais l'occasion de manger un couscous épicé, avec de gros morceaux de mouton gras « car les morts ne paient pas », avait-il coutume de plaisanter.

Maintenant, les musiciens y vont de toutes leurs forces et les gamins somnolent sans conviction, sauf l'autre là-bas, juché entre son père et son oncle, qui se fait du souci sur ce qui l'attend. Les instruments grincent et les mots d'ordre se sont déjà mis à circuler parmi la quarantaine de garnements qui s'agitent à nouveau. Ils sont décidés à perturber le geste du circonciseur au moment fatidique entre silence et cri, entre calme et agitation.

La négresse qui s'avance doucereusement a des airs coupables d'apprenti bourreau et elle porte entre ses mains le bol ébréché plein de son jusqu'au bord! Le barbier devant l'accalmie hurle des ordres et l'enfant se voit planer au-dessus de mille têtes pour atterrir entre les bras de l'oncle bedonnant (officier? commissaire? gardien de prison modèle?). La musique cesse et les fumigations envahissent les narines. Ne lui fais pas mal! Ne lui fais pas mal! Ne lui fais pas mal! A l'intérieur, les femmes s'égosillent, mais le barbier, sachant tout à fait son affaire, quitte son burnous marron et fait sensation en apparaissant dans une splendide tunique violette. Le geste est théâtral; l'enfant veut partir ailleurs, mais l'oncle le tient fort et les deux hommes zélés lui écartent les jambes. Avant le sang, l'urine gicle, jaune et courbe comme un pauvre lasso qui ne cingle rien du tout. Eux s'esclaffent dans leurs barbes qui leur donnent des airs sataniques, mais soudain la lame du rasoir jaillit. (Dieu de grosse bite! On te lynchera dans les rues de la ville monstrueuse où la légende de la femme sauvage court toujours)... Il reste calme. Il introduit dans le prépuce un bouton de nacre et à la démarcation, entre chair et peau, il tranche! Le sang goutte dans le bol que la négresse tient en tremblant tandis que les cierges grésillent de toute leur mauvaise odeur de cire et de suint. Les garnements se sont tus. L'enfant gémit et les femmes libérées poussent des cris de plus en plus stridents. Paroxysme. Sale barbier! Il s'en lave les mains! la négresse fait le reste. Le psaume monte dans le ciel et crève l'attente des femmes. Il n'a plus mal! Il n'a plus mal! Il n'a plus mal! Le son dans le bol ébréché est tout à fait sale, à l'heure qu'il est. Mais le barbier se dit dans son for intérieur : « Nous saurons écraser la vermine hérétique, elle est si peu nombreuse dans notre grand pays. Allah! Allah! »

J'avais encore rêvé de cette maudite circoncision! Mais avec le matin, l'accalmie ne venait pas. Il ne venait rien. Une latence agaçante semblait tout régenter. Propos sommeilleux. Gestes ambigus ou à moitié esquissés. Chasses d'eau dont nous devinions quelque peu le déferlement. Infirmières maussades. Et dans le réveil de mes autres frères, il y avait comme un harassement définitif qui leur donnait des visages, à la fois bistres et glauques qu'une sorte de nodosité rugueuse fermait définitivement à toute possibilité de bonheur. Ils feignaient d'ignorer, avec le lever du soleil, le vacarme des insectes autour des cercles imaginaires ou vaguement dessinés dans l'espace par le froissement des rayons solaires et le tremblement des feuilles du jardin qui venaient s'écraser contre les vitres de la salle comme peintes en blanc, alors qu'elles étaient revêtues de couleurs généreuses et fortes où l'orange dominait avec le bleu. Les bruits, d'origine multiple et difficile à déterminer avec précision, étaient toujours les mêmes (douche-lavabo-ménage-arrosage-cuisine-pluie à l'extérieur et sur les frondaisons ténues des arbres, les jours où il pleuvait en été, malgré l'intensité des orages seuls capables d'atténuer la chaleur étouffante de la journée, etc.), de même que les odeurs à la fois tièdes et humides de l'éther, du formol, du camphre, des détergents utilisés par la blanchisserie, toute proche, des alcools fétides et écœurants, du pain avec cette senteur caractéristique de la levure et de la pâte qui lève dans une atmosphère aigre et surchauffée, du café au lait refroidi et puant la teinture d'iode et le fer, de peinture écaillée, chauffée à blanc par les mille radiations parvenues à travers les arbres et les feuillages, pulvérisant le mastic jaunâtre qui laissait apparaître des petits clous rouillés fichés dans le bois exhalant une odeur entre le soufre et la térébenthine, entre la rouille et l'essence de bois mille fois recuit... Rien ne nous effrayait plus. Les réveils matinaux nous étaient familiers, trop familiers même.

L'abandon de nos rêves à moitié accomplis nous laissait souvent dans des états de surprise, douloureux et brumeux à la fois. Il nous fallait mille précautions et mille concentrations attentives pour prendre contact longuement et le plus lentement possible avec nos corps fourbus de chimères et de métamorphoses fabuleuses, et avec les objets qui nous encombraient de leur agressive présence et de leur luminosité. Tout ici dévorait la lumière, surtout nos barbes ridicules sur lesquelles nous soufflions des heures durant pour les rafraîchir dans un mouvement collectif et synchrone du plus bel effet sur nos gardes-malades dépassées par l'événement chaque fois que nous sortions, sans aucune transition, il faut le dire, de notre léthargie primitive.

Rien ne venait, non plus, nous aider à abandonner cet état nébuleux; sinon le chuintement de l'eau gouttant dans les lavabos dont les robinets ne ferment jamais bien, sinon aussi la multiplicité et l'opulence des couleurs moirées hachurant l'espace en mille endroits, avec des surfaces d'ombre et des surfaces de lumière; sinon encore toutes ces odeurs dont l'origine douteuse nous donnait des maux de tête que rien ne pouvait calmer; avec en plus de cela, le va-et-vient intempestif de bonnes femmes doucereuses et laides et de bonshommes immenses et forts dont nous n'avions que faire, capables seulement de nous surprendre dans nos machinations obscures où il était certainement question de l'assassinat du directeur de cette maison de fous furieux curieusement baptisée : *l'Ermitage* en dépit de tout bon sens, plaquée à flanc de colline, allant en pente douce se perdre dans la végétation luxuriante d'un jardin extraordinairement herbu, jusqu'à la limite de la ville à droite et le déferlement de la mer, à gauche. Ils venaient nous déranger dans nos complots et se souciaient peu de nous amadouer, nous, perdus entre vertige et vision, suspendus aux récits de nos cauchemars denses et gloutons. Nous gardions donc nos visages fermés, nos yeux torves, nos barbes sales et nos prurits dus à la chaleur et à la mauvaise qualité des matelas. Notre mutisme nous était du plus grand secours car l'accalmie était en nous et non pas en dehors de nos têtes éblouies par le faste baroque de nos idées grouillantes et coulant en nous comme une semence fluide. Rien ne pouvait bouter hors de nos imaginations les merveilles d'une réalité perçue à rebours, à travers failles et méandres dont l'aboutissement ouvrirait, à travers le réel sordide, de véritables crevasses où le délire n'était qu'un prétexte pour poétiser notre maigre environnement brutalisé par la lumière, le bruit des eaux, l'odeur de la pâte qui lève aigrement, les pas des surveillants chargés de leurs trousseaux de clés... La nuit, une lumière bleue et blafarde amplifiait la peur inexplicable qui nous battait entre les flancs et à ce moment-là, nul recours n'était possible, sinon le retour en nous-mêmes, la fermeture sublime sur nos fantasmes et nos fantômes; et le délire durait ce que durait la nuit, jusqu'au lever du jour qui nous trouvait irrémédiablement clos, avec, sur nos visages, les signes de la mort et les signes de la démence. Faciès aveugles et lugubres : nous avions donc perdu nos dents, nos langues et jusqu'à nos pénis, car la tourmente laisse écrasé le malade qui a l'audace de chevaucher, à travers sa mémoire désolée et aride, l'ineffable vierge étendue sur une plage devant les yeux impassibles d'un nègre, gardien de mausolée et qui a des rapports plus ou moins louches avec un gros chat bedonnant et majestueux.

L'infirmière-chef était venue puis repartie sans m'avoir dit un mot. Elle boudait. La veille, je n'avais pas cessé de la harceler. Elle ne croyait toujours pas à cette histoire de circoncision. Elle en était arrivée à un point de lassitude tel qu'elle avait feint de capituler face à ma virulence et à ma méchanceté! Mes autres compagnons n'avaient d'autre chose à faire qu'à s'esclaffer, non pas tellement parce qu'ils haïssaient Nadia, mais parce qu'ils voulaient me faire plaisir. Là, ils me décevaient car leur excitation était exagérée et au lieu d'être irréconciliables comme je le voulais, ils n'arrêtaient pas de faire des efforts pour paraître sous un jour agréable et surtout normal. Comment alors les expulser vers cette hantise où le cerveau se violace de quelques millions d'abeilles (surtout des abeilles effervescentes et agressives) et de cloportes obèses et mous qui le font vrombir, gémir, crisser et vrombir à nouveau, dans un mouvement incessant qui les culbute dans le cataclysme infernal où il ne subsistera rien de leurs mémoires ni de leurs silhouettes juste entrevues l'espace d'une seconde dans la glace d'une armoire dont la porte brinquebale et grince jusqu'à leur donner le mal de tête et mettre le branle-bas dans leurs pauvres cerveaux de malades dociles; alors que seule la bonne et saine folie liquide, de couleur violette, pourrait les nettoyer de leur peur et les rendre durs et cassants, au lieu de cette obséquiosité lamentable, non pas vis-à-vis d'un surveillant sadique ou d'une quelconque infirmière zélée ou même du médecin avec ses lunettes ridicules, mais vis-à-vis d'un des leurs, accusé d'avoir laissé se noyer une très belle jeune fille, au lieu de... au lieu de lécher son visage ovale, merveilleusement doux, pour le débarrasser de tout ce sang de chèvre dont le nègre l'avait aspergé devant lui, alors que la lucidité n'avait pas encore quitté son esprit ravagé par la peur du clan qui pourrait surgir tout à coup et se lancer à sa poursuite, avec la horde par-derrière, empêtrée dans ses vêtements amples, relevant quelques-uns des ancêtres, eux aussi partis à sa recherche, munis de gros gourdins à clous, de couteaux de cuisine et de quelques carabines de chasse, à deux coups successifs, encourageant de la voix les pauvres bougres retardaires du clan, vieillards boitant affreusement et aveugles fulminant contre la dépravation et contre la philosophie qui ne peut mener qu'aux flammes de l'enfer, etc. Comment, alors, expliquer à mes compagnons la primordiale haine de toute l'autorité habilement dissimulée dans cet hôpital et comment leur faire comprendre que toute pitié pour mon sort devait être bannie de leurs expressions et de leurs yeux? Mes compagnons me décevaient réellement à exulter de la sorte, non pas le matin où tout demeurait statique malgré les bruits de l'eau et les odeurs de cuisine, mais le restant de la journée.

Nadia boudait. Parce que, la veille, j'avais à nouveau évoqué cette histoire de jeune fille (noyée sans que je pusse lui porter quelque secours parce que le soleil me martelait les tempes et que l'insolation m'avait emporté dans un labyrinthe sordide où tout geste m'avait paru excessif et saugrenu, d'autant plus que le gardien du mausolée semblait s'intéresser à mes faits et gestes et qu'il restait là [mais où était passée la chèvre noire?] dans une attente douloureuse, les lèvres épaissies par la sécheresse, alors que mon amante, ravie à la hargne de la tribu, s'en allait dans l'eau verte, laver son visage ruisselant de ce sang qui commençait déjà à coaguler à la commissure des lèvres et à l'intersection des paupières) qui la mettait hors d'elle; et j'aimais la voir dans cet état qui la rendait moralement abattue et physiquement laide avec cet affaissement du corps déjà usé par mille mains anxieuses et tâtonnantes à la recherche de l'extase qu'elle jurait être capable de donner à ses pauvres amants mais dont elle ne savait ni l'ampleur ni la vibration, et qu'elle promettait quand même dans un mouvement de désespoir, de peur qu'ils ne refusent (tous ces jeunes dont elle était amoureuse) de venir fourrager avec leurs membres virils dans cette plaie longitudinale, déjà avachie par mille pénétrations, non pas excitantes mais tout bêtement inutiles puisqu'elle était frigide et froide comme le ventre d'une limace collée à l'herbe rongée par le gel, dans un jardin de l'enfance, au petit matin d'un hiver particulièrement rigoureux. La clouer au pilori d'une façon définitive? Là était le rêve, alors que les autres somnolaient ou bien, pris d'une crise d'hystérie, se roulaient par terre, se frappaient la tête contre le marbre et s'incisaient férocement les lèvres. Elle était jalouse de Samia dont je ne cessais jamais d'évoquer la beauté et l'intelligence; et elle prenait alors des airs de sauterelle étouffée par l'insecticide dont l'effet l'eût frappée en plein vol.

Certains jours, elle disait qu'elle me tenait et que je n'avais qu'à me rendre. Ma capitulation devait alors s'accompagner d'un certain nombre de mesures que j'étais le seul – disait-elle – à pouvoir mener à bien : ramener le calme dans le pavillon, cesser de faire l'analyse critique du Coran devant mes compagnons épanouis, arrêter toute action subversive contre les autorités sanitaires et surtout ne plus parler de cette cérémonie de la circoncision ni de cette prétendue élève de philosophie, séduite sur une plage du pays... Sinon, elle me dénoncerait aux Membres Secrets du Clan (M.S.C.) qui n'étaient pas là pour récupérer cette jeune fille inventée de toutes pièces par mon cerveau malade, mais pour d'autres raisons beaucoup plus sérieuses. D'ailleurs, elle me tenait depuis le jour où elle avait été fouiller dans mes affaires et qu'elle y avait découvert la photo d'une actrice égyptienne célèbre dans toute la Contrée pour sa danse du ventre et les charmes de son corps qu'elle exhibait quasiment nu. Au dos de la photo, le nom de l'actrice était écrit en arabe : (سَامِيَة جَمَال) avec une dédicace des plus banales. Elle me tenait – disait-elle – et n'arrêtait pas de m'accuser d'avoir utilisé le nom de la danseuse pour inventer toute cette affaire de jeune fille de bonne famille qui m'aurait suivi sur une plage où vivait un anachorète nègre se souvenant encore des rites de la tribu. J'aurais ainsi tout fabulé parce que j'étais sincèrement amoureux de la danseuse du ventre s'exhibant dans des films semi-pornographiques que j'aurais vus durant mon enfance dans un petit cinéma crasseux où nous sifflions à chaque déhanchement de la gracieuse, entre une cacahuète avalée de travers et un mégot de cigarette subtilisé au dernier moment – avant qu'il ne l'écrase irrémédiablement – à un paysan endimanché (c'était pourtant le vendredi que les paysans venaient à la ville...) et méfiant. Mais quel rapport entre cette photo et la jeune fille aspergée de sang de chèvre et dont le corps enflé par l'eau et rongé par le sel, avec la peau fripée et abîmée qui laisse apparaître les os très blancs, la chair pourrie et les cheveux moisis, serait rejeté tôt ou tard sur quelque plage de la Contrée mirifique? Qui avait mis cette photo dans la poche de mon veston? Je la savais capable de tout. Elle menaçait de mettre tous mes compagnons dans le secret et de détruire ainsi toute l'influence que j'avais auprès des autres malades qui m'avaient toujours entendu raconter cette histoire de Samia, l'amante juvénile, à la façon d'un conte de fées. Mes amis avaient alors du mal à retenir leurs larmes et il fallait les calmer en leur disant, tout à coup, que ce n'était là que mensonges. Puis, je revenais à la charge et leur faisais un récit poignant de la mort de mon ancienne élève; entre la réalité et le mythe, ils trouvaient – à juste titre – que la nuance était trop subtile et ils finissaient par croire à toute cette fabulation. Il ne fallait surtout pas venir leur raconter le contraire. Ils devenaient vite sarcastiques, puis méchants, puis hystériques; et la salle partait dans un délire que je régentais à 310la on d'un psychodrame. Je ne recevais jamais les félicitations du directeur puisqu'il savait que j'étais à la tête de la conspiration qui visait à le pendre haut et court à un arbre du jardin.

Elle avait mis le doute en moi. Du coup, ma sérénité fondait et je demeurais de longs jours en proie à l'incertitude insupportable (ai-je tué Samia?). Nul ne pouvait répondre à mes questions. J'étais alors dans un état de prostration totale et j'avais l'impression qu'un ours gigantesque hibernait dans l'étendue glaciale de mon cerveau gourd. La frénésie retombait. La salle devenait docile et se laissait administrer potions et piqûres, sans répit, du matin jusqu'au soir. Nadia, au lieu de pavoiser, s'angoissait de me voir léthargique et par surcroît amnésique. Je simulais la cécité et passais à travers les jours, nébuleusement.

Elle avait aussi menacé d'expliquer à tout le monde les raisons de mon hospitalisation. Je n'avais pas daigné lui répondre ni sortir de mon mutisme. Quelle histoire allait-elle donc inventer? Mes compagnons lisaient maintenant le Coran, égrenaient patiemment leurs chapelets et se laissaient prendre par la dévotion et le mysticisme. La vie de l'hôpital continuait à se dérouler avec une grande monotonie. Odeur d'éther. Draps blancs, immaculés que l'on jetait sur les cadavres de ceux qui avaient eu l'audace de mourir, sans attirer l'attention, presque honteusement, comme s'ils avaient uriné dans leurs pantalons, en plein centre de la ville, lorsque midi brise le bleu de la mer et le transforme en un vert bouteille tacheté de gros points blancs. Un homme agonise. Un autre crie dans les latrines que son âme lui sort par les fesses. Souvent, le silence. Rarement, la fureur. L'angoisse bat dans les têtes et nul n'ose ricaner parce qu'un ami est mort et que personne n'a eu le courage d'aller le veiller à la morgue. Mon père m'a écrit. Il veut venir me voir. Je n'ai pas répondu. Il saura trouver le chemin de l'hôpital. Il se débrouille bien, mon père. J'ai oublié son prénom car tout le monde l'appelle Djoha; un surnom étincelant qui lui va bien. Il vend du poisson à la pêcherie. Il est constamment bourré de kif et quand il en a assez, il prend sa barque qu'il n'arrête pas de peindre de toutes les couleurs et s'en va tout seul au large. Un homme du Sud chante une complainte trop triste. J'ai la gorge qui se noue, non pas à cause de mon père, mais à cause de la chanson. Cela fait longtemps que je sais que Djoha n'est pas mon vrai père. Il ne me l'a jamais dit. La pudeur ne l'étouffe pourtant pas, mais il est venimeux envers Siomar!

L'infirmière avait menacé d'expliquer que si j'étais dans cette salle, c'est parce que j'avais essayé de me suicider en m'ouvrant les veines des poignets avec une lame de rasoir. Personne ne l'aurait crue et elle n'aurait jamais pu dire un tel mensonge. Mes compagnons auraient exulté derechef rien que pour la mettre en colère. Elle avait donc appris (par qui?) que j'avais essayé de me donner la mort après l'échec d'une liaison amoureuse vécue avec l'une de mes élèves qui ne s'appelait même pas Samia mais qui avait un autre nom compliqué et qu'on retient mal. Elle leur disait : « Ça n'a aucune importance le nom de cette élève séduite par l'écrivain public à qui vous racontez vos histoires de famille et vos secrets intimes, afin qu'il consente à vous rédiger des lettres bavardes dont la longueur vous étonne, mais vous êtes incapables de lui dire ses vérités car il vous fascine par l'aisance avec laquelle il comprend vos affaires et puis il ne vous reste plus qu'à signer avec le pouce... » La jeune fille aurait quitté le scribe pour revenir, repentie et pleine de remords, au bercail et la famille aurait préféré étouffer l'affaire.

Mon suicide présumé se situerait à cette époque-là. Les pompiers m'auraient amené à l'hôpital. Que dire? J'avais beau rire, elle ne voulait pas en démordre. Tout ce que je savais, c'était que j'avais enseigné la philosophie dans une petite ville, pas très loin de la capitale et que j'avais attrapé une insolation, un jour qu'il faisait très chaud, sur une plage déserte. Je savais aussi que je n'étais pas le fils de ce marchand de poissons, quelque peu dérangé et musicien, qui avait consenti à me donner son nom, mais le fils de Siomar, l'époux de ma tante Malika. L'énigme n'avait pas été éclaircie totalement mais j'étais au courant de l'abominable machination de mon vrai père. Je n'osais entretenir personne de cette filiation gênante car, encore une fois, médecins et infirmières auraient mis cela sur le compte de la mythomanie. Ils pensaient – Nadia les avait mis au courant – qu'ils avaient la preuve de cette passion que j'avais de déformer la réalité, grâce à la découverte de la photo de la danseuse dans ma poche. Ils devenaient, alors, tous sarcastiques et je n'avais plus qu'à observer leur manège des heures durant. Ils se pavanaient fièrement, investis de leur certitude, très contents d'avoir diagnostiqué, dès le début de mon hospitalisation, une tendance tragique à la simulation. Certains d'entre eux, influencés par la hargne et la mauvaise foi de Nadia, allaient jusqu'à mettre en doute ma tentative de suicide. L'on se demandait tout autour de moi si je n'avais pas simulé un suicide pour attirer sur moi l'attention de la petite ville dans laquelle j'enseignais, afin de briser le cercle des résistances dans lequel j'étouffais de plus en plus. A vrai dire, ils me soupçonnaient d'être l'auteur d'un certain nombre de machinations, mais leur méfiance vis-à-vis de tout ce qui émanait de moi les empêchait d'en arriver à une conclusion définitive, en ce qui concernait mon cas, à la fois très simple et trop ardu pour leurs schémas rigides et leurs critères mécanistes. Ils demeuraient dans l'incertitude et avaient, dès qu'ils m'abordaient, des visages impassibles. Ils essayaient de m'amener à accepter leurs décisions et à capituler. Perplexes! Ils ne savaient plus où ils en étaient et en voulaient maintenant à l'infirmière-chef d'animer toute une agitation – déprimante en fin de compte – autour de mon cas. Moi, je les regardais. Eux, reniflaient pour cacher leur gêne. En vain. Moi, j'avais constamment l'envie de dormir et de vomir. Eux, ne cessaient pas de tourner autour de mon délire. Les choses étaient vagues. Vagues aussi les contours des objets et des êtres. Visages amincis. Corps devenus fluets, brusquement, et comme au bord du déséquilibre. Les objets avaient l'air de papillonner dans l'air dru sur lequel les couleurs venaient se plaquer, comme dans un rêve de mauvais goût. La moindre lumière m'irritait les paupières et en m'endormant dans la journée, je rêvais que ma mère était morte dans une ville étrangère difficile d'accès.

Perplexes, ils étaient eux aussi mes compagnons, lorsqu'il m'arrivait d'arborer un bâton blanc, des lunettes noires et une barbe touffue. Dès lors, j'avais un sourire idiot sur mon visage dévoré par l'insomnie et par la perte de la mémoire. Comment faire autrement lorsque la cabale hargneuse lancée à ma poursuite m'interdisait le droit d'avoir aimé, jadis, une jeune fille à qui j'avais inculqué, dans un mausolée hanté par l'âme d'une vieille folle, le mépris de certaines lois ancestrales injustes et de la vieille horde lancée à notre poursuite dans une chaleur d'eucalyptus, à travers les jujubiers de l'enfance et le granit et le silex déposés au fond des oueds desséchés par la calamité solaire et par le vent à l'odeur de poivre, de clous de girofle et de grains d'anis (quel rêve encore inventer pour éblouir la racaille de l'hôpital?).

Maintenant l'on chuchotait tout autour de moi. L'on craignait une nouvelle tentative de suicide. Nadia disait à mes autres compagnons qui s'empressaient de venir me le rapporter, que tous les symptômes avant-coureurs étaient réunis et que j'allais bientôt tenter – ou simuler – de mettre fin à mes jours. Le branle-bas était cocasse mais personne ne s'avisait d'y mettre fin. Du coup, notre salle était prise d'hystérie collective. Les malades trouvaient que la gent médicale et paramédicale représentait un danger certain pour leur équilibre mental. Ils se refusaient à admettre une telle situation. En dehors du délire, ils avaient l'impression de ne plus exister. Il ne fallait donc plus laisser à nos bourreaux, à nos surveillants et à nos médecins, le temps du répit.

Il fallait, au contraire, se déchaîner et, à travers la folie, resurgir dans la clarté de la conscience. Cette lucidité implacable ne devait pas seulement étonner nos tortionnaires, mais leur donner l'envie de nous rejoindre dans la folie salvatrice. Moi, je tenais des discours désopilants sur la frigidité de l'infirmière-chef qui n'osait plus réapparaître dans notre salle malfamée, puisque chaque fois qu'elle essayait d'y parvenir, elle se faisait culbuter par l'ensemble des fous, qui la violaient à même le sol et ne l'abandonnaient que lorsqu'elle était prise d'une crise de fou rire fantastique, ébranlant nos nerfs et nous laissant indécis, pris entre l'envie de la tuer et celle de la faire jouir jusqu'à la confusion des couleurs. Mais le fou rire chez elle n'était que le signe de cette impuissance définitive à jouir! Elle riait d'une façon démoniaque comme d'autres peuvent hurler ou sangloter.

Devant ces échecs répétés, nous avions menacé de la dépecer (surtout que nous avions parmi nous un spécialiste de ce genre de chose. Bagnard trimbalé de forteresse en forteresse; géant hirsute évadé du bagne et repris dans une mosquée, déguisé en bedeau myope et fanatique; nécrophile dévoré par l'amour d'une femme morte durant son premier séjour en prison et dont il voulait étreindre le cadavre pas tout à fait tombé en poussière, lors de son évasion. Maintenant qu'il était venu échouer lamentablement dans notre antre infesté de faux aveugles, de faux délirants et de faux amoureux, il avait – pour le sauver – un air d'authenticité qui le rendait magnifique à nos yeux; et ses délires étaient les meilleurs, les plus imagés et les plus fantastiques. Engoncé dans un vieux burnous miteux et troué en maint endroit, il croyait qu'il neigeait constamment sur la ville inondée par le soleil et corrodée par la mer, car il confondait tout et remontait dans le temps – sublimement – sans aucun effort. Il était gras, suait à grosses gouttes, mais disait qu'il gelait car tout était blanc et la neige lui donnait des vibrations devant les yeux, à force de blancheur. Ce n'était rien, à côté du sang qui se déversait à torrents sur l'espace immaculé et faisait des ravines profondes dans la neige molle. A mesure qu'il parlait, l'on avait l'impression qu'il ventait sur la ville et que la neige tombait à gros flocons couvrant les passants et les devantures, les autobus et les tramways avec leurs perches dont ils ne savent que faire, à s'agiter là-haut entre le bleu du ciel dur, grenu, et la blancheur cinglante des rues, des maisons et de la terre noyée dans tant et tant d'éclat lumineux, donnant à l'espace alentour une dimension telle que tout mouvement semblait se faire au ralenti comme dans un vieux film ou un beau cauchemar. Il parlait de la neige tombant sur son village, mais il confondait tout dans sa pauvre tête d'ex-tueur et il prenait la ville, dans laquelle était situé l'hôpital, pour son village situé à l'est du pays où il avait perpétré il y a fort longtemps un crime crapuleux, dans une petite épicerie misérable. Il était capable de pleurnicher des soirées entières à l'évocation de ce meurtre, non parce qu'il avait du remords mais parce qu'il n'avait rien trouvé dans l'épicerie, pas même de quoi acheter un paquet de cigarettes, alors qu'il croyait – l'imbécile – faire le coup de sa vie, gagner beaucoup d'argent et aller se marier avec cette femme qui était morte – disait-il – de chagrin, de le savoir enfermé dans ce bagne, alors qu'en vérité elle coulait des jours heureux après un mariage avec le patriarche d'une grande famille fort aisée...) sans pitié. Nous l'avions prévenue, Nadia, que nous finirions par la dépecer! Elle était au courant et savait l'ex-tueur capable de répéter son geste. Il hoquetait d'émotion et m'avait adopté parce que je savais lui raconter avec fougue et force palabres mon amour pour Samia noyée à l'heure qu'il est, et devenue méconnaissable, avec tout ce sel et toute cette eau rongeant son beau visage de jeune fille nouvellement mise au courant de tout le feu qu'elle possédait entre les jambes. « Aouah! disait-il en crachant par terre, jamais je ne me suis remis de cet amour! » « Moi non plus! » Je disais cela pour le consoler mais entre moi et lui, il y avait ce pauvre bougre sur lequel il s'était acharné sadiquement. Entre lui et moi, il y avait le fantôme de l'épicier dont il avait mutilé atrocement le corps. Il lui était égal d'avoir tué, de sang-froid. Il regrettait seulement d'avoir souillé la neige, de l'avoir barbouillée de sang, de chyle, de glaire, de morve et même d'excréments, car avant de mourir le marchand n'avait pu retenir ses viscères et s'était humilié inutilement, se donnant en spectacle devant le tueur hirsute et bourré de haschisch.

Nadia était donc sur ses gardes. Il ne s'agissait plus d'avoir le fou rire mais de risquer de se faire assassiner par l'autre vieillard devenu mon ami par la force des choses, pleurant son amante morte depuis vingt ans déjà! Certains jours, l'horreur me glaçait. Je vomissais alors toute ma bile verte puis toute ma bile bleue. Puis, lorsque je n'avais plus rien à vomir, j'avais le hoquet et une stridence infernale dans la tête. Je ne dormais plus. Hallucinations! Je croyais voir entrer dans la salle, lugubrement éclairée par une petite lampe bleue, l'épicier assassiné qui portait sa tête sous le bras à la manière des aviateurs qui portent ainsi leurs casques, avant de prendre place dans l'avion. Il faisait le tour de la salle, puis il passait entre les lits et demandait l'aumône à chacun d'entre nous. Lorsque la berlue m'aveuglait, je me ruais hors de mon lit, le corps moite, la langue rêche et les yeux exorbités, hurlant mille insanités, confondant Nadia avec ma mère et ma mère avec Samia puis avec l'amante du bagnard que je prenais pour le barbier qui m'avait circoncis quand j'étais enfant. Parfois, je prenais le coupeur de prépuces pour le maître d'école et vice versa, jusqu'à m'effondrer sur le sol. L'ombre s'épaississait alors peu à peu et m'engloutissait en son sein. Je perdais réellement conscience et chutais dans un puits sans fond.

L'infirmière-chef finissait par revenir à la charge, dès que nos rapports avec le bagnard tournaient à l'aigre et que, pris de panique, je lui criais à la face : « Assassin! » Il semblait alors moins immense et tout vulnérable. Mais je tenais bon : « Assassin », je répétais mon injure avec une hargne telle que je devais lui faire peur. C'était à ce moment-là que Nadia avertie par quelque mouchard arrivait en trombe, me souriait, s'asseyait auprès de moi, s'enquérait de ma santé et de mes affaires, puis me ressortait, en un tournemain, la photo de la danseuse égyptienne dont elle prononçait le nom : Samia Gamal, d'une façon étrange, comme si elle était née dans un faubourg populeux du Caire. Elle me suppliait de lui dire la vérité, de laisser tomber le masque, de reconnaître que personne ne s'était noyé, qu'il n'y avait jamais eu de circoncision ni de plage, ni de mausolée, ni de nègre respectueux des rites des ancêtres, ni de chat blanc, ni de tentative de suicide, ni même d'enquête de police. Elle prenait un air si pathétique que j'étais sur le point de tout reconnaître, non parce que c'était la vérité, mais pour la calmer et éviter que son visage ne devienne laid sous l'effet de la perplexité et du doute. Cependant rien ne sortait de ma bouche, sauf l'affirmation que mon père n'était pas mon père, mais la victime d'une affaire louche, ourdie par un gros propriétaire terrien, du nom de Siomar. Elle partait alors dans un discours sophistiqué et plein de sous-entendus. Jalouse, elle électrisait l'ambiance et je voyais ses yeux agrandis dans son visage jusqu'à la démence : elle était alors belle et l'envie me prenait de l'emmener dans le cagibi, pour l'étaler à travers boîtes et balais et lui donner le fou rire.

Hôpital. Canicules. Fenêtres fermées. Dehors, la chaleur fait des nœuds bouillonnants dans l'air et écorche les mouches qui voguent – somnambules – dans la lavasse épaisse de la sieste torride. Les infirmières vont et viennent alors que tout le monde somnole. Elles m'énervent avec le glissement furtif de leurs pas sur les dalles fraîches. A travers les persiennes à moitié tirées, le foisonnement multicolore m'atteint en plein visage et fait vibrer l'air plus que raréfié. Je rêvais d'une loi qui obligerait les infirmières à ne plus avoir de jambes et à rouler dans des voitures de paralytiques, dûment huilées pour ne pas faire de bruit. Samia m'avait écrit une longue lettre (à moins que ce ne fût une ruse de la part du médecin pour me convaincre qu'elle ne s'était pas noyée, mais que j'avais attrapé une insolation). Ma tante aussi m'avait écrit une lettre qu'elle avait sûrement dictée à l'une de mes sœurs. Elle disait à plusieurs reprises (cette manie des répétitions!) que c'était normal que je fusse à l'hôpital. Elle disait aussi qu'avec ma sale habitude de vadrouiller sur les plages, à longueur d'année, il était normal que j'eusse très mal à la tête. Mon père était venu et avait apporté des pêches et des citrons. Il amenait aussi l'odeur de la marée et une fraîcheur inaccoutumée. Il était le seul à venir me voir. Il ne s'inquiétait pas de ma situation, mais haïssait Siomar. Puis la semaine traînait dans cette chaleur moite qui se déversait sur la ville, au mois de septembre. Tout poissait. Les visages brillaient. Je comptais les morts qu'on sortait chaque jour de la morgue pour les enterrer discrètement, en guettant les bruits des chariots qui passaient sous les fenêtres de notre salle. Je comptais aussi, dans le silence de la nuit, le nombre de fois qu'on tirait la chasse d'eau. Je tenais de véritables statistiques et me tenais au courant de la moindre colique et de la plus banale constipation. Je veillais. Eux dormaient, sauf un jeune ouvrier revenu de France depuis peu, et qui avait oublié la langue arabe. Il était pour ainsi dire amnésique puisqu'il ne savait même pas parler le français. Il me racontait sa vie, comme on brasse l'air, d'une façon laconique et ironique en dessinant sur un petit carnet ce qu'il voulait que je comprisse. Il avait oublié sa langue maternelle et semblait en être très vivement affecté. Il baragouinait quelques gros mots qu'il avait appris dans la ville française où il creusait des trous pour qu'on y mît des câbles téléphoniques. Il disait que cela l'avait pris comme ça, un jour qu'il parlait avec un compatriote venu avec lui du même douar. Il s'était arrêté brusquement, au beau milieu d'une phrase qu'il n'avait jamais pu finir. Il n'avait pas reçu de choc auparavant. Avait-il été heureux en France? Il répondait en me dessinant des villes noires de suie sur lesquelles il bruinait à longueur de temps. Il dessinait aussi des hommes et des femmes tirant au bout d'une laisse des chiens levant la patte, ou bien salissant les trottoirs. Il faisait la moue. Il dessinait des usines et des souterrains dans lesquels des foules hagardes avançaient à tâtons. Je ne savais toujours pas s'il avait été heureux en France.

Quand il n'y avait plus de morts à compter ni de bruits de chasse d'eau à comptabiliser, j'écrivais des lettres, à Nadia, à Samia, à mon père (le vrai) puis à mon père (le faux) puis à ma tante. (Je la consolais tant que je pouvais et essayais de l'habituer à l'idée qu'elle risquait fort de ne plus me revoir.) Dès qu'elle avait lu ma lettre, Nadia venait à mon chevet et exultait. Elle était prête à m'écouter. Je reconnaissais que j'étais mythomane et que j'avais été traumatisé dès la petite enfance par quelque choc dont j'étais incapable de déceler, dans le fouillis de ma mémoire encombrée, l'origine exacte. Du coup, elle s'exaltait, m'encourageait à continuer, prenait des notes, m'embrassait à petits coups, se prenait au sérieux, pérorait, me faisait promettre que j'irais la rejoindre plus tard dans le cagibi. Puis quand elle s'était bien donnée en spectacle, je lui disais que le marchand de poissons qui venait de temps à autre me rendre visite n'était pas mon père. Du coup, tout s'effondrait autour d'elle. Elle me faisait pitié avec son air pathétique, ses pauvres rides, ses grands cernes et l'affaissement de sa bouche. La tentation de revenir sur cette déclaration, qui ne coïncidait pas avec les autres, était grande, mais je la laissais cependant partir, avec la houle dans la tête, ne sachant à quel dieu de la folie se vouer. L'embrouillamini était total et mes compagnons, dans l'ombre, dormaient avec sur leurs visages les traces de leur démence quotidienne.

Il serait quand même temps que les Membres Secrets viennent enquêter sur la disparition de Samia!

Pourquoi lui avoir parlé de ma mère? J'avais certainement raté là une belle occasion de me taire. Mais au fond, je n'avais plus rien à perdre. Maintenant que j'avais des complices à l'extérieur, rien ne me ferait plus reculer. Nadia me faisait rire car elle ne s'attendait pas du tout à cette nouvelle et, à mon sens, fulgurante attaque. Maintenant, je me sentais fort, même si mes alliés en dehors de l'hôpital n'étaient plus que deux, dont le poète Omar, toujours enfermé pour avoir écrit des poèmes séditieux sur la politique et sur la religion et pour avoir appelé, dans son poème-programme, les croyants à ne plus jeûner, pendant le mois de ramadan. Mon autre complice n'était autre que mon prétendu père, le marchand de poissons. Petit homme malingre, il vend des sardines dans une boutique où l'on gèle lorsqu'on vient du soleil. Elle est très fraîche et sent la marée haute quand midi embrase rues et ruelles et que l'air propage des vibrations quasi métalliques. Une fois dans l'antre, bien à l'abri du soleil, on a l'impression que le sol tangue sous l'œil à la fois sournois et confondu du propriétaire. Lui, s'en lave les mains. Il aime la mer et les poèmes d'Omar que toute la ville ignore et méprise. Lui s'en moque. Il me le dit chaque fois qu'il vient me voir. Il me dit aussi que j'ai tort de ne pas avoir un chapelet à portée de ma main, sous mon oreiller. (Cela sert! Cela sert!) Il ricane. Tousse interminablement. Puis à nouveau fait surface. Jubilation. Il n'a pas le temps de rigoler dans son énorme mouchoir de soie blanche. Il est délicat du nez et prend ses précautions. Qu'est-ce que ça veut dire cette histoire de chapelet? « Fiston, tu n'es pas assez armé. » Il récite Lénine en arabe et dit qu'il ne faut pas être trop avide. Un pas en avant, deux pas en arrière! Dans la ruelle de la salle, entre deux rangées de lits, il avance de deux pas et recule d'un pas. La théorie ne doit pas nécessairement coïncider avec la pratique. Il prend un air entendu mon prétendu père et déclame contre les schémas mécanistes. Il déplore, chez le poète Omar qui se promène entre le bagne et les hôpitaux du Sud où il lui arrive de soigner un œil en train de devenir peu à peu aveugle, une trop grande propension à l'exaltation. Bref, il découvre trop son jeu. Mon père porte bien son surnom : Djoha, le sublime. Il l'aime même. L'eau le fascine par-dessus tout. Il est donc maniaque et veut que tout rutile. Quand il vient me rendre visite à l'hôpital, j'ai beaucoup de peine à l'empêcher d'aller chercher un seau d'eau et de laver sous mon lit. Comme il a beaucoup d'imagination, il se fait un tas d'idées sur la faune qui se multiplie et sur la flore qui croît sous les lits des hôpitaux. Il est poète et il a cinquante ans.

Toujours parti à radoter sur la révolution communiste dans la Contrée, il a gardé en lui une sorte de jeunesse. Ses yeux sont constamment allumés et il se teint – coquettement – la barbe et les moustaches, à ma grande honte.

Pourquoi lui avoir parlé de ce qui s'était passé au village, il y a très longtemps? Pour jeter la confusion dans sa sale tête d'infirmière-chef qui pense trimbaler entre ses jambes un galet surchauffé. Ha! Ha! Elle me fait rire. Djoha rit aussi quand il la voit onduler de la hanche. Je l'ai mis au courant. Ses yeux s'allument plus fort et il veut faire des paris. Il jure qu'il est capable de la faire jouir, à condition d'être bourré d'alcool et gavé de kif. Car il reconnaît qu'il a besoin d'excitants pour dégeler Nadia. Il aime le jasmin mais ne cultive pas son jardin. Il se laisse faire mais s'occupe de ce qui ne le regarde pas. Il a tous les vices : il fume le kif et chique constamment; il lit Marx et récite le Coran. Il me trouve trop dogmatique. Il revient à la charge avec son histoire de chapelet : « Quoi qu'on fasse, tu es mon fils – dit-il – tu portes mon nom, donc il te faut écouter mes conseils. L'affaire du chapelet est importante. Il faut l'avoir constamment à portée de ta main. Cela déroute les policiers et autres cadis enturbannés fleurant le musc et l'eau de rose. » Il dit aussi que cette ruse peut amadouer la hargne de Nadia. Je me refuse à une telle concession que je juge humiliante. Mon père est un brave homme. Il est heureux mais il fait le désespoir de sa sœur qui le croit quelque peu atteint. Comme il aime ma tante, il souffre secrètement de l'attitude de cette dernière envers lui. Lui, croit aux mirages et à la révolution! L'homme se targue d'être non seulement un révolutionnaire camouflé sous des dehors farfelus et quasi grotesques pour des raisons de stratégie globale, mais d'être aussi un devin scientifique. Cela ne l'empêche pas d'avoir le cœur tendre et d'aimer sa sorcière de sœur, sorte de marieuse professionnelle qui infeste les bains maures et dresse l'oreille dès que l'on parle devant elle d'une quelconque vierge (gardée sous clé par un clan jaloux pour son honneur; allant de sa prison du jour à sa prison de nuit et vice versa comme un funambule dégoûté par son corps et par le vide...) à marier. Il m'exaspérait avec sa tendresse particulière pour cette sœur jumelle dont il reconnaissait pourtant les idées rétrogrades. Entremetteuse professionnelle, elle dresse de sordides guets-apens dans les chambres de sudation des hamams : elle regarde autour d'elle et juge d'un coup d'œil infaillible, malgré l'obscurité et la haute température de l'étuve, les jeunes filles traînant leur célibat comme une lourde chaîne. Mine de rien, elle passe prestement et leur palpe d'un geste rapide les hanches et la poitrine. Ma tante a ses raisons, mais les hommes aiment les femmes opulentes, aux chairs à la fois fermes et généreuses. Il m'exaspère, Djoha mon père, par tant d'obséquiosité. Il n'est jamais dur vis-à-vis de sa sœur. Il a un faible pour elle et c'est un peu sa mauvaise conscience.

Cela fait un bon bout de temps depuis sa dernière visite au village. Il n'y a pour ainsi dire jamais séjourné. Il y vient une fois par an sur ordre télégraphique de Siomar et passe quelques jours à scandaliser par son accoutrement trop voyant et ses discours trop sophistes les villageois obligés d'être à la dévotion du riche propriétaire qui les emploie. Il a quand même du succès. Quand il arrive à l'hôpital chargé de livres, de chapelets et de citrons puant le poisson frais, il a l'air de débarquer d'une autre planète. Nadia sourit narquoisement. Elle m'agace car au fond de moi-même, j'ai un peu pitié de lui. Dehors, quand il marche, il imite la houle et les garnements du quartier, qui supposent qu'il est soûl, lui jettent des pierres. Lui, les méprise et arbore sur sa veste venue en contrebande de Hong Kong un immense foulard rouge qu'il porte coquettement sur les épaules d'une façon décontractée et qu'il déploie de temps à autre comme un étendard révolutionnaire pour embêter les policiers, nombreux à écumer la ville prise entre ses collines rouges et sa mer verte. Avec son turban d'une blancheur éblouissante, il coince les branches d'un petit bouquet de jasmin dont les fleurs lui criblent la tempe gauche et ouvrent à même la peau un cratère de fraîcheur. Toutes les bonnes odeurs cohabitent en lui. Sa sœur croit dur comme fer qu'il a subi un sortilège jeté par une femme amoureuse et qui n'ose se déclarer. Autrement, comment expliquer qu'il ait accepté, il y a vingt-deux ans, le marché que lui proposait Siomar? Nadia mise au courant, tout en n'admettant pas cette histoire, dit avec un sourire pincé qu'il avait commis là une faute de jeunesse. Acculé, lui, raconte autre chose. Il explique que Siomar lui avait fait du chantage parce qu'il avait des preuves contre lui. Djoha avait en effet organisé un trafic de haschisch et craignait que Siomar ne le dénonçât aux autorités coloniales de l'époque, parmi lesquelles il avait des amitiés sûres, voire des complicités.

Et Samia – avant sa noyade – ne m'avait pas aidé. Elle avait dit : « Tu deviens fou ! » Au lieu d'insister et de lui raconter par le détail comment Djoha, dont le personnage l'attirait, n'était pas mon vrai père et qu'il ne m'avait même pas élevé, j'avais préféré lui tresser ses cheveux tellement noirs qu'ils en étaient presque bleus, alors que parvenu subrepticement jusqu'à ma chambre, je l'avais déshabillée, mise au lit et lui avait expliqué, sans un regard pour sa chair opulente – d'une traite –, le *Traité du désespoir* de Kierkegaard, l'*Epître du pardon* de l'aveugle philosophe hérétique du XIe siècle, Abou El Ala al Màari, que Dante avait bien lu avant d'écrire sa *Divine Comédie*, enfin la sourate coranique de la « Vache ». Du coup, elle s'était mise à se demander s'il n'y avait pas quelque vérité dans ce que je disais au sujet du lien paternel. L'histoire était trop complexe. Comment avoir le courage de la lui raconter ? Surtout que me lancinait l'envie de me couper les pieds impossibles à réchauffer, comme une excroissance, se développant en dehors du reste de mon corps. Que lui dire lorsque je ne pouvais plus oublier qu'au bout de mon corps, mes deux pieds gelés me hantaient à tel point que je les voyais cloués, propres et aseptisés, à un mur de la mansarde effroyable louée à une vieille femme avare qui voulait me convaincre que l'été, dans la Contrée, se perpétuait durant l'hiver et que somme toute, il suffisait d'avoir le cœur chaud pour ne pas faire cas de ce froid cinglant venu de la montagne enneigée qui encerclait la ville et l'écrasait. Il valait mieux continuer à lui lire mes trois livres de chevet, en passant de l'un à l'autre, sans transition, déboulant à travers les pages, les mots et les concepts : surgissant là où elle m'attendait le moins, lui donnant d'inexplicables maux de tête, repoussant toute allusion à mon père.

Une histoire de fou! Lui, était arrivé à l'improviste. Et après les salutations d'usage, il me lança à la figure cette révélation qui n'en était pas une puisque ma tante m'avait mis au courant, depuis quelques années « Je ne suis pas ton père! » Il en riait par anticipation, en attendant de rire plus fort, à la tête que j'étais en train de me composer : « Je ne suis pas ton père! » Je le laissais dire. Dans l'attente qui commençait à trop durer, son nez semblait lui dégringoler sur le menton et la perplexité donnait à son visage un aspect douloureux que je ne lui avais jamais connu. Il ne rigolait plus maintenant. Devant mon silence et mes sarcasmes, il restait debout, comme prêt à toute éventualité maléfique venue d'un homme quelque peu atteint. Au fond, il avait peur de me voir le dévisager, impassible. Il l'avait pourtant longuement porté, son secret. Mais aucun effet sur moi! Avec la chaleur, il en devenait cramoisi et continuait à me fixer. Sa silhouette grotesque se découpait dans l'embrasure de la fenêtre ouverte sur un mur qui disparaissait sous le feuillage turbulent d'une énorme bougainvillée criblée de fleurs entre le rose et le violet. Lui dire de s'asseoir n'avait aucun sens. Il était sur le point de prendre la fuite puisqu'il était pris entre la fureur et l'exaltation. Au fond, il n'aimait pas trop ma façon de lui faire avaler son rire de travers et la douleur commençait réellement à lui paralyser les muscles du visage, demeurés figés dans l'attente de ma réaction. Mille fourmis! Il avait l'air bête et flottait dans l'espace taraudé par la chaleur. Il n'imitait plus la houle. Moi, j'étais parti à la recherche de mon enfance (la maison chaude avec sa chaux, ses carrelages et ses mosaïques de toutes les couleurs. Ma mère et ma tante. Les pieds nus et plus blancs que le marbre qu'elles foulaient. Le tulle blanc qui empêchait le soleil de me brûler les paupières. Les deux femmes qui se parlaient rarement mais hurlaient à longueur de journée contre la ribambelle d'enfants constamment aux aguets, lestes à fuir, inquiets devant la tournure des choses... [Il y avait deux femmes dans l'énorme maison de Siomar et un seul homme.] Dans le foisonnement du soleil sur le carrelage, entre une mouche gobée pour avoir dans la bouche le goût du sang et des amours à la fois innocentes et malsaines; nous avions des démarches étranges. Nous savions pertinemment que quelque chose couvait. L'opulence des formes de la tante ne présageait rien de bon. Femelle alourdie de son désir, elle nous inquiétait avec ses regards fantasques, sa moue éternelle et ses gros seins qu'elle n'enfermait jamais dans un soutien-gorge comme le font généralement les femmes, mais qu'elle laissait brinquebaler dans tous les sens, à l'intérieur de sa robe très ample. Il suffisait qu'elle se baissât quelque peu pour qu'on eût un goût de paradis sur la langue. Ma mère était belle. Contrairement à ma tante, elle ne faisait pas la prière et prisait en cachette. Je l'avais surprise plus d'une fois, en train d'allaiter mon oncle qui se pavanait entre ses deux femmes et nous vouait une haine éternelle) tandis que lui restait debout, comme fiché au sol. « Je ne suis pas ton père! » Moi seul étais clairvoyant. Mon mutisme me sauvait. Il n'avait plus qu'à repartir dans sa boutique. Demain, il sera temps qu'il revienne.

En fait ce n'était pas ma mère qui m'avait mis au courant. Elle avait trop honte, ma pauvre mère. C'était ma tante Malika qui avait osé me le dire. Elle avait raconté toute l'histoire de bout en bout avec une rapidité excessive chez cette femme très lente et très calme. A la fin, elle en avait perdu le souffle. Elle haletait. Lorsqu'elle se fut vidée devant moi, sans me regarder une seule fois, je lui demandai de tout reprendre, car je n'avais rien compris à son affaire. Elle manqua s'étouffer, fut tentée un instant de s'évanouir puis décida de tout m'expliquer, à nouveau. Maintenant que j'avais compris, je la coupais à chaque fois et lui posais des questions qui la faisaient rougir. Ma mère, à l'époque, agonisait – à trente-cinq ans – dans sa chambre qu'elle ne quittait plus. Elle était très malade et tout le monde savait qu'elle ne traverserait pas le terrible hiver qui s'était abattu sur la Contrée. En bas le tramway ferraillait et couvrait la voix enrouée de ma tante. Le crépuscule descendait au fur et à mesure qu'elle parlait. Une ombre rousse commençait à ourler les visages et les objets d'une couleur plus vive que celle du demi-jour qui stagnait contre le rideau de tulle blanc. « Ce n'est pas de sa faute... Ce n'est pas de sa faute. » Cette phrase revenait comme un leitmotiv morne et terrible à la fois. Pleurait-elle ma pitoyable tante? Avait-elle seulement du remords face à cette lente désagrégation du corps de Selma, ma mère violée à l'âge de seize ans par Siomar? Impossible de répondre à de telles questions. Bien sûr que j'avais été conçu pendant la mémorale nuit de noces de ma tante Malika! Elle avait raconté l'histoire de son père, un vieux lampiste mort à la tâche entre notre village et le village voisin, trahi par ses varices et le vin qu'il ingurgitait à forte dose pour avoir le courage d'aller courir le long de la voie ferrée avec sa lampe résineuse suspendue au bout du bras, déjà rigide bien avant la mort qui devait le surprendre, une nuit de janvier, alors qu'il neigeait doucement sur les hauts plateaux. « Ce n'est pas de sa faute. » Pourquoi ma tante répétait-elle cette maudite phrase qui avait le don de m'agacer? Je n'oubliais pourtant pas que ma mère se mourait et que j'allais avoir à supporter la douleur de sa mort (impression hallucinante d'abattoir avec le grabuge des bêtes et les flots de sang chaud et épais déversés à torrents dans les caniveaux complexes dont la structure quasi abstraite m'effrayait plus que le reste; avec l'abominable gargouillis du liquide rouge faisant écho aux bruits de l'agonie dans les gorges des bêtes alignées, à l'infini, dans un ordre impeccable, lorsque le sang a inondé la bouche, les yeux et les narines. Qui m'avait emmené dans cet endroit affreux? Peut-être mon prétendu oncle qui était mon père, l'austère et probe Siomar, riche propriétaire terrien qui avait accompli son troisième voyage à La Mecque et qui n'allait pas s'arrêter là... Le bouillonnement fascinant de l'urine rosie et coulant piteusement du pauvre gland, écrabouillé par le couteau de la brute hirsute, transformait mon angoisse larvée en un désir fou de japper et de caracoler. Nous étions venus livrer quelques veaux et quelques moutons dont les bêlements tristes me laissaient désemparé, face à la suractivité – tout à fait vaine et factice – du riche cultivateur. La tonitruance du sang était insoutenable au moment où le lisse de la gorge s'ouvrait brusquement et que le liquide abondant et vermillon giclait à l'assaut du visage monstrueux du boucher penché sur sa victime et dégoulinant de sueur...) impossible à supporter. Mais maintenant qu'entre le récit de ma tante et l'intrusion du crépuscule, je ne savais plus où j'en étais de ma mémoire, comment échapper à l'horrible carnage? Elle avait parlé! A moi, maintenant, de régenter l'horreur. Viol de ma mère, en pleine lumière de l'été, à côté du puits où elle était venue puiser l'eau; par terre, à la manière des moutons de mon enfance que j'avais vu tuer et dépecer. Elle avait parlé longuement, sans aucune colère. « Vingt ans que cela dure. » Cela avait coïncidé avec l'année du séisme qui avait tout dévasté, dans une ville où il n'y avait plus que des gravats accumulés les uns sur les autres. Je n'avais rien vu de cette catastrophe dont on avait parlé longtemps, sinon des clichés jaunis représentant des maisons délabrées, des maisons de guingois, des maisons sans toit et puis d'autres encore complètement par terre, de vieilles folles débraillées qui grattaient la terre avec des fourchettes rouillées sous le soleil et dans la poussière. Je n'avais rien vu de cette ville barattée, mise sens dessus dessous, avec des fissures et des lézardes presque mouvantes alors qu'alentour le fer était figé et que les arbres rabougris et merveilleux avaient des torsions fantastiques semblables à celles de la tôle et du zinc triturés, malaxés, dans un bouillonnement venu du centre de la terre. J'avais vu des photos jaunies par le soleil sur lesquelles les pauvres sinistrés restaient debout alors que leurs baraques étaient par terre. Et puis les processions de rats, qui dévoraient, au vu et au su de tout le monde, la charogne puante et criblée de vers blancs, rouges et verts. Et puis le minaret de la mosquée demeuré bêtement dressé dans le ciel bleu, alors qu'alentour tout avait été détruit, décimé, rongé, livré aux rats, ces gros rats aux oreilles roses et poilues, aux ventres blanc-de-lait et lisses, pires que les ventres des grenouilles froides, et plus nobles que ceux des nababs bien nourris par la colonisation, avant l'indépendance du pays; avec les moustaches si blanches et si longues qu'elles leur arrivaient dans les yeux, s'y noyaient et gênaient la bête dans sa démarche plus que cahotante, titubante et laide. Le sol était corrodé par la lèpre des matériaux fétides, humectés par la moisissure verte et grise coulant à travers la pierre et la rocaille et à travers aussi le fer et l'acier torturés de mille méandres, provenant certainement des égouts explosés en mille morceaux et déversant leur abject contenu qui ajoutait à la puanteur de l'atmosphère raréfiée, due à la putréfaction des cadavres étalés au soleil, face au ciel, les yeux ouverts. Et puis cette fillette fiévreuse dans sa somnolence, exhibant dans sa folie deux petits seins blancs, bien arrondis et pointus, avec des bouts rose tendre comme une rougeur vague due à quelque prurit qui lui aurait fait deux taches sur sa poitrine veloutée. Et puis il y avait le tertre avec ses racines violacées et noueuses fusant à travers le sol comme une lave abondante et glissante, sur lequel des chauves-souris froufroutaient à travers les branches calcinées, tordues et dressées droit vers le ciel dans un délire d'abstraction fantastique et échevelé à travers forme et structure, comme s'il ne s'agissait que d'un dessin brouillé par l'insupportable chaleur et non d'un arbre brisé par un cataclysme. Et puis il y avait aussi les scorpions, les reptiles et le verre pilé criblant les yeux des pauvres sinistrés qui continuaient à gratter la terre avec des instruments hétéroclites rejetés par les maisons des riches et des Européens qui avaient apporté avec eux depuis longtemps la grêle des étés, les tremblements de terre, la sécheresse et toutes les calamités qui peuvent s'abattre sur des paysans misérables...

Il l'avait coincée au moment où elle se baissait pour remonter le seau d'eau qu'elle avait jeté dans le puits. Et là, dans une plaque de soleil, il l'avait violentée et pénétrée, sans prendre le temps de la déshabiller, ni même de lui ôter complètement sa culotte restée accrochée à mi-cuisse, lui donnant un air saugrenu que le satyre n'avait même pas remarqué. Il lui avait mordu la langue et l'avait tant terrorisée qu'il avait fini par la déposséder de son plus précieux atout pour un éventuel mariage; et la voilà maintenant qui avait l'air idiote, même pas évanouie, ouverte pour l'éternité. Elle avait ainsi perdu l'ultime secret de son sang coulant frêle à travers ses cuisses et ses dessous mal tirés. Devenue la maîtresse de son beau-frère, elle n'avait rien dit, ne s'était même pas lavée et avait traîné dans son sillage des gouttelettes de sang, le restant de l'après-midi.

Elle continuait de susurrer. L'ombre s'était transformée en nuit profonde. Mais qui aurait osé allumer? Dans la chambre à côté, ma mère traînait une longue maladie. Elle avait dit que Siomar était mon père véritable et que Djoha n'avait accepté de couvrir le scandale qui allait éclater que parce qu'il avait été victime d'un chantage. Au demeurant, je l'avais toujours soupçonné d'être incapable d'être mon vrai père. Il avait de drôles de rapports avec l'une de mes sœurs. J'étais moins étonné que révolté du silence des deux femmes qui avaient gardé le secret pendant une vingtaine d'années. Elles n'avaient jamais osé en parler même entre elles et chacune attendait que je grandisse, moi qui fus conçu le jour du viol, pour juger et ma mère violée cruellement par le maître, et ma tante bafouée horriblement le deuxième jour de son mariage. Dans la nuit de la chambre, elle disait qu'elles n'avaient eu aucun soutien, à part un frère cheminot, lui aussi, qui n'avait pas cessé de boire pour oublier que son père était mort ivre, enseveli sous un mètre de neige. Elle pleurait, à l'évocation de son pauvre frère, alcoolique invétéré qui avait pris conscience, tardivement, de l'exploitation coloniale et qui s'était amendé en partant au maquis où les soldats français l'avaient tué un jour, alors qu'il se lavait le visage dans une flaque d'eau, avant de reprendre sa marche harassante à travers les jujubes et l'airelle, à travers la roche cisaillant la terre rouge sur laquelle la végétation touffue créait une turbulence merveilleuse à la fois et providentielle, au flanc de la colline fissurée par les laves, les fourmis rouges et les scorpions. Elle pleurait à l'évocation de mon oncle mort pendant la guerre de sept ans, alors qu'il avait vécu dans les villes, longtemps échappé à la police qui le considérait comme un communiste notoire. Avait-il été endoctriné par mon prétendu père Djoha – Si-Slimane-le-malicieux? Elle disait que non, qu'il avait la haine des riches et de la religion et qu'il devait finir par faire ce qu'il avait à faire. Echappé à la police partie à sa recherche bien avant le déclenchement de l'insurrection nécessaire, il avait été torturé (et ma mère avait eu beaucoup d'admiration pour le courage de son frère. A sa sortie de prison, il était venu la voir par surprise et avait surgi derrière elle, poussant un petit cri et la tenant par la taille, l'empêchant de se retourner et de deviner... Au début, elle n'avait pas cru à une farce. Elle s'était rappelé le jour où l'autre, l'ignoble, l'avait violée, juste à la même place, peut-être au même moment de la journée, avec la même flaque de soleil d'hiver qui cernait le puits. Il l'avait surprise par-derrière... Comment avait-elle fait pour ne pas l'entendre venir... L'herbe devait être mouillée. Il avait plu la veille. Pourtant elle se tenait sur ses gardes. Depuis vingt ans qu'elle se tenait sur ses gardes! Le viol... Elle était devenue méfiante chaque fois qu'elle voyait un puits et une bande d'herbe autour. Son frère avait voulu la surprendre. Elle le croyait toujours en prison. « A tirer de l'eau comme ça toute la journée, tu dois être fatiguée... » Elle l'avait reconnu à sa voix. Heureusement! Elle était prête à se jeter dans le puits. Elle n'allait quand même pas se laisser violer une deuxième fois. Il était venu pour lui annoncer sa sortie de prison et sa décision de quitter le village, la compagnie des chemins de fer et de prendre le maquis. Un secret! A ce moment elle avait remarqué que le nez de son frère n'était plus à sa place ordinaire, un peu dévié de sa trajectoire. Il disait qu'il ne voulait plus recevoir des coups sans les rendre. Qu'il allait les faire baver. Il n'était même pas en colère. Un secret à ne pas divulguer, insistait-il. Elle aussi, elle en avait un, de secret! Mais, comment lui dire? Elle était sur le point de lui raconter...) et envoyé au bagne de Lambèse.

L'autre femme – la sœur – baragouinait toujours dans le noir, mais elle avait changé de position. Je me disais qu'elle était trop malheureuse pour pouvoir rester en place. Siomar l'avait très souvent dégoûtée à lui faire des choses dont elle avait honte, elle qui était dévote et craignait Dieu... Elle les avait surpris un jour dans une posture pour le moins saugrenue chez un homme qui faisait courir – sciemment – la légende de son ascétisme et de sa droiture. Elle ne comprenait pas et n'en croyait pas ses yeux. Terrible, le spectacle de sa sœur montée sur le bas-ventre de son mari et lui tournant le dos, alors qu'une vieille femme – certainement une mendiante qu'il avait racolée dans la rue, sous prétexte de venir laver le linge – toute nue, avec sa pauvre poitrine flasque et veinée de bleu comme si on l'avait tatouée à cet endroit et aux autres endroits vulnérables, lui mettait quelque chose dans la bouche... et la gueuse faisait apparemment du zèle pour exiger plus d'argent car elle savait le gros propriétaire très près de ses sous. Si la porte de l'armoire, avec sa glace monumentale dans laquelle les trois corps se reflétaient merveilleusement bien, s'était mise à grincer (elle fermait mal et s'ouvrait souvent sans raison précise) et à battre, les corps auraient eu l'air de danser. Mais l'autre, celle qui avait été violée à seize ans, avec son dos duveteux et ses fesses charnues et rondes, restait hagarde et voguait à travers l'abracadabrante mêlée, avec chair contre chair et poils contre chair y laissant certainement des marques rouges ou des stries vaguement roses qui devaient exciter l'immonde chef de la smala. Saugrenu aussi était le va-et-vient qui les faisait tanguer et qui secouait leurs corps comme un agglomérat compact ou un résidu fantastique et géométrique, en perdition dans l'espace presque opaque, puisqu'on avait tiré les persiennes, pour la sieste de l'ogre. Lui seul, d'ailleurs, était parti à la recherche de ce plaisir légendaire, entrevu à travers les corps des femmes qu'il avait séduites ou simplement achetées, avant son mariage avec ma tante et avant qu'il violât ma mère pour me concevoir dans un délire de sang et de crispations spasmodiques alors que la veille, il venait de déflorer sa femme légitime. Elle avait dit (ou bien l'aurais-je tout simplement imaginé, après cette maudite insolation qui avait écrasé dans ma tête mille structures floues et mille mots vagues et peu précis; à tel point que j'avais cru à la noyade de Samia, la gamine de dix-sept ans qui disait qu'elle m'aimait mais qui m'avait échappé à Constantine où j'étais venu la rejoindre) qu'elle avait entr'aperçu, l'espace d'une seconde, le gros musicien qui soufflait dans son trombone, lors de la circoncision mémorable. Et puis il ne manquait plus que ça! Elle avait été prise entre le fou rire et la colère, mais elle était vite partie vomir toute sa bile dans la salle d'eau. Etait-elle restée longtemps entre la bouffonnerie irrésistible et la mort spongieuse à goût de vomi, écartelée comme ça entre les deux et ne sachant que faire? Qui savait!

Djoha, alias Si-Slimane-le-malicieux, mon père présumé, ne faisait plus de farce. Il disait d'un air honteux que ma tante avait longtemps promené avec elle une odeur de lait qui caille; tandis que Selma, ma mère, griffée dans cette belle chaleur quasi gélatineuse qui rendait les vibrations de l'air plus stridentes, s'étiolait, perdait ses forces et sa mémoire. Parfois, j'arrivais chez elle et demeurais de longs moments à son chevet, dans cette grande pièce toute en baie qui s'ouvrait sur la terrasse et sur la forêt d'eucalyptus dégringolant à travers le maquis et les arbustes grillés par le soleil, jusque dans sa chambre qui avait l'air de voguer entre les arbres et le ciel, avec, certains jours, un soleil distendu et phénoménal, aperçu à travers la vitre légèrement bombée. Et ma mère passait son temps à regarder le ciel, cette poutre bleue au-dessus des draps blancs dont chaque millimètre de tissu était chauffé, à tel point qu'on croyait que, par endroits, les draps étaient craquelés, fendillés sous la constante dévoration du soleil embrasant les arbres et les objets diffus dans la lumière qui inondait le visage exsangue de la malade et lui donnait quelques couleurs.

Maintenant qu'il était revenu, il n'avait plus rien à dire. J'aurais pu l'insulter mais cela aurait fait trop plaisir à l'infirmière-chef qui lui vouait une haine tenace. Il n'avait plus rien à dire, puisque j'étais au courant par ma tante qui avait raconté le calvaire de sa sœur et le sien, prises toutes les deux dans le piège de Siomar qui les avait soumises par la force. Il les avait engrossées en même temps et pour couvrir le scandale, il fit appel à Djoha qu'il menaça de livrer à la police pour ses activités d'agitateur politique notoire et pour son trafic de stupéfiants. Il avait même inventé une ou deux histoires de maris que le bonhomme aurait bafoués dans leur honneur et qui n'auraient pas cessé de le harceler, de le rechercher et de lui tendre des embuscades dont il aurait pu se sortir miraculeusement. Siomar lui avait proposé de lui céder un local situé sur le port pour lui permettre de vendre du poisson, en contrepartie d'un mariage blanc avec Selma que le gros propriétaire avait violée. Il avait accepté ce marché abominable parce que – disait-il – il avait eu pitié de la victime de Siomar, celle-là même qui allait me mettre au monde quelques mois plus tard. Maintenant qu'il était là, à côté de mon lit, il n'avait plus envie de plaisanter comme la veille, lorsqu'il avait été pris de fou rire à l'idée de la tête que j'allais faire en apprenant de sa bouche qu'il n'était pas mon père. A le voir ainsi, triste et sage, j'avais presque du remords et regrettais un peu de l'avoir privé de l'effet sur lequel il comptait, pour se réjouir quelque peu. Il était là. Presque affable. Le visage a demi rongé par l'ombre, alors que l'autre moitié semblait surgir de l'espace sans la moindre transition qui en aurait atténué quelque peu l'effet diabolique. Rebelle, il avait jusque-là traversé les jours, les mois et les ans d'une façon prestigieuse. Maintenant, il était là, assis sur la chaise, en tailleur (il n'avait jamais su s'asseoir autrement) donnant l'impression d'être sur le point de perdre l'équilibre, mais il n'en était rien, car le malaise le rendait précautionneux. Vieux singe! Il ne disait rien. Ses jambes happées sous ses pauvres cuisses maigres, il simulait un désarroi total et s'amusait à se faire passer pour un cul-de-jatte, aux yeux des autres visiteurs qui ne le connaissaient pas très bien. Diversion! Certains d'entre eux allaient jusqu'à lui faire l'aumône qu'il acceptait sans un mot de remerciement. Sa fixité m'étonnait. Lui, si bavard, se retranchait derrière un silence hargneux qui lui donnait l'air, à la fois docte et bouffon, d'un aveugle sur le qui-vive.

Une fois qu'il fut parti, je restai seul. Je n'avais rien à faire qu'à somnoler. Entre le sommeil et la veille, j'avais fait un drôle de rêve. J'avais rêvé que ma mère était morte. On m'avait averti mystérieusement et on m'avait donné une adresse dans une ville étrangère située au centre d'un pays non moins étranger. Lorsque j'eus sonné à l'adresse qu'on m'avait communiquée, un vieillard parlant une langue que j'ignorais m'expliqua – par gestes – qu'il était le concierge de l'immeuble où nous étions et qu'il ne fallait pas que je le prisse pour un croque-mort, sinon je le vexerais. Au début, il m'expliqua très poliment, faisant des gestes très doux afin que je pusse comprendre, et peu à peu, il s'était emporté. A la fin, il s'était mis à m'insulter en arabe : « Kelb! Kelb! » Il était clair qu'il venait de changer de tactique, que quelque chose l'avait soudainement frappé et choqué dans mon comportement. Il devenait terriblement menaçant, me faisait des gestes obscènes. Il voulait que j'emporte le cadavre de ma mère sur mon dos! J'avais beau essayer de lui expliquer – par des gestes – que ma religion m'interdisait un tel sacrilège, il continuait à être de mauvaise humeur. Il finit au bout d'un long moment par me laisser entrer dans la chambre où ma mère était étendue sur un lit. Une vieille, qui se suçait constamment l'intérieur de la bouche, la veillait. Elle m'agaçait avec les bruits qu'elle faisait. Elle me dit dans une langue qui n'était pas la mienne mais qui m'était familière, qu'elle était de l'hospice. Je n'avais pas compris si elle voulait faire allusion à quelque chose de précis. J'avais demandé un sac de jute pour emporter ma pauvre mère. Le concierge me donna un tout petit sac et m'ordonna d'attendre que le cadavre rétrécisse; ce qui – selon lui – n'allait pas tarder à se faire.

J'avais cru qu'il plaisantait. Mais la vieille de l'hospice répéta la même chose et me renseigna longuement sur l'affaire. Puis elle se mit à ricaner en essayant de cacher son rictus avec un mouchoir plein de sang frais. « N'ayez pas peur – dit-elle – ce n'est que la culotte de votre pauvre mère. Elle vient d'avoir ses règles. Et quelles règles! Je les souhaite à toutes les femmes mortes. » Elle avait ajouté que je n'avais aucune inquiétude à avoir et que ma mère, qui n'avait jamais été trop encombrante, n'allait pas se mettre à me poser des problèmes, une fois morte... Que puisqu'elle venait d'avoir ses règles, il était normal qu'elle rétrécît. Elle avait l'air sincèrement admirative au sujet du sang menstruel. Je ne savais pas s'il fallait que j'aie l'air de quelqu'un qui est flatté ou de quelqu'un qui est inquiet. Le vieillard me faisait des signes derrière le dos de la vieille femme. Il laissait entendre qu'elle était folle. « Elle finira bien par diminuer de taille et vous pourrez l'emporter dans votre sac de jute. En toute confiance. Tranquillement. Vous traverserez la ville et vous aurez même le loisir de vous y promener à travers une agitation extraordinaire, unique au monde. Mais évitez d'aller dans les squares car il y a trop de moineaux et ils risquent de venir picorer la chair de votre maman. Ils aiment la chair des femmes qui ont leurs règles. » Elle avait l'air presque canaille en racontant cette histoire de moineaux. Comme une sorte de salacité, mais tout à fait fugace. « Vous n'avez qu'à attendre qu'elle rétrécisse. » J'avais alors fait mine de patienter. Maintenant que je pouvais regarder ma mère, je ne cessais pas de me dire qu'elle était bel et bien morte. Des cancrelats trempaient leurs pattes frétillantes, nerveuses et graciles, dans une flaque de sang qui n'avait pas fini de grandir, entre ses cuisses légèrement écartées... Il fallait attendre encore quelques instants. Le temps qu'elle rétrécît. Puis je la mettrais dans le sac minable et la transporterais à travers cette maudite ville. J'étais presque en colère à l'idée de la traverser de part en part, avec ses sémaphores de toutes les couleurs qui s'allument et s'éteignent dans cette frange de brume se plaquant au-dessus des maisons, vers six heures du soir, à la sortie des bureaux. Avec ses policiers quinteux et portant cagoule pour préserver leur anonymat. Avec ses rues encombrées de drôles d'autobus et de drôles de tramways trop silencieux pour qu'on y monte, l'esprit tranquille. Avec ses devantures de chic et de toc qui ne fascinent personne. Avec ses maisons aux façades rébarbatives, noircies par la fumée et la suie. Avec ses femmes fessues cachant leurs varices sous des bas violets, orange et roses. Avec ses chiens trop polis, à mon gré, qui ne salissent pas du tout, qui n'urinent nulle part. Avec ses bandes jaunes éclatantes... Quelle histoire! Mais il fallait quand même espérer que le cadavre rétrécît quelque peu, sinon de quoi aurais-je l'air avec mon fardeau abominable sur le dos. A quoi bon ameuter les agents zélés et tous les chats affamés? Il valait mieux que le cadavre de ma mère diminuât de volume puisque, comme me l'avait dit la vieille femme, elle venait d'avoir ses règles. Tout ce qu'il fallait, c'était tenir encore quelque temps...

Réveil pâteux! Qui dira cette frange du songe? Comment le scribe allait-il faire pour dire avec des mots l'étrangeté dans laquelle baigne le rêve? L'expression de l'effroi quand la chute molle n'est pas nécessairement un cri mais une délicieuse impression de s'enfoncer dans le bonheur. J'avais décidé de taire mon rêve et d'attendre que quelque chose – certes pas l'enterrement de ma mère – se produisît. Pour le moment, quel réveil atroce! Et à nouveau les chasses d'eau. Combien de fois? Impossible de les compter. Les chiffres s'embrouillent dans ma tête encore tiède du cauchemar que je venais de faire. Cadavres dont il faut fermer les yeux. L'hôpital. La lampe bleue. L'odeur des latrines (aujourd'hui cela sent la betterave dans tous les coins). La maudite infirmière rapace qui a juré d'avoir ma peau. (Zébi! Zébi!) Râles! Nuit! Folie! Quelqu'un glousse dans une zone d'opacité hallucinante. Un autre aussi. Fenêtres ouvertes. Senteur écœurante des plantes grasses, parvenue du jardin bien entretenu et qui fait la fierté du directeur. Une vieille femme titube jusqu'à mon lit. Elle s'est trompée de pavillon. Je la chasse sans pitié. « Tu as tes règles, va-t'en! » Peur du sang! Elle me tire la langue. Bulbeuse. Blanchâtre. Violacée de stries bizarres. Une langue comme le barbier de mon enfance, celui qui m'avait circoncis, en aurait aimé lécher et mordre. « Va-t'en! » Docile, elle s'en va en me faisant signe de me taire. Chut! Elle me tourne le dos et me laisse le loisir de contempler ses varices : on aurait dit des scorpions qui grouillent sur une croûte blanchâtre de vieux pain rassis, peint au bleu de méthylène.

Puis le silence revenait et les bribes de sommeil, collées à mes yeux, brouillaient ma perception des choses à tel point qu'à nouveau les souvenirs reprenaient possession de ma mémoire (comment faire pour oublier la longue infecte guerre et notre fuite devant les soldats étrangers qui ne comprenaient pas notre attachement à la terre parfois riche, parfois sèche et terreuse? Que de douars visités, la nuit, à la sauvette, où nous attendaient la galette chaude et le lait caillé et le nom de Dieu clamé très haut comme un cantique exorcisant? il y avait les rochers et la pierraille à travers lesquels nous haletions à la recherche d'un abri, pour tomber à plat ventre derrière les nopals et les jujubiers; et le tout noyé dans une goutte de soleil piquant l'œil de celui qui fait le guet, enroulé dans son burnous de grosse laine, la mitraillette bien calée sur le ventre, prête à aboyer, prête à faire hululer l'écho à travers les montagnes. Gare à l'ennemi! Et surtout, se méfier des cochenilles. Elles piquent aux abords des oueds, quand l'aube laiteuse assaille nos visages burinés pour l'éternité. Nous faisions la guerre et il n'y avait pas de fleurs dans nos songes. Seulement le napalm déversé par les insectes d'acier tourbillonnant dans le ciel, au-dessus de la lagune. Mille et mille villages détruits. Il nous fallait surgir de l'ombre et même du soleil, frapper et nous faire avaler par les forêts et les prairies des matins gris. Puis les siestes moites et le cahotement entre faille et ravin, à flanc de colline, l'un derrière l'autre. Le plus difficile, c'est de savoir faire la différence entre la proie et l'ombre de la proie. Ne pas gaspiller les munitions, vaquer à sa besogne, faire son dur métier. Puis, lorsque nous repassions, il n'y avait plus de douars. Rien que le magma tordu de pierres et de poutres. Quelques hardes de pauvres, éventrés dans leur sommeil par les bombes. Un chien crevé. Un âne coupé en deux, avec ses boyaux arrachés bleuissant au soleil parmi les restes d'un bébé hagard qui n'avait pas su ce qui lui arrivait, le pouce dans la bouche et son œil lisse dans la main. Mort. Tatoué par l'acier, dans l'âcre odeur des genévriers et des poivriers tachés de rouge. Parfois aussi, dans l'holocauste, quelque vieille faisant ses ablutions dans le sang de sa vache, avec un air si sérieux qu'on n'aurait jamais cru qu'elle était folle...) à nouveau débloquée et remise dans le sillage du temps réel.

Quelques jours après, il revint rasé de près, mon pauvre père qui voulait me faire part de son secret et mourir de rire! Il avait apporté des fleurs, avait retrouvé sa démarche d'antan que les prostituées de toute la Contrée avaient chantée avant qu'il tombât dans ce traquenard que lui avait tendu Siomar et qu'il perdît toute l'estime que la faune marginale avait pour lui. Il ne s'en était jamais remis de cette histoire et pour l'oublier, il avait tout fait. Il avait même eu l'audace d'aller consulter une sorcière qui lui avait remis un talisman : il l'a toujours porté en cachette de moi et de ses acolytes. Il disait : « Je ne peux pas faire de mal à une mouche, comment veux-tu que je fasse l'amour à une femme, et de surcroît, l'engrosser. Aouah! Aouah! » Il crachait dans son mouchoir de soie fine des viscosités de poitrinaire et faisait la moue, en dodelinant de la tête. Il voulait noyer le poisson (ha! ha!). Mais à ma façon de parler il avait compris qu'il n'y avait aucun jeu de mots dans mes propos. Je n'allais quand même pas lui tendre une perche; après tout ce qu'il avait accepté de couvrir. Il avait beau dire qu'il avait très peur d'aller en prison, à cause de la mauvaise haleine des gardiens corses et des tarentules; je ne cessais pas de le railler. Pourquoi s'était-il refusé à répondre à mes invectives? Lui, continuait à brandir son chapelet qui sentait l'ambre. Je le soupçonnais de manigancer quelque arrangement avec sa conscience et ne lui disais rien au sujet de mes rêves ni de mes cauchemars. Il me demandait des nouvelles de Nadia, mais je faisais la sourde oreille. Comment avait-il pu accepter le marché que lui proposait Siomar? Les tarentules et l'accent des gardiens corses n'expliquaient pas tout. Il était lâche. Il disait qu'il le savait. Qu'il ne ferait rien pour changer. Que c'était dans l'ordre des choses. Avec sa manie de croiser ses jambes sous lui et de plier méticuleusement son mouchoir avant de le remettre dans sa poche, il m'exaspérait! Comme ça, dans la lumière du soir, il avait l'air d'un mouton laineux, à cause de l'ombre épaisse qui lui couvrait une partie du visage, à tel point qu'il en devenait méconnaissable. Au lieu de répondre à mes invectives, il continuait à brandir de temps à autre son chapelet et à se taire. Il restait, là, coi, avec son turban, ses moustaches, son bouquet de jasmin derrière l'oreille. Et toujours, cet air exécrable de victime fallacieuse. Il avait très peur (comme ce mouton de l'Aïd que l'on avait livré à notre hargne et à notre turbulence, lorsque nous avions été nous installer dans la grande ville. On lui avait tellement couru après, qu'effrayé, il avait fini par se jeter de la terrasse pour aller s'écraser quatre étages plus bas, sur le toit d'un tramway électrique qui passait par là. Nous avions suivi la trajectoire fabuleuse, puis l'éclatement de la malheureuse bête en mille parties sanguinolentes et glaireuses. Les passants avaient été aspergés et les pauvres avaient profité de l'aubaine pour ramasser les morceaux et les mettre dans leurs paniers; ils avaient même saisi l'occasion et étaient montés dans le tramway en resquillant, disant au receveur, au bord de l'évanouissement, qu'ils avaient déjà payé, jurant tous leurs dieux et tous leurs saints, se disputant les rares places assises, montrant leur joie de monter dans ce tram dans lequel ils n'auraient jamais osé mettre les pieds, si ce n'était cette manne du ciel, ce mouton volant dans les airs et venant s'écraser à leurs pieds... Et nous, face à l'espace cramoisi, peint de mille couleurs et bariolé de toutes les nuances du rouge, nous étions frappés par les mouvements saccadés de la perche électrique qui brinquebalait dans tous les sens...) mais essayait de crâner. Je savais que de toute manière, il n'allait pas avoir la patience de rester là à faire le pitre avec son faux chapelet, rivé à son siège comme un charlatan sans public. Il ne pourrait pas rester inactif; et comme il avait peur de me quitter, qu'il avait la hantise de traverser le jardin, dans la nuit, je n'avais qu'à en profiter pour écrire.

Puis avec les villas de la douleur, on avait hérité d'autres choses, non pas la grêle des étés de sécheresse, non pas les averses épisodiques, même pas les séismes assez rares, il faut le dire, comme le prétend le Devin sur la place publique, mais d'autres choses plus terribles. Ils avaient bien fait de partir! C'était dans l'ordre des choses, avait prédit Djoha d'un air sinistre. Mais pourquoi donc ce legs empoisonné? Quand ces valeureux avaient quitté la Contrée, ils s'étaient arrangés pour tout détruire : ils avaient mis du plastic partout, jusque dans le trou du cul du pauvre âne que possédait Djoha et qu'il utilisait pour aller, sur les quais, chercher ses caisses de sardines. Du coup, l'âne n'avait plus mangé de foin et depuis une dizaine d'années, il tenait le coup. Son maître le cajolait et lui parlait tout le temps à l'oreille droite qu'il avait plus fine que l'oreille gauche. Tous les amis et tous les voisins du marchand de poissons l'enviaient pour sa merveilleuse acquisition. On avait d'ailleurs essayé de la voler à plusieurs reprises, mais l'animal avertissait son propriétaire en pétaradant sec quelques grammes de plastic dont l'énergie lui servait d'aliment précieux. Djoha disait sentencieusement à qui voulait l'entendre : « Il faut savoir tout utiliser, même le plastic qu'on nous a laissé. » Il disait aussi qu'il fallait faire comme les soldats de l'homme à la barbiche de soie. Personne ne comprenait, dans la boutique, le sens de toutes ses manigances. Sauf l'âne! Il secouait énergiquement son oreille droite. Certains disaient tout bas que l'âne faisait du zèle et qu'il était aussi bête qu'un... âne! Un gosse s'esclaffait de voir les grandes personnes ne rien comprendre aux paroles de Djoha! « Si-Slimane-le-malicieux veut nous déshonorer et se payer notre tête », disait un gros marchand. En attendant, personne ne comprenait cette histoire du vieil homme à la barbiche de soie. Djoha disait alors, à qui voulait l'entendre : « Qu'eux là-bas ils se servaient de tout et qu'ils utilisaient les cratères des bombes pour y élever des poissons... » L'assistance riait alors de bon cœur et Djoha se sentait mortifié jusqu'au plus profond de son âme. Il n'allait quand même pas leur raconter cette histoire de plastic dans le trou du cul de l'âne! Qui le croirait? On le savait fou et de plus, agitateur notoire. Qui lui ferait confiance? Devant tant d'indifférence vis-à-vis de la révolution planétaire, il se remettait à parler à son âne dans le creux de l'oreille : « T'inquiète pas, mon beau! Pourvu que ta charge de plastic te tienne encore vingt ans et que je continue à ne rien dépenser pour te nourrir et tu verras! Il n'y aura plus de bourgeois dans la ville. Ils auront fait leur sac ou bien on leur aura fait la peau. » Il riait à cette évocation et son rire chatouillait l'oreille de l'âne qui pétait un peu de plastic en signe de mauvaise humeur ou de simple nervosité... « Tous des fils de chien, ces gros marchands. Malgré tout ils s'enrichissent de plus en plus. Béni kleb! Béni kleb! » Il crachait par terre, mais les autres continuaient à rire. Qu'est-ce que c'est que cette histoire de poissons qu'on élève dans les cratères des bombes lancées sur le pays des rizières par les Mérikanes? Il divague, Djoha!

Car personne ne le croyait, pas même ceux à qui il lisait tous les matins, dès son retour de la pêcherie, les journaux locaux et qu'il endoctrinait en douce. Il rageait d'ailleurs à les voir faire la moue, prendre une pincée de tabac, la rouler patiemment – très patiemment à son gré –, lui, Si-Slimane-le-malicieux, qui rêvait d'exulter et qui se morfondait à les voir faire la moue et à rouler leur prise patiemment – très patiemment – dans du papier à cigarette, puis ouvrir grandement la bouche et fourrer leur tabac enveloppé sous la lèvre inférieure, entre la chair et les dents, puis soupirer d'aise. Si eux ne le soutenaient pas, qui allait le croire? Ses amis n'en revenaient pas. Eux, capables de toutes les audaces et de tous les délires, n'arrivaient pas à comprendre cette histoire de cratères. Djoha délirait. Dépité, il ne voulait pas désarmer et farfouillait dans ses tiroirs, à la recherche d'articles de journaux et de revues poussiéreuses. Puis il partait dans l'analyse de l'économie de guerre. Citait des chiffres et disait que les progrès de la pisciculture dans la République Communiste

Verdoyante (R.C.V.) étaient extraordinaires grâce à ces cratères riches en sulfate, en phosphore et autres produits. A nouveau, la consternation se lisait sur tous les visages amis. Les riches marchands, venus surtout pour se rendre compte comment les affaires de Djoha périclitaient de plus en plus, riaient à se dilater la rate et l'estomac qu'ils avaient volumineux et qu'ils ornaient coquettement de chaînes en or rattachées à des montres qui reposent dans les poches de leurs pantalons. De temps à autre, ils esquissaient quelques pas de danse mais renonçaient très vite car ils se gênaient mutuellement avec leurs bedaines respectives. Si-Slimane-le-malicieux tenait bon quand même! Il continuait à citer des chiffres et des faits. Il avait à expliquer à ces gens amassés dans sa boutique, qu'il fallait toujours transformer un handicap en une réussite. « Tout le quartier de la pêcherie aurait sauté depuis longtemps si je n'avais pas mouillé le plastic de mon âne. »

Aux bourgeois qui venaient épier ses affaires et faisaient mine de lui porter la contradiction, il essayait de vendre le crottin de son âne qui vivait en toute liberté, dans l'arrière-boutique parmi tous les déchets humains que la ville rejette impitoyablement (poètes sans le sou; vieilles prostituées mises à la porte des maisons closes; jeunes filles en rupture de ban; révolutionnaires embusqués derrière leurs lunettes noires que l'Ascète pourchasse sans ménagement; vieux musiciens aveugles, débonnaires et folkloriques; charlatans tombés entre les mains de la police et devenus de pitoyables indicateurs; écrivains publics éliminés du circuit parce qu'ils sont à la traîne du progrès et qu'ils n'ont pas su s'adapter aux temps modernes en refusant d'utiliser des machines à écrire pour rédiger les lettres des analphabètes massés sur les escaliers de la grande poste; écrivains tout court, en mal de fermentation et traînant leurs démons et leur paresse, juste capables de vomir à la seule vue d'une feuille de papier vierge et désolée; policiers de la brigade des M.S.C. en période de pénitence chez les agitateurs ou tout simplement en période d'encanaillement auprès de l'ennemi que l'on admire, surtout qu'ils savent, les Membres Secrets du Clan, que pendant le mois de ramadan, la boutique du marchand de poissons est le seul lieu sûr où on peut manger sans être en butte à la vindicte du peuple ni à la démagogie de l'Ascète en chef; manchots farfelus adeptes de la république autonomiste de Bakylie, qui ont pris le maquis dans l'arrière-boutique de Djoha ou bien dans les salons surchauffés de quelque capitale étrangère; étudiants géniaux incapables de supporter plus longtemps la sénilité des maîtres; voleurs sur le point de faire le coup du siècle ou bien de retourner en prison; maris qui ne peuvent plus supporter la croupe incendiaire de leurs épouses légitimes et qui viennent dans l'antre tirer des plans pour commettre le crime parfait; fumeurs de kif frileux à la tête rasée de près et dont les rêves sont pleins de craquements, de fêlures, de miaulements et d'ectoplasmes; entremetteuses véreuses venues là chercher quelques conseils auprès de Djoha alias Si Slimane, devant le marasme qui frappe durement la profession, avec la remontée chez le peuple de la ferveur religieuse; déserteurs de bonne famille; derviches incestueux; devins fanatiques; bourgeois gagnés à la cause révolutionnaire; pègre sentant des pieds et racaille à la mauvaise haleine; joueurs de cithare; musicologues avertis des noubas andalouses; sorcières interdites de séjour dans les bains maures où elles avaient l'habitude de sévir d'une façon éhontée; littérateurs stériles; bavards éloquents; philosophes moches et sans système rigoureux; traumatisés de la guerre de sept ans; malades échappés de vingt asiles; ivrognes invétérés; coopérants courageux et honnêtes, dégoûtés par la mauvaise foi et la rapacité des leurs; pédagogues hirsutes; démagogues modernes, etc.), et les bourgeois qui consentent à l'affaire sans trop rechigner. Auparavant, le marchand de poissons leur avait tenu de longs discours sur les propriétés merveilleuses de ce crottin-plastic qui, utilisé en guise d'engrais, était capable de faire pousser des fleurs et même des fèves (ce dont ils étaient gourmands) sur l'asphalte de l'autoroute qui mène à l'aéroport international.

Ils avaient fini par y croire à cette histoire d'engrais magique mais s'entêtaient à ne pas accepter l'évidence des cratères des bombes utilisés comme des bassins où l'on élève le poisson. « Transformer chaque handicap en élément de la réussite finale », répétait Djoha, mais il se rendait bien compte qu'il prêchait dans le désert de ces consciences incapables d'une éclaircie magistrale. Il se révoltait aussi contre cette racaille parasitaire, veule et inutile qu'il était décidé à mettre à l'ouvrage. Il avait souvent le cafard depuis qu'il avait appris que son fils était au courant de la supercherie à laquelle il avait lâchement participé, d'autant plus que la maladie de celui-ci l'intriguait au plus haut point. Délire de persécution ou complexe de culpabilité? A moins que ce ne fût une réaction de mythomane simulateur. Lui, ne croyait pas à cette tentative de suicide. Il connaissait le garçon! Mais quelle solution adopter? Personne n'écoutait les prophéties de Djoha. Sauf son âne! Son âne qui ne lui coûtait rien, l'aidait dans son travail et lui rapportait même de l'argent grâce à ce crottin-plastic capable de fertiliser le Sahara. Au fond, il n'avait pas à se plaindre; mais quoique heureux de pouvoir se payer la tête des riches connus pour leur pauvreté d'esprit, il demeurait anxieux. Vigilant, aussi! car il utilisait sa barbe comme certains animaux leurs antennes pour savoir d'où vient le vent et d'où vient le danger. Il scrutait l'horizon politique, humait l'air, continuait à rendre visite à son ex-fils (hélas! hélas!), ne parvenait pas à chasser de son arrière-boutique la racaille qui le suçait jusqu'au sang, tenait tout le temps des discours sibyllins, prenait des cuites mémorables, analysait la situation politique, commentait les journaux, troussait les vieilles putains pour les consoler de leurs rides et de leur graisse, lisait toujours Marx et le Coran.

Quand il fait beau, il emmène son âne à la campagne pour le nourrir en cachette d'herbe fraîche et de fleurs sauvages. Lorsqu'il a trop de chagrin, il lui arrive de prolonger son séjour à la belle étoile. Puis quand son âne s'est gavé d'herbe, il le ramène en ville en le tirant par une corde et fait sensation dans les avenues où circulent les voitures rutilantes et les autobus bondés. Mais lui n'y fait pas attention car la ville européenne n'est pas la sienne et il l'ignore superbement. La réverbération gêne l'âne qui se met à braire dans le tumulte et le tapage des boulevards encombrés. Lui y voit la structuration du songe, là, découpé, hachuré et grouillant de signes et de signaux horizontalement agglomérés et verticalement amalgamés autour de grosses grues pansues et de treuils effilés qui brisent la ligne arrondie des bateaux assoupis, venus de contrées très lointaines que Djoha avait visitées au temps de sa jeunesse avant ce pacte avec le diable et cette ultime humiliation de couvrir le viol d'une jeune fille de seize ans par un gros féodal hypocritement bigot. Face à l'agitation alentour, les gros cargos ont l'air insignifiant sans les grues mécaniques fusant à travers les broussailles et les mouettes, vers l'ocre-rouge des collines trouées par les contours durs des buildings posés là, mal à propos, face à l'hébétude et à cette coloration fatidique qui broient les muscles de la nuque et strient les paupières. L'ocre et le marron n'ont rien de surfait, ils giclent et grouillent et donnent à l'insolation du délirant qui soliloque interminablement une acuité sans précédent. Et l'homme et son âne ne voient plus rien, puisqu'ils sont pris entre les vapeurs carboniques des tabernacles puants et la buée légère que la chaleur amène avec elle, de la mer. Ils ne voient rien, mais ils sentent les vibrations métalliques traverser leurs corps fourbus de fatigue. Tout est faussé dans cet agrégat que certains s'entêtent à appeler la ville; et Djoha regarde passer des trains qui se prennent pour des bateaux et vont accoster avec mille précautions, à quelques centimètres de l'eau car la gare est mitoyenne et cohabite avec la mer. La traversée de la ville se révèle difficile parce que les gens s'attroupent sur le passage de Djoha et le prennent pour un pauvre d'esprit alors que lui se sait le gardien vigilant de la Contrée. Mais quelle solitude!

Une fois revenu chez lui, avec son âne repu, il met tout le monde dehors et se met à boire. Dans l'arrière-boutique il n'y a plus que Djoha et son âne pas tout à fait remis de sa panique à parcourir la ville haute. Il boit, prie, pleure, récite les poèmes d'Omar, attend quelque chose : la mort ou quelque rêverie sauvage où il se voit en train de massacrer des millions de frelons gélatineux et frais. Il s'oublie et oublie qu'il a la réputation d'être un rusé et que ses adeptes sont nombreux dans la basse Kasbah. Mais la tentative de suicide de son fils l'a beaucoup frappé. Que d'aventures en une seule journée! Mais demeure le remords, que le vin avive, d'avoir tout raté. Venelles du songe et de l'ivresse dans cette jubilation sardonique. Basilic bleu. Les bruits de la ville ne parviennent plus ici et l'on a l'impression que la mort va tout envahir. Les camarades sont toujours en prison, d'autres sont partis en exil et d'autres encore vivent cachés de la police. Siomar est toujours là. Il fructifie. Selma est morte. Mehdi a tenté de se suicider en apprenant que Djoha n'était pas son père. Il a certainement inventé de toutes pièces cette jeune fille séduite sur une plage, puis rituellement aspergée de sang, puis noyée. Quelle histoire! Avec cette infirmière maussade et fanatisée qui ne fait qu'ajouter à la confusion totale et noie le scribe dans des détails contradictoires. Mais, dit Djoha, « demain, il fera jour. Le suicide n'est quand même pas une solution. Il faudra arrêter l'hémorragie. Il y va de mon honneur et il y va du bonheur de la Contrée qui va avoir besoin de philosophes! »

Certes, il n'y avait pas que les villas de la torture dont on avait hérité. Il y avait d'autres calamités encore; mais le charlatan exagérait en racontant sur la place publique que l'on avait aussi hérité des séismes et autres catastrophes naturelles. Il avait beau frapper dans son tambour, il n'en imposait pas à Djoha remis de sa cuite mémorable. Ce dernier faisait un tour en ville, avant de réintégrer sa boutique. En attendant, malgré sa mauvaise haleine due au vin ingurgité la veille, il ne perd pas son sens critique. Loin de là! Il louvoie à travers les conteurs, pose des questions difficiles aux devins drapés sentencieusement dans leurs robes brillantes et multicolores, se permet de contredire un vieillard aveugle qui raconte la vie des compagnons de l'Islam, crée autour de lui une agitation inutile et devient le centre d'un cercle qui grandit de plus en plus. Il n'ose pas trop ouvrir la bouche : il a honte de son haleine infecte et a peur de décevoir ses admirateurs mais il se méfie quand même car il sait qu'ils sont capables de le malmener pour n'avoir pas respecté la trêve du vendredi. Le cercle s'agrandit autour de lui, les autres charlatans trouvent qu'il exagère à les priver de leur clientèle et ne cachent pas leur hostilité. Lui, pour ne pas les exaspérer, les salue de la tête et leur fait des courbettes. Les chômeurs sont les premiers à s'esclaffer sans aucune retenue. Personne ne le prend d'ailleurs au sérieux car il est le seul à ne pas demander l'aumône. Mais à quoi bon leur expliquer! Et comme c'est vendredi, il ne peut même pas prêcher contre les cadis et autres doctes de la religion, sans parler des usurpateurs et des gros commerçants, car le peuple a le sens du sacré et ne comprendrait pas qu'on puisse attaquer les chefs religieux, le jour de la grande prière.

Retour à la boutique. La faune est déjà là qui l'attend devant la porte entrouverte dont nul n'ose franchir le seuil car l'âne savant la garde. Devant un tel attroupement, Si Slimane, alias Djoha, exulte et dans un moment de déraison, il oublie qu'il empeste le vin et se met à farfouiller dans ses poches à la recherche de son chapelet d'ambre qu'il finit par trouver et par brandir, ostentatoirement, devant son auditoire, afin que les indicateurs de la police, camouflés dans les recoins de la rue, ne viennent pas à penser qu'il organise une réunion politique pour une éventuelle prise du pouvoir, mais qu'il va tout simplement réciter quelques versets coraniques pour demander à Dieu le pardon de tous les péchés commis par la communauté marginale qu'il héberge et qu'il endoctrine en douceur. Et la vie reprend dans l'antre comme si de rien n'était. Les chapelets sont vite relégués au fond des poches et l'on se remet aux cours de haute politique, à la lecture des journaux, à l'analyse critique de l'économie du pays et aux concours poétiques.

Elle était partie en claquant la porte. Tous les malades, à moitié levés sur leur séant, l'avaient regardée faire avec un air méprisant. C'était en ces moments-là que je reprenais pied et m'engouffrais pour de bon dans le réel apprivoisé, à nouveau, malgré l'éclat insoutenable des objets dévorés par le soleil. Je n'étais plus moi-même. Il aurait donc suffi de la colère rentrée de l'amante-geôlière pour que j'émerge à la pleine lumière salvatrice, puis à l'atmosphère sécurisante dont je me mettais à pomper, frénétiquement, l'air. Elle était venue, puis repartie en claquant les portes sans aucun souci du ridicule qui pouvait lui tomber sur la tête et peut-être la tuer une fois pour toutes. Nous en serions, certes, débarrassés; mais il n'y aurait plus personne pour nous amuser. Elle me faisait rire d'énervement surtout que j'avais fini par sortir du monde nébuleux dans lequel j'avais vécu depuis qu'on m'avait amené à l'hôpital, étendu sur ce lit et livré à la hargne de cette femme devenue vite mon amante, parce qu'elle s'ennuyait à mourir parmi une racaille sans aucune originalité et non parce que je l'avais séduite par quelque poème que j'aurais copié dans un livre et que j'aurais signé – honteusement – de mon propre nom, lui laissant entendre qu'elle me l'avait inspiré grâce à sa douceur et à sa beauté. Elle ne cessait de dire d'une façon gourmande qu'elle aimait les hommes, en vrac, sans aucune préférence. Pourvu qu'ils ne fussent pas trop vieux, avec des membres flasques et des rotules retournées. Moi, j'avais trouvé qu'elle avait la peau douce. Les cheveux noirs. Et surtout cette poitrine opulente qu'elle exhibait dans des blouses trop serrées à la taille, pour bien susciter la convoitise du peuple des malades mentaux cloués au lit grâce à ces médicaments qu'elle ne cessait de nous injecter dans le gras de la fesse.

Malgré nos colères respectives, c'était la mollesse qui caractérisait le mieux nos rapports. Le reste était de la frime et mettait du sel dans notre vie. En quelque sorte l'élément passionnel nous manquait; aussi s'évertuait-elle à animer le plus qu'elle pouvait cette pauvre chose entre nous. L'épisode du nouveau malade, qu'elle avait certainement amené dans le cagibi à balais pour avoir le fou rire, n'était qu'une péripétie de la lutte qu'elle menait pour sauvegarder ce qu'elle s'entêtait à considérer comme sublime. De toute façon, le frère n'avait pas l'air d'avoir trop apprécié les manières de Nadia et lui avait tenu un grand discours moral sur les devoirs stricts de l'infirmière dans la République Démocratique. Elle était venue me raconter cette histoire, toute bouleversée par l'horreur que lui avait causée le nouveau venu, fortement retranché derrière un délire de persécution : il jurait tous ses dieux qu'il avait été ensorcelé par sa belle-mère, sous l'emprise de laquelle il était venu échouer après le décès de sa femme, morte en couches, le troisième jour du ramadan de l'année précédente. Comme je n'avais pas été jaloux et que son histoire lui était restée sur le cœur, elle avait menacé de me dénoncer aux M.S.C., pour manque de piété religieuse. Mais avec le chapelet que m'avait offert mon ex-père, je n'avais aucune crainte à avoir de ce côté-là. Chaque fois que je voyais poindre à l'horizon quelque visage inconnu ou louche je brandissais mon chapelet comme me l'avait appris Si-Slimane-le-malicieux, alias Djoha, alias... Je brandissais mon chapelet, l'égrenais avec une telle rapidité que tous mes compagnons se levaient péniblement et venaient cahin-caha (toujours à cause des sortilèges) me féliciter de ma dévotion, voire de mon fanatisme éclairé, sous le nez de ceux que je soupçonnais d'être les représentants du clan parti à ma recherche depuis que j'avais emmené Samia chez l'anachorète noir, celui de la plage déserte, avec le mausolée posé très mal à propos juste au milieu, coupant de sa rondeur sacramentale la merveilleuse baie où le chat blanc guettait le menu fretin pour le gober et venir s'en lécher les babines auprès de son étrange maîtresse... Etaient-ils de simples parents de malades ou bien des policiers déguisés sous des airs bonhommes? Toujours est-il qu'ils se sentaient obligés de se joindre à la majorité de ceux qui venaient me féliciter de ma ferveur religieuse. Mais je ne leur serrais pas la main à ceux-là et ils restaient perplexes, pris entre le désir brûlant de sortir leurs plaques de police, d'enlever moustaches postiches et perruques et d'embarquer tout le monde vers les villas de la douleur héritées de la mauvaise période qui avait duré cent trente ans – trop longue! trop longue! au gré de Djoha – et l'autre désir, incongru et rare chez des policiers, de continuer à jouer le jeu, de me câliner, de pleurnicher à mes pieds et de me supplier de les bénir; à moins que je ne me fusse trompé et que les personnes que je suspectais d'être travesties fussent d'honnêtes citoyens venus rendre visite à leurs parents malades du cerveau, tandis que ceux dont j'avais accepté les congratulations seraient, quoique de loin les plus nombreux, des policiers camouflés, déguisés en parents éplorés. Devant un tel dilemme, je me mettais à réciter des sourates du Coran à la queue leu leu, sans aucune pause ni aucun répit, imité en cela par toute la salle qui s'enflammait sous l'effet de nos voix démoniaques, d'autant plus que nous sentions, derrière les portes de la salle commune, nos gardes énervés mais incapables d'intervenir avec leurs gros gourdins pour mater notre révolte, à cause de la présence, parmi nous de parents avertis des règlements internes des hôpitaux psychiatriques. Certains de ceux que je soupçonnais le plus ne savaient rien, même pas des bribes, du saint livre, et pris de panique, croyant que nous étions capables de les décimer dans une crise d'hystérie magistrale, tentaient de sauver leurs vies en ouvrant et en fermant leurs bouches comme des poissons jetés hors de l'eau. Au lieu de les démasquer, j'en avais pitié à les voir ainsi pris au piège, lamentables, suant sang et eau, ahanant, faisant semblant d'avoir attrapé la grâce, souriant, bêtifiant, balbutiant, racontant n'importe quoi sauf du Coran qu'ils n'avaient jamais eu le temps d'apprendre, parce que occupés à chercher noise à tout ce qui réfléchit. Ignares! Je n'avais même pas la force de les dénoncer à mes camarades car non seulement ils me faisaient pitié, mais ils me donnaient le fou rire que je communiquais à toute l'assistance – eux compris – qui n'en pouvait plus.

A la fin de la visite, lorsque tout le monde fut calmé et que les parents eurent quitté les lieux, Nadia était venue nous faire des remontrances. « Nous devrions avoir honte », disait-elle. Qu'elle connaissait les noms des meneurs. Qu'elle allait finir par les livrer aux autorités compétentes. Elle disait aussi – sans me regarder – que l'hôpital commençait à avoir mauvaise réputation. Elle évitait aussi de regarder mon ami, le bagnard atteint de paralysie générale et qui n'en avait plus pour longtemps. Elle ajoutait que la ville était là, à nous observer, que nous étions des parasites à la charge de l'Etat, des révolutionnaires sans foi ni loi, des dépeceurs de petits-bourgeois tranquilles et pieux, derrière leurs tiroirs-caisses. Elle continuait à parler dans un silence total de la part de l'assistance en évitant toujours de me regarder. Elle criaillait toujours, alors que le vieux chuchotait à mon oreille sa litanie en se prenant, non pas pour Omar qui avait peu chanté les femmes, mais pour un poète de l'anté-Islam : « Kaïss », qu'il connaissait par cœur et qu'il plagiait même au besoin pour faire oublier que du temps de sa jeunesse, il avait tué un pauvre épicier, surpris dans son sommeil par le gel de la nuit et le froid du couteau taraudant à vif la carotide gélatineuse... Elle hurlait que nous étions des malades pénibles dont une bonne partie n'était que de fieffés simulateurs (oublierait-elle que nous venions de vivre une guerre meurtrière de sept ans, durant laquelle les meilleurs d'entre nous furent décimés, catapultés, pulvérisés par les bombes et les avions, le napalm et les services psychologiques? Oublierait-elle aussi que beaucoup parmi les malades venaient de France où on les avait tellement exploités, brimés, méprisés, qu'ils en étaient devenus fous, à aller de métro en bidonville et de bidonville en chantier avec des contremaîtres corses ou italiens ou polonais qui exècrent les Arabes parce qu'ils sont eux-mêmes en butte au racisme des autres habitants du pays, susceptibles et sourcilleux, fiers d'y être nés comme si), qui encombraient inutilement les hôpitaux de la République Démocratique. Elle disait aussi, la garce, que cette atmosphère de suspicion régnant dans le pavillon, par la faute d'une infâme minorité, devait immédiatement cesser, sous peine de poursuites judiciaires contre les principaux meneurs. Elle exagérait de toute manière, se défoulait comme elle pouvait, alors que ce qu'il lui fallait c'était une bonne pénétration vaginale jusqu'à la suée. Elle voulait qu'on allumât dans son bas-ventre bavant comme un scarabée fou, pris entre une averse d'automne et une grêle d'été, dix mille soleils, afin qu'elle fût cautérisée par où elle avait envie de jouir; puis qu'on n'en parlât plus, qu'on la mît au lit et qu'on l'entourât au niveau du bassin de centaines de serviettes afin qu'elle ne vînt pas souiller de son sang ignoble les draps de l'hôpital. A ce moment, défoulée et guérie, ayant, à nouveau, une vie sexuelle normale comme elle a actuellement une vie végétative normale, elle pourrait venir faire des discours de haute tenue politique et arrêter de nous soupçonner, à longueur de journée, de vouloir à la moindre réflexion saper son autorité et celle du médecin avec ses lunettes de donzelle, certainement un coopérant avec des sales manies paternalistes, peut-être un évangéliste déguisé en toubib et qui aurait eu l'idée de prêcher dans la Contrée. Qu'est-ce qu'elle avait à nous terroriser? A ce moment seulement, elle pourrait venir m'expliquer la conjecture économique, la conjecture politique, la psychanalyse, le test de Rorschach, le valium, la vie du prophète, l'histoire de mon père qui n'est pas mon père, puis l'histoire de ma mère qui se meurt ou qui est déjà morte, puis le viol dans l'herbe à côté du puits dans une plaque de soleil, puis l'exportation de la main-d'œuvre dans les bidonvilles des cités repues. « Aouah! aurait dit Djoha. Il y a ce avec quoi nous sommes d'accord et il y a ce que nous voulons éliminer à jamais, car il ne peut profiter qu'aux acolytes de Siomar. Aouah! Tu m'entends! » Puis, avec sa voix qui corrode l'espace et cisaille les tympans, elle en a assez fait pour la journée. Dans le silence, j'élève la voix et lui conseille une douche très chaude. C'est là qu'elle a claqué la porte. Vlan! « Zébi! Zébi! » ai-je dit.

Lorsque Djoha venait me voir, je lui demandais si c'était vrai, toute cette industrialisation massive. Il disait que je le savais très bien, que c'était vrai, que je l'avais même vue, avant d'entrer à l'hôpital, qu'il y avait des derricks crêtés de flammes dans le désert et, sur la côte, des complexes industriels très beaux (il m'agaçait avec son sens aigu de l'esthétique). Que tout cela flambait neuf! Mais, ajoutait-il, cela n'empêche pas qu'il y ait encore trop de M.S.C. Il n'aimait pas trop ça. Il n'aimait pas trop, non plus, cette démagogie faite autour de la religion des ancêtres, exacerbée jusqu'au fanatisme, qui n'arrangeait rien dans les affaires des masses, mais que certains utilisent pour détourner l'attention et profiter tant qu'ils peuvent, lorsque tout le pays est agenouillé vers La Mecque illuminée par la ferveur et mystifié par les prêches des muphtis et autres bigots. Et puis Nadia mettait à elle seule le branle-bas pour un rien. A l'origine de tout le malaise, il y avait cette ambiguïté dans nos rapports. Je ne pouvais pas supporter l'idée qu'elle avait acquis ses penchants durant la période héroïque, celle des blessés brûlés par le napalm et des petites filles hébétées par le vrombissement des avions volant en rase-mottes, sadiquement envahissants, coupant les maisons en deux, décimant les arbres et même les chats perchés là-haut, pour éviter le massacre. A nouveau, chaque fois que je me rappelais ce que fut la vie de Nadia et le calvaire qu'elle endura, je l'aimais. Ça c'était le pays ramassé dans une goutte de douleur que ma mémoire fugace avait le tort d'oublier. Les chars surgissaient à nouveau et je passais des nuits atroces à rêver que sa mère passait sa vie derrière une vitre à dénuder ses seins sur le passage des soldats étrangers que, en embuscade derrière un arbre, je tuais sans remords.

(Elle avait claqué la porte et était partie!)

Aujourd'hui, je n'ai pas cessé d'aller aux cabinets. Diarrhée? Hémorroïdes? Simple envie de m'isoler, peut-être. Cette manie de lire assis sur le trône. Ma mère avait toujours trouvé bizarre mes longs séjours dans les lieux d'aisance. Quelle tranquillité! Quel repos! Là, je suis vraiment seul. Je peux faire ce que je veux, sans prendre de précautions. Au fond, j'en ai assez de supporter mes autres compagnons qui profitent de ma gentillesse pour m'exploiter jusqu'à la moelle. Ils veulent toujours des solutions à leurs problèmes, mes frères d'hôpital, et ils m'empêchent d'écrire. Ils oublient qu'avant tout je me suis donné une vocation : celle de scribe! Ça les fait rigoler doucement. Ils n'osent pas me dire : « Aouah! à quoi ça sert d'écrire des livres? Il vaut mieux écrire des lettres! » Ah! oui, ça les intéresse que je leur écrive leurs lettres pleines de venin et de mensonges! Alors là, les mains sur les genoux, l'air faussement timide, ils exultent, mes compagnons, à venir me raconter leurs petites histoires. Mais quand ils en arrivent, après de longues salutations bavardes et inutiles, aux questions intimes, alors là, je les tiens! C'est moi qui ris à l'intérieur de moi-même. Ils n'exultent plus. Ils lèvent les yeux vers moi et m'épient à travers leurs cils. Ils hésitent. Ils ne savent plus s'il faut me mettre au courant de leurs sordides affaires ou non. Moi, je ris tout doucement pour ne pas les vexer. Eux, hésitent, se posent des questions sur l'opportunité de divulguer leurs pauvres petits drames personnels qui pourraient me servir comme matériau précieux pour l'élaboration d'éventuels livres à venir. Comme ils se taisent et que je suis pressé, je me décide à raconter n'importe quoi dans la lettre. Eux, pris de court, marmonnent quelques vagues insultes, mais moi, je les tiens! J'ai des lettres! Ils le savent et me vénèrent pour cela; d'autant plus que je les épate et exagère l'importance de mes connaissances occultes. Eux, me craignent et n'osent m'apporter leurs photos (prises dans le jardin par un petit bonhomme qui porte son appareil démonté en pièces, dans un couffin, pour tromper le zèle des gardiens, et qu'il remonte à l'intérieur de l'hôpital. Les clichés sont mauvais car l'appareil est en très mauvais état, et le vieux photographe roule ses clients en les faisant payer cher. Pendant les fêtes, il arrive, accompagné d'un enfant chétif qui porte sur sa tête un décor fantastique. Avec des forêts, des lacs, des nymphes très déshabillées, des lapins qui galopent et le nom de Dieu joliment calligraphié, avec des arabesques et un soleil qui a l'air de couler, tellement le décor est usé. Puis, il les sort dans le jardin, met son décor contre un mur blanc et glabre sur lequel il y a deux lézards en train de gober des moustiques et se met à les photographier, un à un. Comme il sait que les malades n'aiment pas se faire photographier en tenue d'hôpital, il apporte avec lui une malle d'habits et les distribue à tous ceux qui veulent se faire prendre en photo. Il y a ceux qui se déguisent en « mamelouk » de la période turque, avec fausses moustaches en croc, cimeterre et étendard vert avec le nom d'Allah en blanc. Il y a ceux qui se déguisent en parachutistes avec des tenues léopard et qui ont l'air plus sanguinaires que de coutume. Il y a même ceux qui se déguisent en bagnards avec des balafres faites au rouge à lèvres. Le photographe est très patient. Il leur tape sur les épaules d'un air entendu puis quand ils ne remuent plus : clic! Il déclenche la mécanique qui fait des drôles de bruits, qui est pourrie et qui a des ratés. Et voilà mes compagnons qui ne jubilent plus, se sachant figés pour l'éternité dans cette posture risible et dans cet accoutrement incroyable. Figés pour toujours, dans ce décor irréel, avec ces nymphes dodues et alanguies, étendues par terre comme si elles étaient à leurs pieds, suppliantes et lascives. En fait, ils sont terriblement angoissés de savoir qu'il y aura dorénavant quelque part un double d'eux que l'on passe de main en main, faisant pleurer leurs parents et amis regrettant de les voir toujours absents, à passer leurs vies dans les hôpitaux et dans les bagnes, et faisant s'esclaffer leurs ennemis se disant : « Ah! quelle tête il a, avec ces déguisements mauves et écarlates, brodés et frangés, trop grands et trop larges. Décidément, il est vraiment fou... Qu'il reste dans son asile... Grand bien lui fasse! »; puis de s'esclaffer à nouveau parce qu'ils ont découvert un détail qui leur a échappé, plus saugrenu et plus amusant que tous les autres, et de passer à nouveau la photo qui se remet à circuler de main moite en main sale... En fait, ils sont vraiment anxieux. Moi, je les vois venir : ils me demandent d'écrire au dos du cliché, de mauvaise qualité, une dédicace-souvenir, avec le nom de l'hôpital et le nom de la ville et la date : « Aouah! ce que je suis moche » qu'ils viennent me dire l'un après l'autre et ils font semblant de rire. Mais je ne suis pas dupe. Monnaie de singe! Je suis au courant qu'ils en rêvent la nuit et s'excitent comme des gamins, la veille de l'arrivée du photographe, le jeudi, en général. Ils sont au courant, eux aussi, que je n'ai jamais pu supporter de me faire photographier, de fausser le jeu et de passer ainsi à travers le temps alors que mon corps grandit ou maigrit, que ma barbe noircit ou blanchit. De quoi a-t-on l'air, face à une photo ancienne, où l'on a un air pimpant et gaillard, intelligent et joyeux, alors que deux ou trois ans plus tard, on se sent faible, amaigri et triste de végéter dans un asile d'aliénés, alors que le pays se fait et travaille? Et nous là, planqués derrière ces hauts murs, avec cette histoire de photographies qui met la pagaille dans la tête des pauvres types partageant ma chambrée, surtout qu'il faut leur écrire des dédicaces qu'ils me dictent, que je suis même obligé de leur faire des compliments : « Mais si! Mais si! ce que tu peux être beau! Photogénique! » Voilà le mot qui leur plaît! et il me faut aller chercher parmi les vedettes du cinéma égyptien le nom d'un acteur qui pourrait leur ressembler de très loin. Rien que des acteurs comiques d'ailleurs. Bigles et affreux. Cramoisis et stupides. Eux, alors très fiers : « Allons donc! Cesse de nous flatter! » Et moi :

« Mais si! Mais si! Toi, tu ressembles à Chikoukou, à tel point que la nuit, je pourrais te confondre... »), jaunes à l'envers et marron à l'endroit, tirées sur du papier qui n'existe plus de nos jours; elles me rappellent de vieilles photos de famille (mon énorme grand-mère, acariâtre et obèse, assise en tailleur sur son lit, pendant qu'elle agonise; on l'avait habillée en vitesse, avant qu'elle ne rendît l'âme, avec sur la tête cette coiffe extraordinaire en forme de cône, avec ses nattes très noires, comme celles d'une petite fille, malgré son âge, avec ses yeux vitreux d'avant la mort. Mais son visage était demeuré fermé, plein d'autorité et d'une sorte de méchanceté satisfaite d'elle-même. Elle avait d'ailleurs fait tant souffrir ma mère! Et cette photo de couleur marron avec le visage gris de mon ancêtre ayant encore le courage de se faire photographier dignement avant de mourir, pour laisser à la postérité l'exemple de son courage et de sa dureté...) qu'on n'avait pas cessé de nous montrer, à moi, à mes frères, à mes sœurs, à mes cousins et à mes cousines pour nous inculquer le sens de l'honneur, du travail et de la volonté. Puis, eux, mes compagnons qui m'embêtaient à venir me gêner dans ma tâche, me demander de leur rédiger des lettres pour leurs familles éplorées, de leur faire sur le dos de leurs portraits des dédicaces qu'ils enverraient, avec des baisers et des affections, à leurs parents.

Aujourd'hui, c'est la journée des latrines. Je n'y avais pas pensé plus tôt. Voilà! j'ai la diarrhée et les hémorroïdes. Qu'on me laisse vivre mon expérience en paix. Je peux lire, écrire, me masturber en regardant des revues de nudisme, méditer tranquillement, sans être obligé de gribouiller des lettres idiotes à des gens que je ne connais pas. Surtout que j'ai tendance à extrapoler la pensée des autres et à plaquer sur ce qu'on me dit d'écrire, mes propres pensées et mes propres obsessions, de telle façon qu'en relisant les lettres que j'ai écrites pour mes frères analphabètes, je ne sais plus quelle est la part de mystification que j'y ai introduite. Tandis que là... Heureux...! Dans cette atmosphère un peu fétide, un peu douce, un peu moite et caséeuse. Avec ces odeurs variées, selon la défécation de celui qui m'a précédé : odeurs quelque peu suaves mais qui laissent tout de suite la place à ma propre odeur variable elle aussi selon les aliments que j'ai ingurgités la veille, les piqûres qu'on m'a faites et les médicaments que j'ai pris avant de m'endormir. Mais tout ceci compte peu. L'essentiel, c'est que je me sente bien. Isolé de tous. Je ris tout seul à l'idée que Nadia doit se faire du souci pour moi. (Que fabrique-t-il? Que fabrique-t-il?) Là, tranquille! Je ne dérange plus personne. Je lis les poèmes d'Omar que mon ex-père m'a procurés discrètement car ils sont interdits dans l'ensemble du pays. Dans cette ambiance ouatée, quelque peu glaireuse, je retrouve ma fonction primordiale de scribe. Alors là, j'en remplis des pages! Le papier me manque pour tout dire. C'est l'extase. Je bave. Je m'excite sur mon siège, avec au-dessous de moi toute la tiédeur de l'univers qui monte vers mes narines en chapes quasi concentriques et me rassure tant! Je peux rêver... Pas du corps de

Samia dont le souvenir devient de plus en plus flou, mais de sa voix qu'elle avait quelque peu enrouée et délicieusement rêche, avec des sons rauques et envoûtants. Mais, pour le moment, je m'occupe d'écrire. Mille pages. Je halète à récrire la mort de ma mère et la confession de ma tante dans la chambre submergée par le crépuscule. Lorsque j'en ai assez d'écrire, je me remets aux poèmes d'Omar et à la lecture douloureuse de l'*Epître du pardon* d'Abou El Ala! L'enfer vu par un aveugle que le paradis ennuie passablement... Je me sens libre dans cette sorte de poche où je retrouve comme une conscience d'avant ma naissance, où, fœtus, je voguais dans le ventre de ma mère qui venait d'être violée.

Puis, à trop rester dans les cabinets, je finissais par m'exciter pour de bon. J'arrivais même à bander, malgré tous les calmants que je prenais. L'idée avait germé en moi depuis longtemps. J'en avais parlé vaguement à Nadia. A ma surprise, elle ne se mit pas en colère. Elle dit seulement : « Tu es fou! » Avait-elle rougi à entendre ma proposition scabreuse? A peine. C'était d'aller m'enfermer dans les cabinets, pour pouvoir lire et écrire à mon aise, vivre en vase clos, qui m'avait donné cette idée ignoble. Puis comme elle passait par là, je lui avais demandé de me rejoindre dans les toilettes, qu'on y serait mieux que dans le cagibi à balais, où ça n'avait jamais bien marché entre nous, que j'allais la faire monter au huitième ciel (je me souvenais que je gloussais en disant cela et que je faisais tout pour cacher ma fébrilité); elle avait dit là aussi : « Tu es fou ! » mais elle avait la lèvre tellement molle – comme un enfant qui se retient de pleurer et dont le visage vacille quelque peu – et le regard si allumé que j'avais continué à lui parler de tout le bonheur que nous allions vivre tous les deux ensemble, enfermés dans nos cabinets, où personne ne viendrait nous déranger, débarrassés une fois pour toutes de nos fantômes, capables enfin d'assouvir pleinement ce désir que nous avions l'un de l'autre et que nous portions comme un chancre infect ou comme un cancer honteux dont nous n'osions pas parler entre nous, ni entretenir les autres, juste capables de ricaner. J'avais tant et tant plaidé ma cause qu'elle en avait l'eau à la bouche et puis l'autre eau, certainement, qui commençait à l'imbiber doucement, d'abord comme une sorte de chaleur, puis comme une sorte de moiteur, puis véritablement comme une irrigation sournoise qui l'inondait à tel point, qu'après, il lui fallait aller vite changer de dessous, puis réapparaître propre et impeccable, arborant sur son visage, au lieu de cette nodosité sordide qui lui faisait un faciès d'aveugle, une tranquillité comme surajoutée, qu'elle aurait trouvée on ne sait où et qu'elle se serait plaquée sur la face, en faisant bien attention et en regardant dans une glace... Je lui répétais qu'elle allait jouir jusqu'au plus profond de ses entrailles, qu'après, elle en baverait de plaisir et qu'elle en redemanderait. Elle n'avait même pas à se déshabiller complètement; elle devait juste se retrousser et me laisser faire. Elle en devenait timide, du coup, à m'écouter lui raconter tant d'histoires. Je n'avais pas dit qu'il ne fallait pas qu'elle exhibât sa poitrine, cause de tous nos malheurs et qu'il fallait la laisser bien cachée et bien couverte sous ses habits. Ainsi, je ne penserais pas à cette différence incroyable entre les deux seins...

Elle s'était laissé faire. Presque au bord des larmes. Et moi, sur le point de flancher et de tout rater; j'appréhendais tellement ces retrouvailles avec le corps de Nadia dévorée par l'extase, dans l'attente de ce qui allait lui survenir et qu'elle espérait depuis toujours. Caresses plus que douloureuses avec nos deux corps se cognant aux murs de l'habitacle étroit et sentant l'aigre-acide. Je voulais la happer de la façon la plus virulente possible et lui rendre l'usage prodigieux de son sexe jusque-là inutile. Quand elle se fut retroussée, l'apparition du fouillis à la fois rêche et mou, parsemé de poils ras coupés court d'abord, puis devenant plus nombreux aux abords de l'orifice d'une rougeur étonnante, me fit tressaillir. Comme je devenais aveugle, elle me guidait vers la divine tuméfaction humectée à point, palpitante de tout ce désir brutal et rude que seul le va-et-vient que j'allais entreprendre allait enfin calmer de sa panique folle. Nadia me laissait faire, me faisait confiance, disait que j'étais gentil de m'occuper d'elle et de peiner pour la faire jouir. Elle n'ahanait pas! Elle attendait je ne sais quelle manne ou quelle horde qui la frapperait au creux de son sexe qu'elle en tinterait des semaines durant. Moi je farfouillais dans ma mémoire, à la recherche de moments vécus pareillement, avec cette même intensité; il me fallait vite trouver quelque image qui alimenterait mon désir, le rendrait plus violent, mais rien ne venait. Le temps arrêté! La lisière de l'abject comme un halo dans la bouche, ou une eau à base de fer et de cuivre. Où trouver l'amertume de la première femme pénétrée durant mon adolescence? Rien de comparable! Mais je trimais quand même. Sueur. L'odeur des latrines commençait à m'incommoder et le va-et-vient ne donnait apparemment aucun résultat car l'autre, vautrée sur la tinette, la blouse remontée jusqu'au menton, les cuisses blanches et duveteuses serrées à mourir, continuait à attendre anxieusement le train qui l'emmènerait, une fois pour toutes, en enfer. Mais rien n'arrivait. Je commençais alors à désespérer quelque peu; elle criait maintenant qu'il ne fallait pas que je m'arrête. Elle devenait peu à peu venimeuse, se mettait à bouger, à tourbillonner follement... Jusqu'à ce que mon regard tombât sur un récipient suspendu au-dessus de la tinette, à hauteur d'homme, sur lequel s'entassaient des pochettes en papier, avec une écriture bleue sur fond jaune. Je me retirai en vitesse, affolé tout à coup, ayant compris trop tard, délaissant l'amante frigide, folle de colère et d'espoir déçu, par ma faute. Il me fallait comprendre ce que le récipient venait faire dans mon cauchemar, quel était son usage. Inutile de demander à Nadia qui se rajustait et pleurait de grosses larmes lourdes et glauques, sans même renifler, sans même soupirer ou respirer plus fort. Je prenais une pochette et je lisais en quatre langues :

إجعلوا الأقطنة في هذا الظرف
وضعوها مع الأخرى في الصندوق
الذي جعل لهذه الغاية. حذار!
لا ترموا بقايا في المرحاض خشية
أن يسد. إن كاغظ هذه العلبة
قد استعملت في صناعته عقاقير
"مضرة"، فلا تضعوا فيه أي نوع من
المآكل. شكرا!

*Introduisez votre garniture hygiénique dans cette pochette et déposez celle-ci dans le récipient installé à cet effet. Très important : ne pas jeter dans les W.-C. qui risquent d'être obstrués. Le papier de cette pochette comporte une composition néfaste à l'introduction des produits d'alimentation.*

*For keeping sanitary towels etc. After use to be put into the pail destined for it. For the removal will be taken care of. Not to be thrown into the lavatories.*

*Zum ablegen von hygiene-binden und anlichem. Nach benutzung in den dafür bestimmien eimer Zu deponieren für entfernung wird sorge getragen. Nicht in die toilette zu werfen.*

C'était une publicité pour serviettes hygiéniques, qu'on avait héritée avec les villas de la douleur, après la guerre de sept ans. A nouveau, le mythe du sang m'assaillait de toutes parts. Je n'avais aucun répit. Même là, dans ces abjects cabinets où j'avais élu domicile une partie de la journée, je n'étais pas à l'abri de la prophétie implacable. Jamais le sang n'avais cessé de me hanter; et voilà qu'occupé à jouir sournoisement avec mon amante, il fallait que le dégoût me prît, que j'eusse les membres glacés et que j'allasse dans la tinette vomir toutes mes tripes, avec dans ma tête des images de massacres collectifs. Il n'y avait plus aucun espoir. Tout vacillait à nouveau, juste au moment où j'allais émerger et comprendre que le rite du sang n'était qu'une diabolique invention de ma conscience choquée et triturée par le réel démesurément violent, saccageur de toute entité du Rêve. Rien! Pas même la lisière du songe. Nadia avait bien fait claquer la porte. Aucun recours n'était possible. Les valeureux étaient partis mais ils avaient laissé aussi le plastic, les villas de la torture et maintenant ces pochettes affreuses où l'on met le sang des pauvres femmes, coulant à un débit régulier dans les méandres de mes rêves. Elles en mourraient toutes de cet écoulement vaginal et pernicieux et l'on n'aurait plus qu'à les entasser et à les emmener, loin des regards des enfants, afin qu'ils n'aient pas peur. Impression de couleurs vibrantes. Soleil planté dans le ciel comme un couteau dans une plaie bleue et grouillante de bestioles immondes, luttant pour leur vie, frétillant de leurs mille pattes légères et graciles. Le rite du sang! Samia aspergée par le liquide chaud, juste sorti de la gorge molle d'une maigre chèvre noire que l'autre avait tuée rituellement. Qu'avions-nous besoin du sang? Maintenant, j'en avais pour une éternité à vomir, à suer, à imprégner mes draps de cette odeur sure et âcre. Qu'aucune femme ne m'approche! « Tu pues le sang et les règles. Laisse-moi en paix. »

Revenir à la chambre était le plus difficile. Ma pâleur ne pouvait pas passer inaperçue parmi mes compagnons, toujours vigilants au moindre mal dont souffrirait un membre de la communauté, toujours prêts à secourir quiconque en a besoin. Dans la salle à moitié emportée par le crépuscule dont personne ne saurait dire la langueur, l'ouvrier revenu de Lyon, l'amnésique de sa langue natale, baragouine un discours confus, en langue française, pour expliquer qu'il en a assez de ne plus savoir parler la langue de la Contrée spoliée pendant sept ans mémorables et à nouveau resurgie, aujourd'hui, malgré l'apparence de chaos et tout l'héritage maudit, à travers sa propre réalité fulgurante, ouverte sur la mer et sur les sables du désert fabuleux dont il fallait se mettre à interpréter les mirages, considérés longtemps comme fallacieux et exorbitants. Il se pavanait entre les lits alors que les autres l'écoutaient, en attendant que dans l'obscurité la voix du muezzin éclatât et les réveillât de leur somnolence. L'autre continuait à s'agiter. Aphasique, coupé de la langue natale comme une mouche coupée de la tiédeur ou comme une souche séparée de la terre dans laquelle elle a vécu des millénaires. Il était hâve. Tâtonnant. A travers l'opacité des vitres, la nuit bleue sourdait lentement, mais n'apportait à son désarroi aucune pluie qui le laverait à jamais de son inhibition. Le ruissellement avait cessé de l'inonder, et il restait là, stupide, comme muet, incapable de dire un mot... Revenu à la chambre en catimini, j'avais pu me glisser dans mon lit, sans attirer l'attention, avec dans ma tête cette phrase qui me collait à la peau du cortex : (introduisez votre garniture hygiénique dans cette pochette et déposez celle-ci dans le récipient installé à cet effet. Très important : ne pas jeter dans les W.-C. qui risquent d'être obstrués. Le papier de cette pochette comporte une composition néfaste à l'introduction des produits d'alimentation. Merci). Merci de quoi? Non, alors! Il ne me manquait que cela. La prochaine fois, je saurais éviter les W.-C. Dames. C'est trop dangereux pour ma santé mentale, toute précaire.

Nadia n'apparaîtra pas de sitôt. Elle ne fera pas courir des bruits contradictoires à mon sujet. Au contraire, elle fera tout pour que la rumeur s'apaise. Elle ne me dénoncera pas aux Membres Secrets du Clan, ni aux bureaucrates de l'hôpital qui font du zèle, pour garder leur place et nourrir leurs familles nombreuses. (Ils sont irrémédiablement contre toute tentative de contraception. Que Dieu nous en garde!) Elle fera taire tous ceux qui me soupçonnent d'être hérétique. Elle est maintenant capable de se mouiller pour moi. Je pourrai tranquillement lire Marx, sans avoir à m'inquiéter de ces personnages louches qui se promènent dans l'hôpital, sans but préconçu. Je pourrai aussi endoctriner les masses à ma guise et expliquer aux ouvriers revenus de France qu'ils se doivent de devenir l'avant-garde du prolétariat, puisque le pays s'industrialise à toute vitesse. Elle ne m'en voudra pas. Elle ne claquera plus les portes. Elle me laissera lire en paix l'*Epître du pardon* de l'Aveugle. Car, après tout, ce n'est pas de ma faute si nous avons hérité de cette publicité sanguinaire : « Madame, Tripax a pensé à vous... »

Le chat humait son ombre et se déhanchait à l'intérieur d'un espace rétréci par la chaleur. Il ne fallait surtout pas aller du côté des murs criblés de chaux épaisse, sillonnée de mille fêlures torturant la matière, quasi invisibles. Il ne fallait pas non plus se mettre au milieu du patio car l'on risquait de griller parmi les odeurs de menthe sèche, de concentré de tomate semi-gélatineux en train de moisir dans des baquets en bois, et de viande salée et poivrée plus que de mesure, suspendue à deux ou trois cordes diagonalement superposées et conférant à l'espace, ainsi trituré, des formes inhabituelles. Les mouvements du matou, occupé à se débarrasser de son image qui le suivait depuis que le soleil avait dépassé son zénith, n'avaient rien d'étonnant. Ils ne fascinaient que lui-même et laissaient l'homme agenouillé, au beau milieu de la cour, indifférent à cette agitation se déroulant sous ses yeux aqueux. Le soleil qui ne voulait jamais rester à sa place étonnait le chat qui s'étirait douloureusement. On ne comprenait rien à cette affaire de chat. Il finira bien par se mordre la queue. Quant au patriache accroupi sur une peau de mouton, il se chauffait au soleil et attendait l'heure de la prière : le Dhor. Midi ne changeait rien à la chose. Il faisait chaud et sec et dans ce flamboiement les odeurs étaient une démence à part. L'été dernier, il y avait eu les criquets sur le village. « C'était pire que les sauterelles », disait le grand-père. Ils avaient mangé toute la laine qui séchait dehors et Selma avait ri de la frayeur des enfants. Ils avaient tout rasé. Un seul remède vieux comme le monde et que les anciens Egyptiens utilisaient : mettre des œufs sur leur passage, les laisser les picorer puis se noyer dedans. Malika avait aussi peur que les enfants. Elle s'était réfugiée dans la chambre la plus reculée, cela ne l'avait pas empêchée de les entendre grignoter à l'unisson, dans un mouvement collectif et synchrone : Criss! Criss! Lui, qui égrenait son chapelet – un jeu de patience – dans le soleil, accroupi, l'œil vague, il se souvenait d'années pires que celles de l'année dernière. Il disait aussi que les ancêtres, à l'arrivée des sauterelles et des criquets, parlaient de la huitième plaie. (Il y en avait douze dans la nomenclature des calamités recensées rigoureusement; mais la tête lui tintait et il était incapable de faire l'effort – pourtant nécessaire – de les compter toutes.) Les enfants s'étaient amusés à enfermer les insectes voraces dans des tamis retournés sur le sol. Lui, imaginait l'ombre du grillage sur les visages des bambins qui avaient alors une peau finement quadrillée, comme s'ils avaient fait la sieste en dormant sur une couverture aux motifs en relief et en gardaient la marque sur les joues. Selma riait toujours devant les acrobaties du chat qu'elle essayait vainement de faire sauter jusqu'à son giron. Entre l'ombre drue et le soleil bouillonnant, il y avait une zone intermédiaire que le chat ne savait pas élire comme domicile provisoire, en attendant que le soleil disparût complètement derrière le dernier figuier du jardin, ou tout simplement en attendant que la vieille servante finît de rafraîchir les pièces intérieures qu'elle inondait de seaux d'eau glacée puisée à l'instant au puits mémorable (où l'autre avait été... Puis, à quoi bon, elle n'avait pas aujourd'hui le cœur à ressasser de vieux souvenirs pénibles. Elle chantait même...), entouré de mousse aux abords immédiats et d'herbe, un peu plus loin. Elle était terrible, la servante! Dès qu'il s'agissait de l'entretien, du ménage ou de la religion, elle devenait insupportable. Rien ne lui ferait changer d'idée. Bigote, elle aimait avoir les pieds dans l'eau et interdire que l'on marchât – même pieds nus – sur les dalles qu'elle venait d'asperger et qui séchaient en un clin d'œil. Mais quelle maniaque elle faisait! Personne n'osait intervenir et les chats tout gâtés et tout pourris qu'on laissait complaisamment grimper aux arbres et dévorer les pauvres moineaux qui ne les entendaient pas venir (lestes et souples qu'ils étaient ces sales félins) n'avaient pas plus de droits – sur ce chapitre – que tous les autres habitants de la maison. Grand-père s'en désintéressait. Il aimait les fèves et le soleil et ne bougeait que pour aller faire ses ablutions dans le jardin, loin des regards des femmes qui le taquinaient sur sa pudeur et sur ses amours heurtées avec la grand-mère, morte celle-là et qu'on avait photographiée avant son décès sur son lit d'agonie, pour nous faire peur, à nous pauvres enfants, encore indécis sur le choix de notre père (qui cela pouvait-il être de Siomar ou de Si Slimane, alias Djoha le crédule?).

Puis, à se tortiller la queue, à gémir doucement, à laper le sol lisse et brûlant, à se rouler par terre, à caracoler comme un fou, il faisait rire Selma : « Mais viens à l'ombre, idiot! » Avec son œil à peine ouvert, à moitié incendié par le soleil qui y foisonnait son soûl, la lèvre molle, le seroual ample et satiné, le sein calmement rebondi sur ces cimes liliales, le bas-ventre plein de remous, elle imprégnait l'air qu'elle traversait d'une sensualité âcre. Elle tournait dans le soleil et riait à gorge déployée : « Mais viens donc à l'ombre, idiot! Tu vas te brûler tes petites pattes! Hayyah! » Elle virevoltait autour du grand-père quasi aveugle qui ne bougeait pas de sa place et ne quittait sa peau de mouton que pour aller se laver rituellement dans le bassin du jardin, avant chaque prière, six fois par jour. Il était le pivot autour duquel elle régentait son monde et elle venait le taquiner sur ses amours houleuses avec sa femme acariâtre qui avait la tête constamment surmontée d'une coiffe compliquée et rigide... Et elle se souvenait de cette année où les criquets avaient mangé toute la laine; c'était après que l'on eut rentré et mis dans des sacs le couscous séché à point; après qu'on eut rentré le concentré de tomate qu'on avait mis dans des jarres et couvert d'une couche d'huile d'olive. C'était à quelle date? Elle ne savait plus démêler les années. Fin de l'été et début de l'automne. Prétérition du songe! Tous les étés se ressemblent. Et même les hivers et même les automnes. Elle se souvenait particulièrement de l'année des criquets (la huitième plaie, avait dit l'aïeul). Mais cela avait tellement amusé les enfants... De toute manière, les gros paysans, à l'instar de Siomar, étaient assurés contre les intempéries, la grêle, les sauterelles, les criquets et les incendies. Elle y songeait, à cette différence entre les criquets et les sauterelles. Quelle importance? C'est tout jaune, avait dit le vieillard à moitié aveugle. Allah! aide-moi ma fille. Elle aimait aussi tourner autour du chat qui se mettait à japper, à courir derrière elle et à lui mordiller les basques. Elle aidait l'aïeul à faire ses ablutions et lui, avait beaucoup de remords. Il aurait dû intervenir. Vingt ans, maintenant. Le vieux, à griller au soleil, finissait par devenir un mage à la barbe soyeuse et aux paupières enflammées qu'elle soignait patiemment. Bien sûr qu'il savait. Il n'avait jamais pardonné. Il était trop vieux et son fils, Siomar, avait pris le patrimoine en main, depuis quelque temps. La vieillesse n'avait rien arrangé. La décomposition.

Quand Siomar quittait le village pour aller dans la capitale s'occuper de ses affaires, Selma reprenait vie et concentrait autour d'elle une agitation qu'elle seule supportait jusqu'au bout. Avec le crépuscule, l'ancêtre entrait en transe et ne quittait plus sa natte d'alfa sur laquelle il se prosternait des heures durant. Les chats, eux, s'embusquaient dans les arbres et guettaient les pauvres moineaux. La vieille servante était dans la cuisine avec Malika qui s'éclipsait de temps à autre et montait pleurer un coup dans sa chambre. Puis elle redescendait mine de rien et continuait à préparer le repas du soir. Selma restait avec les enfants. Eux riaient des piaillements des canaris, qui leur parvenaient du jardin fermé dès la tombée de la nuit à cause du bassin très profond dans lequel des poissons, de toutes les couleurs, tournaient béatement en rond. Selma n'exultait plus. Secrètement, elle allait rôder autour de la margelle du puits comme si elle cherchait dans l'herbe, qui avait brûlé et poussé à nouveau, la trace de son corps allongé, avec les mains de l'autre... L'idée du suicide la reprenait. Un plongeon dans le puits. Elle croupirait dans l'eau pendant quelques heures jusqu'à l'arrivée des pompiers. Puis on la déshabillerait et elle aurait, quoique morte, la chair de poule, la peau violacée et les lèvres gercées par le froid. Et son fils qui faisait l'idiot à partir dans l'autre ville, à faire des études de philosophie, qu'il faudrait rappeler par télégramme : Mère très malade. Stop. Revenir d'urgence. Il ne serait qu'à moitié surpris, puisqu'il avait appris toute l'affaire par Malika, sa tante qui n'avait quand même pas pardonné cette lâcheté de sa sœur à devenir, après le viol, la favorite du maître.

Quelques années avant l'arrivée des sauterelles qui avaient mangé la laine des matelas que l'on avait mise à sécher, Selma avait été gravement malade. Elle n'avait pas voulu s'aliter et le vieux s'étais mis à l'épier. Des fois, mine de rien, il fusait dans sa chambre et avançant les mains à la manière des aveugles, il lui tâtait le visage. Elle ne riait plus comme elle faisait en temps de trêve, lors des voyages de Siomar. Comme il était le mage, elle le laissait faire et ne pipait mot. Lui, avait le front soucieux. Il la reniflait de temps à autre et tenait dans la cour des conciliabules avec les morts dont les âmes étaient censées chanter la maison des ancêtres que le fils avait tant modernisée qu'elle ne ressemblait plus à rien. On y organisait régulièrement des séances de lecture du Coran pour le repos de l'esprit de Selma, parti se promener dans les contrées lointaines. On avait essayé des fumigations que les servantes noires savaient organiser selon un rituel précis et compliqué.

Au début, elle avait tout fait pour cacher sa maladie. Elle disait que ce n'était rien. Qu'elle avait des maux de tête qu'elle calmait en se serrant la tête dans des fichus multicolores. Tout le monde croyait qu'elle disait vrai, sauf le grand-père. Puis elle avait eu ce goitre qui lui avait peu à peu dévoré le cou, grossissant à vue d'œil et durcissant chaque jour un peu plus comme un étau qui l'étouffait et l'empêchait de bien respirer. Maintenant qu'elle se trouvait laide, elle ne quittait que rarement sa chambre et ne disait plus au chat qui humait son ombre : « Viens t'abriter du soleil, idiot! » Elle ne nourrissait plus la tortue qui se pavanait anarchiquement entre le jardin et la maison et qui allait fureter sous les lits et jusque dans la remise chauffée à blanc sous son toit de tôle ondulée. C'est à cette époque qu'elle s'était mise à ne plus supporter son amant devenu de plus en plus pervers. Mais dès qu'elle eut cette excroissance sur le cou, juste au niveau de la carotide, Siomar mit fin à ses sollicitations et quitta le pays pour un long voyage d'affaires qui tombait fort à propos.

Le soleil venait exacerber les passions, et les mouches, plus nombreuses en automne, mettaient tout le monde à bout de nerfs. Les domestiques ne savaient plus où donner de la tête. La maison sombrait dans l'anarchie la plus totale. Le silence était insupportable mais nul ne dormait. Les chats en profitaient pour tendre beaucoup plus d'embuscades aux moineaux et les dévoraient discrètement, puis ils revenaient avec les babines et les moustaches ensanglantées, l'air triomphant. Ils étaient exécrables. L'incohérence et la maladie avaient rendu Selma soucieuse et sombre. Elle se négligeait et n'accordait plus d'attention ni aux serins ni aux perruches jacassant vainement dans leurs cages et n'arrivant pas à attirer la compassion de ma mère qui les avait, jusque-là, nourris et gavés de différentes graines. Elle leur avait même appris à chanter et se levait dès l'aube pour les surprendre à leur premier réveil, les plumes en l'air et la mine méfiante plus que renfrognée; avec leurs gloussements à travers la maison silencieuse, si l'on exceptait le crissement de la poulie dans l'aube laiteuse et fragante de l'été comme une chose neuve et bien empaquetée dans ses couleurs violacées; car l'aïeul s'était déjà levé et puisait de l'eau pour sa première ablution. Il fallait les calmer, les gronder à voix basse afin qu'ils n'ameutent pas tous les chats dispersés dans toute la maison, harassés par leur chasse à travers le jardin et jusque dans le réduit du marchand d'huile. Dans ce magasin collé au jardin, les rats étaient gros, poilus et gris, avec leurs bas-ventres comme une chape prête à éclater, sans parler des femelles aux ventres toujours pleins de la dernière portée et aux mamelles pathétiquement roses et fragiles. Mémorables, les combats de chats et de gros rats que les enfants regardaient du haut de la palissade vermoulue et en si mauvais état qu'on avait tout le temps l'impression qu'elle allait céder sous le poids des jeunes spectateurs sur le point de s'évanouir, mais qui restaient là à encourager leurs chats en train de se faire dévorer par ces énormes rats nourris à l'huile d'olive, à jeter des pierres sur ces gros rongeurs dont les regards sournois et rétrécis par le massacre donnaient des frissons à la marmaille surexcitée. Mais dès que le combat tournait au profit du chat, tout le monde applaudissait et les femmes venaient, à ce moment-là, rappeler le matou glorieux et lui ordonner de remonter.

Pour la guérir on avait tout essayé. Aucun résultat. Le vieillard s'en était ouvert au ciel. Djoha, averti par quelque messager mystérieux, avait envoyé une dizaine d'amulettes dont on l'avait bardée. On avait consulté tous le devins et tous les charlatans et envoyé des prospecteurs jusqu'à Tunis! Rien n'y faisait. Le goitre continuait à croître et déformait le cou légendaire de Selma qui ne s'occupait plus de rien. Le grand-père allait chaque matin enterrer une perruche ébouriffée morte de chagrin (ou de faim ou de soif). De guerre lasse, on avait consulté un médecin. Elle guérit effectivement, mais rechuta très vite. Elle n'allait plus au bain maure et se morfondait dans des soliloques confus mais violents. Elle prétendait parler aux morts et engageait des dialogues imaginaires avec son frère tué, l'année précédente, au maquis.

Puis il avait fallu sacrifier un coq noir. Personne n'y trouva rien à dire. Pas même la malade qui ne savait plus où elle en était exactement. Mais il fallait la pleine lune et ce jour-là, il y avait entre deux nuages un croissant qui ne disait rien qui vaille à la sorcière devant présider la cérémonie! Il avait fallu attendre la lune, puis quand elle fut assez grosse, le mauvais temps s'en mêla. On eut beau faire du bruit en frappant dans un pilon en bronze pour faire fuir les nuages, rien n'y fit. Le mauvais temps persista et le coq, enfermé dans la cage des perrruches toutes décimées par le chagrin et la hargne, avait l'air ridicule d'attendre qu'on vînt lui couper le cou, face à l'agilité des chats levant vers lui des museaux vicieux et faisant le guet sous la cage dorée. Lui, se dandinait dans sa prison trop étroite pour sa morgue et pour son plumage noir, avec sa crête rouge sur sa tête aux yeux fixes et fiers.

Le grand-père, mis en dehors du cercle par l'arrivée d'une vieille sorcière, boudait dans un coin. Il était toujours planté dans la cour à pomper le soleil, mais il n'en avait jamais assez et restait frileux, avec sur son visage les traces du froid qu'il était censé retenir dans son corps et sur la peau émaciée de son visage. Il boudait et se refusait à entrer dans le jeu de ces magiciennes qui s'apprêtaient à sacrifier en grande pompe un pauvre coq pour lequel il s'était pris d'amité avec tous ces contretemps et tous ces atermoiements. Il continuait à solliciter de Dieu la guérison de la malade et récusait d'avance toute réussite due à la sorcellerie. Il laissait entendre que ses moyens étaient inépuisables et mettait le doute dans la tête de la vieille femme qui régentait le rite. Elle, s'entêtait à penser que pour obtenir tous les éléments de la réussite, il fallait obtenir la collaboration de l'aïeul. Du coup, elle s'était décidée à le fréquenter, à le flatter, à l'embrasser respectueusement sur l'épaule droite et à faire auprès de lui l'éloge de la vieillesse. Mais l'aveugle riait sous cape et la tançait de haut : « Tu iras en enfer! Dieu n'aime pas les vieilles sorcières de ton acabit. » Il exigeait aussi que l'on relâchât le coq, de plus en plus désemparé par cette situation qui n'en finissait plus, et que l'on donnât à manger aux pauvres du village pendant cent jours. Mais personne n'était d'accord avec lui car il était de tradition de sacrifier un coq pour ramener la paix et la prospérité dans une famille atteinte par le malheur et le marasme. Le volatile ne faisait plus le fier et sa crête perdait de son arrogance au fil des jours. L'été, d'ailleurs, s'attardait toujours. Le grand-père cherchait par ses palabres à rompre l'étau de la malédiction qui s'était abattue sur la maison ancestrale, méconnaissable, à force de deuil et de silence. Le temps figé et la chambre de la malade et l'agonie du coq : tout exprimait cette stagnation et cette stupeur pesante frappant les personnes d'un sceau maléfique. Malika s'enchevêtrait dans ses mots et finissait par bégayer lamentablement face à la fixité des choses et à la peine du vieux. La conspiration faite autour de Selma, du coq et de l'aïeul, n'augurait rien de bon. L'intruse lisait l'avenir dans le plomb fondu et refroidi dans l'eau, dont elle interprétait les structures vertigineuses et les triturations nerveuses. Il faisait chaud mais il pleuvait de temps à autre de vrais déluges d'eau et de grêle; et l'attente se prolongeait au-delà de toute patience. Même les tortues ployaient sous l'effet du silence et de l'ondée, et dérapaient sur le sol bourbeux du jardin qui s'en allait en pente douce jusqu'aux champs de blé, en dehors du village dont la vie tournait autour des terres de Siomar qui continuait à être absent, à envoyer de l'étranger des cartes postales banales et délibérément optimistes, ne demandant jamais des nouvelles de Selma comme s'il n'était pas parti en catastrophe, prétextant un voyage d'affaires urgent...

Le grand-père s'évertuait maintenant à tenir en respect les chats de la maison et à les empêcher de faire des bonds terribles, sous la cage du pauvre gallinacé pour essayer de l'atteindre, toutes griffes dehors. Ce dernier n'en menait plus large et dépérissait. Il perdait ses plumes et poussait des cris à ameuter tout le village, dès qu'il voyait l'ombre d'un chat poindre à l'intérieur de la cour. La cage en branlait. L'effroi et la superstition faisaient le reste. « C'est rocambolesque, disait le vieil homme, cela ne peut durer ainsi. Il faut en finir d'une manière ou d'une autre! » Mais dès qu'il consentait au sacrifice du coq noir dont le sang allait se déverser sur les mauvais démons et les noyer irrémédiablement, la sorcière faisait la moue et disait que rien ne pressait, qu'il valait mieux attendre l'automne. En fait, elle voulait exaspérer tout le monde et préparer les conditions de sa réussite. Hagarde, elle s'asseyait dans la lumière du jour, le double menton rongé par l'ombre du cou, et semblait attendre, dans une immobilité fastidieuse le déferlement des événements. Maintenant l'ancêtre la houspillait carrément et menaçait de tuer lui-même le coq noir atteint, selon ses dires, d'une maladie qui allait l'emporter très vite. Il n'arrêtait pas de l'attaquer, de la traiter, d'une voix faible, de tous les noms : « Tu vas bien finir par l'immoler, ton sale coq! Que Dieu nous préserve des charlatans de ton espèce. » Lui aussi perdait la tête : il n'égrenait plus son chapelet, ne mangeait plus, ne dormait plus. De temps en temps, il allait veiller au chevet de la malade qui perdait de plus en plus ses forces et ses couleurs. Dehors, malgré la pluie intermittente, la canicule, avec cette odeur caractéristique des dattes qui mûrissent dans la poussière jaune que le vent d'est soulève par rafales et jette sur les visages des passants partis à tousser de longues quintes, tellement l'air est irrespirable, à la fois humide et sec, brûlant et froid. « Un été de fin du monde », disait l'aveugle, frappé de léthargie et miné par le despotisme et la patience de la magicienne qui continuait à attendre le moment propice. La malade, pour essayer de s'en sortir, accumulait les soupçons vis-à-vis de sa sœur et pour la première fois, avait menacé de tuer Siomar. Devant cette aggravation des choses, la bonne femme que l'on réclamait à cor et à cri, pour aller laver les morts du village, souriait de compassion et faisait la moue, devant tant d'agitation inutile.

Un matin, elle éclata en youyous, imitée en cela par toutes les domestiques et les autres femmes de la maison. « Dieu soit loué! » La joie transperçait son visage boursouflé et luisant de sueur. Le vieillard, du coup, s'était arrêté de prêcher. « Dieu soit loué! » Lui qui aimait tant tenir des discours sur la morale et la piété, se taisait et semblait cafouiller de stupeur. Qui aurait osé en croire ses yeux? Il avait fallu amener la malade, l'habiller d'une chemise de lin, lui enduire la tête d'huile d'olive, oindre ses membres de graisse, la caler contre deux oreillers, la réveiller de sa somnolence, dire que Dieu est grand, allumer des braseros (harmel, alun, gomme arabique, etc.), noircir ses yeux au khôl, la farder telle une poupée touareg, la bousculer, la houspiller, la gronder gentiment afin qu'elle se réveillât de sa stupeur et qu'elle quittât cette hébétude malsaine. Et voilà que la vieille magicienne l'obligeait à regarder le coq noir, tout ébouriffé par sa peur, que l'on avait mis entre ses jambes. Elle s'était presque évanouie à la vue de la pauvre bête caqueteuse et agitée qui se débattait vainement et essayait de fuir, en sautillant sur ses petites pattes qu'on avait attachées solidement, afin de pouvoir enfoncer le couteau tranquillement, presque suavement, avec le visage souriant et quasiment heureux de la grosse femme, déjà partie dans sa transe effroyable qui allait faire trembler la maison sur ses bases, après cette longue passivité, après ce silence insupportable qui avait dominé la maison livrée à la hargne toute guillerette de la grosse négresse, sorcière professionnelle et laveuse de morts et marieuse à la main heureuse et même entremetteuse, à l'occasion, lorsque la magie ne donnait pas de bons résultats et que la poisse la poursuivait partout où elle allait, à travers le pays, changeant de village, dans l'espoir de fuir la malchance qui lui tombait de temps à autre sur le dos et la vidait de tout son sale savoir occulte... Puis, la malade avait tellement peur qu'elle tremblait de tous ses membres. Livide et pâle et folle, elle ne comprenait pas très bien ce qui lui arrivait, catapultée hors du sommeil, rivée à nouveau au marbre du patio, les jambes écartées, entourée de braseros, de fumigations, de fumée, de servantes et de membres de la famille; elle n'avait pas totalement émergé vers la lucidité et sa cachait le visage dans ses mains blanches. Le coq noir se démenait tant qu'il pouvait, grattait le sol de ses pattes jaunes, picorait les mains de la vieille qui en riait de plaisir, enfonçait son bec dans tout ce qu'il trouvait dans cet espace cerné et limité par les deux jambes écartées de Selma, maintenue debout par deux ou trois femmes, alors que le vieux roulait de grands yeux et recevait d'une façon brouillée toute la scène, avec le soleil revenu définitivement pour mûrir les grenades se balançant à moitié vertes parmi les arbres du jardin, avec les chats faisant un cercle autour de la victime et prêts à japper pour aller lécher la première goutte de sang, et qu'il faudrait éloigner par la force, sinon, ils seraient capables de devenir furieux, à moitié fous, de caracoler à travers la maison, de miauler tous à l'unisson, ou bien même d'aller dans le réduit du marchand d'huile, se faire dévorer par de gros rats qui trouveraient l'aubaine admirable et s'en donneraient à cœur joie.

Tout le monde avait peur de ce sang qui allait à nouveau éclabousser les murs – comme s'il ne suffisait pas des moutons égorgés pendant la fête de l'Aïd – qu'il faudrait à nouveau couvrir de couches épaisses et presque solides de chaux blanche dont l'éclat ferait mal aux yeux et laisserait le délirant dans un état de totale cécité, déjà qu'il ne voyait pas très bien, qu'il avait engendré un fils qui le décevait et se payait sa tête en monopolisant le pouvoir... Comme s'il ne suffisait pas de tout ce sang que les maquisards versaient généreusement sur les montagnes du pays, à travers la steppe rugueuse et les plaines opulentes passées entre les mains de colons insatiables, et qu'il fallait restituer au peuple parti, en guenilles, à la recherche de sa pitance quotidienne et qu'on accueillait partout à coups de pierres, quand il ne s'agissait pas de coups de fusil; et lui – le peuple – fulminait, montrait son poing maigre, riait dans sa barbe de l'inévitable destinée qu'il s'était décidé à forger, en volant des fusils dans les casernes et en les distribuant à tous ceux qui ne pouvaient plus supporter ni la morgue des petits Blancs, ni le paternalisme des libéraux, ni la rapacité des gros propriétaires autochtones voulant surtout perpétuer un état de fait et demeurer à moindre frais maîtres du terrain. Comme s'il ne suffisait pas de tout ce sang qui teintait les torrents d'une couleur bizarre, alors que l'ennemi irascible et vindicatif clamait que nous étions tous une bande d'assassins et de bandits de grands chemins; alors qu'eux étaient venus des bagnes de l'autre côté de la mer, racaille dont on avait voulu se débarrasser à bon compte et qui était arrivée, dans le pays, à organiser le massacre, à enfumer des populations entières (« *Cavaignac opérait sur la rive gauche du Chélif, chez les Sbéa qui s'étaient retirés dans leurs grottes. A toutes ses sommations, ils avaient refusé de se rendre... Alors le colonel avait donné... l'ordre d'attaquer une des grottes à la mine; et il avait fait allumer un grand feu devant l'issue d'une autre. Le lendemain, l'incendie avait gagné les bagages des réfugiés. Pendant la nuit, on crut entendre... un bruit confus, des clameurs sourdes, puis rien ne troubla plus le silence. Longtemps avant le jour, quelques hommes suffoquant vinrent tomber devant les sentinelles. Une fumée si épaisse et si âcre emplissait les grottes qu'il fut impossible d'y pénétrer d'abord. Cependant, on en voyait sortir de temps à autre des êtres méconnaissables... Quand on put enfin visiter la fournaise éteinte, on y compta plus de cinq cents victimes.* » [Colonel Rousset, *la Conquête de l'Algérie*, Tome II, pages 22 et 23]) qui avaient eu l'audace de résister aux envahisseurs barbares... Le vieil aveugle connaissait l'histoire de son pays, mais il ne pouvait rien faire, que balbutier des formules religieuses, pour empêcher ce gaspillage inutile du sang des animaux et empêcher le rite pompeux de s'accomplir sous ses yeux... Le coq continuait à se débattre et à criailler hystériquement, se cabrant à travers l'espace bleuté et à moitié brouillé par l'accumulation de la chaleur et par la mauvaise vision de l'ancêtre se rappelant d'autres massacres qu'on lui avait racontés pendant son enfance, ainsi que la sauvagerie de la guerre et la brutalité des assaillants venus nombreux et armés jusqu'aux dents semer la pagaille – sardoniquement – dans cette population paisible qui répondait avec courage à Bugeaud, l'invitant à se soumettre au feu et à la poudre : « *Vous nous dites que vous êtes une nation forte et puissante et que nous ne pouvons lutter contre vous. Les puissants et les forts sont justes. Vous voulez cependant vous emparer d'un pays qui ne vous appartient pas. Et puis si vous êtes riches, que venez-vous faire chez un peuple qui n'a que la poudre à vous donner? Vous nous menacez encore d'incendier nos moissons et de les faire manger à vos chevaux et à vos bêtes de somme; que de fois déjà n'avons-nous pas éprouvé de pareils malheurs. Nous avons eu de mauvaises années, nous avons eu les sauterelles, la disette, et Dieu pourtant ne nous a point abandonnés... Nous ne nous soumettrons donc jamais à vous...* » (Général Daumas : *les Chevaux du désert*, pages 102-103). Lui, n'avait jamais oublié cette lettre aux conquérants que ses ancêtres avaient apprise par cœur et fait apprendre à ceux de sa génération... Maintenant qu'il était vieux, il trouvait que la terre avait assez souffert de la guerre, du sang, des sauterelles qui avaient mangé, jusqu'à l'année dernière, la laine qu'on avait mise à sécher, dans le patio... Il ne manquait plus que ce sacrifice du coq noir! Et il fallait que l'horrible magicienne – qui s'était munie d'un couteau à la lame étincelante – allât maintenant jusqu'au bout de son geste-éclair transcrit dans la conscience de l'aïeul qui ne voyait pas clairement, car il ne voulait pas trop s'approcher et faisait tout pour éloigner la marmaille surprise dans son sommeil et les chats pris de panique devant ce spectacle inaccoutumé. Elle trancha deux fois, en un va-et-vient précis, le cou flasque du coq dont l'œil fixait, dans toute sa bêtise et tout son effroi, l'œil de celle qui allait le tuer.

Une fois la tête coupée en un clin d'œil, le coq s'en alla se flanquer sur le mur d'en face, butant comme un aveugle – sans tête – sur la blancheur démente de la chaux qui allait se couvrir d'énormes taches de sang rouge et grumeleux, avec un entêtement étonnant, parmi les cris aigus de Selma, ouvrant des yeux affolés et retrouvant, tragiquement, sa conscience qui l'avait quittée depuis longtemps. Les servantes n'avaient pas attendu l'ordre de la vieille magicienne et s'étaient mises à danser autour du moribond qui se soulevait à cinquante centimètres du sol et retombait dans un bruit d'ailes et de sang, spongieux : splasch, splasch! Avant même que le coq s'arrêtât de vivre, toutes les femmes étaient en transe, les lèvres couvertes de salive mousseuse, les yeux hors de leurs orbites, le corps pris dans un mouvement hystérique, saccadé et organisé quand même; puis le chœur intervenait et tout le monde chantait dans le soleil et le sang, tandis que du cou du gallinacé, un geyser bleuâtre, autour duquel venaient vrombir les mouches, fusait à travers l'espace et inondait le visage de la malade (n'est-ce pas cette image que l'autre, le scribe, avait transposée, à l'hôpital, à raconter et à écrire sa vie comme si cela avait un intérêt quelconque, puis à dire qu'il avait séduit une jeune élève qu'un nègre avait aspergée du sang d'une chèvre noire, avant de la laisser se noyer dans la mer? N'est-ce pas cette image de la mère inondée par le sang du coq noir pendant le rite auquel il avait assisté alors qu'il était enfant et qu'il avait transformé, grâce à une fabulation maladive, en sang de chèvre, avec toute cette histoire compliquée de mausolée bâti au milieu de la plage, coupant toute perspective, gênant la ligne de la mer constamment surchargée d'oursins noirs, avec cette histoire de folle – la femme du nègre – qui serait morte il y a longtemps, toujours selon ses dires? avec aussi cette défloration à l'intérieur du mausolée obscur où brillait la flamme d'une chandelle rabougrie et surchargée en même temps de cire coagulée autour de la surface ronde et plate? avec aussi, toujours selon le scribe, ce nègre qui regardait, à travers la lucarne, la jeune fille mourir de plaisir et se vider de son sang, etc? Certainement que la clé de cette affaire se trouvait là... Sinon, la coïncidence aurait été un peu trop belle, un peu trop tirée par les cheveux pour qu'on pût y croire, ne serait-ce qu'un seul instant, berné que l'on était par la logorrhée de ce simulateur si bavard...) qui demeurait là, épouvantée, hébétée, les cuisses ensanglantées, la respiration rapide. Hagarde. Sublimée. Rutilante de sa peur et de sa névrose. Avec, entre les jambes, à nouveau cette tiédeur horrible, présage du massacre et du bris dans la conscience taraudée à vif. Elle hurlait, et à nouveau, elle mêlait le sang au sang (celui du viol coulant de son propre sexe et celui du coq avec çà et là des plumes et des poils doux et gélatineux, souillés de sang dont le contact infernal allait la poursuivre des siestes et des nuits durant, à travers l'insomnie qui l'anéantissait, toujours sur le point de vomir, toujours sur le point de chuter dans le gouffre sans fond de sa démence...) qui allait définitivement la submerger. Les youyous criblaient l'air et jaillissaient dans un vacarme assourdissant, alors que la prêtresse complètement en transe, l'œil globuleux et blanc, les lèvres incisées, trépignait sur place, ahanait, brandissait le coq encore dégoulinant et perdant son sang de toutes parts comme si d'autres orifices (d'autres cratères) s'étaient ouverts dans ses flancs, à travers ses ailes, etc., et le faisait tournoyer au-dessus de la tête de Selma dont les cheveux dégoulinaient sur son beau visage sublimé par l'horreur de grosses gouttes lourdes et bleuies de sang à moitié coagulé. Elle avait beau serrer les lèvres, le liquide parvenait jusqu'à sa bouche et l'étouffait. Elle vomissait, mais la vieille l'obligeait à tout ravaler et jubilait à travers la fumée des braseros, les piaillements des bébés et les plaques de sang séché à l'heure qu'il est par l'âcre souffle du sirocco brûlant et parvenu du fond de la Contrée, comme une langue de feu. L'on jetait du gros sel dans les braseros et chaque crépitement était accueilli par un surplus d'agitation et une multiplicité de gris aigus et nasillards qui perforaient les oreilles. Seul, le vieillard restait en dehors du rite magique et subissait la cérémonie comme une profanation de la loi coranique et de la tradition des ancêtres. Il berçait un bébé qui avait reçu une giclée de sang sur les yeux et hurlait d'épouvante. Le sel faisait des bulles dans le feu et claquait impitoyablement. La cour semblait tanguer sous l'effet de ces danses païennes riches et fastueuses, tandis que la cérémonie s'éternisait indéfiniment.

Selma était entrée dans la folie, en grande pompe, et la liturgie, les rites et la magie noire ne pouvaient plus rien pour elle. L'aïeul avait dit : « Laissez-la mourir en paix! Elle ne traversera pas le terrible hiver qui va s'abattre sur le pays. »

Fourbu fiévreux, rongé par le désespoir et la hargne, j'arpentais la ville, mal rasé, mal habillé, mal réveillé, à la recherche de l'amante, à l'affût derrière sa fenêtre, sa pantoufle à la main, prête à m'écraser comme si j'étais un scolopendre; puis à hurler d'épouvante devant mon œil terrifiant dont j'exagérais le strabisme afin qu'elle pût s'évanouir entre mes bras. Parce qu'il fallait la guetter et la suivre au retour du bain maure, à travers des effluves de musc et de romarin, à tel point que j'aurais pu marcher dans son sillage odorant, les yeux bandés, jusqu'à son antre, où l'ogre déjà inquiet pointait sur sa montre hors du gousset un regard méchant. Il craignait qu'elle ne fût prise dans une cohue et engloutie sous les bras velus de ces mâles qui peuplent la cité, jour et nuit, et rôdent autour du bonheur des autres comme des mouches autour d'une goutte de café sucré à point, pleurnichant pour un rien, plus romantiques que lascifs, les poches déformées par les livres d'Omar et les exordes au peuple, les oreilles pleines de la voix d'Om Kalthoum, à la fois cantatrice divine et opium du peuple, très dangereuse de toute manière, pour la jeunesse du pays usant ses chaussures sur l'asphalte de l'avenue et ne cessant pas de passer d'un trottoir à l'autre. Puis, l'autre, mon compagnon lugubre, muet comme une carpe, toujours svelte et la tête dans les nuages, fier d'arborer sa cravate empruntée à un ami moins pouilleux, qui ne me quittait pas d'une semelle parce qu'il savait que c'était la période où je devais percevoir mon traitement de professeur; jusqu'à ce que, de guerre lasse, je finisse par lui fourrer dans les poches quelques billets usés. Il m'exaspérait à faire semblant de refuser, à bafouiller, et à rougir, à dire aussi qu'il me devait tant et tant, à partir dans des calculs compliqués pour dire en dernier ressort : « Bon! Ça fait tant et tant... » Puis, il partait comme une fusée recouvrant avant de me quitter, provisoirement, jusqu'au mois prochain, une volubilité et une faconde vertigineuses. Il disait qu'il allait donner l'argent à sa pauvre mère désespérée de le voir éternellement en chômage, mais qu'il dépenserait certainement dans les bars de la vieille ville, à l'odeur de sciure et de friture de poissons savoureux que l'on mange avec les mains, croustillants qu'ils étaient et qu'on en avalait tellement que l'on avait, à nouveau, la gorge sèche et qu'on remettait ça jusqu'au matin, parmi le brouhaha et les coquilles d'escargot crépitant sous les pieds, et la mélopée de la Divine, à hurler son mal d'amour, à travers non pas des sons aigus ou graves, mais des perles jetées à des ivrognes en proie à la discorde et aux visions extravagantes, l'haleine fétide, le tatouage à fleur de peau, la confraternité douloureuse, avec cette odeur de fenouil coupé, gouttant d'eau dans des assiettes douteuses et ébréchées... Il m'exaspérait à me répéter peut-être devant mon air sceptique ou ahuri ou morne, à me redire : « Je vais donner ces quelques billets à ma mère, la pauvre! elle ne sait plus comment faire pour acheter un croûton de pain et un oignon qu'elle mange cru » – comme je l'avais vu faire, lorsque je les visitais dans leur misérable maison, de l'autre côté du fleuve – mais qu'il allait boire jusqu'au dernier sou et pousser la générosité jusqu'à payer une sacrée tournée, toujours l'avant-dernière, aux copains; maintenant que le patron avait confiance, qu'il l'avait vu payer avec de vrais billets et qu'il se décidait, même à lui faire crédit et à lui offrir les escargots à la sauce rouge et pimentée, pour faire passer ce tord-boyaux fameux, pure eau-de-vie de figues de Barbarie... La mélopée moulue et remoulue jusqu'à l'exaspération, et l'autre à pleurer ses amours mortes, l'Etoile de l'Orient, avec sa voix de lectrice du Coran, son brio et la cithare qui miaule et claque à travers ces arabesques sonores, ces va-et-vient et ces retours en arrière, pour reprendre à nouveau la mélopée du chant profond, avec les textes d'Omar le fou : مَا أَضْيَعَ الْيَوْمَ الَّذِى مَرَّ بِي

مِنْ غَيْرِ أَنْ أَهْوَى وَأَنْ أَعْشَقَ Toute la baraque se mettait tout à coup à tanguer au son du luth, avec le disque éraillé çà et là qui crissait et choquait leurs oreilles d'esthètes, malgré l'ivresse et le sommeil et les crevettes avalées de travers, dans le bouge minable et poisseux. « Misère noire! mon frère! Y a même pas de quoi payer l'électricité. Tous les bénéfices s'en vont dans les poches des policiers, à qui on graisse la patte avide... Un gouffre! » se plaignait le patron en levant les bras au ciel... C'est là qu'il va aller, mon compagnon n'exultant même pas, à moins que ce ne fût en secret, de me voir lui donner de l'argent, croyant à un geste d'amitié, alors qu'il s'agissait pour moi de me débarrasser de cette sangsue qui m'est tombée du ciel au mauvais moment, en pleine crise, au moment où j'arpentais la ville, rongé par le désespoir et la hargne, à rôder autour du bonheur des autres. Il finira d'ailleurs par mourir dans ce débit de boissons, où il laisse à chaque halte un morceau de ses poumons complètement rongés par l'alcool et la faim et le froid (il dormait la plupart du temps sur un banc du square de l'Indépendance, en se couvrant de vieux cartons car il avait honte de rentrer chez sa vieille mère dévote accomplie mais crédule jusqu'à prendre au sérieux toutes les fables qu'il lui raconte) et je savais qu'il avait fait mille métiers, depuis qu'on l'avait renvoyé de la Médersa de la ville, il y a longtemps; mais il ne restait jamais à faire le même travail. Il partait, souvent même avant la fin de la semaine, sans être payé. Il lui arrivait aussi de partir avec la caisse de son dernier patron et d'aller dilapider les deniers volés, dans la capitale, dans une maison pompeusement baptisée « la Lune ». Il avait tout fait. En désespoir de cause, lui qui se méfiait de la religion et considérait les muphtis comme des traîtres, il avait accepté de monter six fois par jour en haut d'un minaret et d'appeler les citoyens à la prière. Muezzin! Ses copains avaient ri de le voir affublé d'un costume traditionnel, d'un burnous rapiécé et d'un fez avec un gland pendillant au bout d'un fil et balayant presque la terre derrière lui. Il avait tellement honte qu'il n'osait plus apparaître dans le quartier où il était le plus populaire. Il rasait les murs, portait des lunettes épaisses et noires, disait qu'il profitait du système religieux quoiqu'on le payât très pauvrement, dormait dans la mosquée qu'il s'apprêtait à transformer en taverne, après la prière du soir, lorsqu'il fut mis à la porte par l'imam ayant su que jadis son muezzin avait milité dans un mouvement de jeunesse révolutionnaire. Il reparut du coup et dit tant de mal de la religion que la police l'arrêta à plusieurs reprises. A chaque fois, on lui tondait les cheveux qu'il avait épais, crépus et très noirs. « Misère noire! Misère noire! » répétait-il à qui voulait l'entendre. Mais personne n'était dupe! Il aimait vivre en parasite et fulminait contre la gent enturbannée. Quand il était ivre, il menaçait même d'assassiner l'imam qui l'avait mis à la porte de son minaret où il avait pris l'habitude de faire la sieste au frais, les jours de canicule. Comment avait-il fait pour devenir mon ami?

Débarrassé de sa présence et de son obséquiosité, je me remettais à arpenter la ville, pour oublier que mon ami se soûle et que la bien-aimée se calfeutre derrière les volets, prête à appeler au secours si... Me voilà donc parti à traîner, à soliloquer, à me souvenir, avec la voix de la Divine qui me met en transe, chaque fois que je passe devant un café où le peuple joue aux dominos et se désintéresse de l'affaire. Dans ma poche, le réveille-matin que j'utilise en guise de montre se vide de plusieurs de ses tranches de temps et j'ai la frousse qu'il se mette à sonner au beau milieu de la foule qui changerait vite d'attitude à mon égard et m'aurait à l'œil; à moins que les enfants ne me prennent pour un clown quelconque, dépenaillé que je suis, l'air lugubre et méchant qu'ils se mettent à tourner autour de moi, à danser et à rire...

Le soleil tape fort et les touristes, rares mais bien folkloriques, ont des mouchoirs sur la tête, un teint cramoisi et un masochisme à toute épreuve. Ils déambulent dans la chaleur torride, prennent des photos, sourient malgré tout. « Be quite, boy! Smile! Smile! » Et le gosse énervé par le chahut n'a nullement l'envie ni l'intention de sourire. Achtung! Ils feraient mieux de ranger leurs caméras et de s'en aller. Ils se promènent en fiacre en mangeant des figues de Barbarie sans les éplucher. Aïe! Aïe! feu dans la bouche. Salve sur le mécréant! Le petit marchand s'esclaffe et exagère à leur parler en arabe. Il est né il n'y a pas longtemps. Baragouine juste un peu de français, mais l'allemand, alors, non! (Ya, Ya.) Amitié entre les peuples disent les prospectus des agences de voyages. Quelle fable! Quand ils repartent ils sont plus racistes que lorsqu'ils sont arrivés. C'est comme les coopérants! Smile, boy! Smile! Heureusement qu'ils ne sont pas nombreux. Et leurs bonnes femmes avec leur peau rouge écrevisse et leurs fesses volumineuses dans les pantalons serrés, à monter lascivement les escaliers de la Casbah et à ameuter la convoitise du peuple tranquille jusque-là et qu'on vient déranger avec ce car qui déverse les bonnes femmes appétissantes et leurs bonshommes travestis par des chéchias rouge pivoine. Il fait chaud, n'est-ce pas? Hot! Hot! Hot dog. Chien chaud. Kelb! L'autre tire la langue à voir tant de chair se trémousser et tant de gros seins en sueur. Tu parles! Djoha aurait été à la fête! Que viennent-ils faire? Voir, regarder, lire les inscriptions latines du souk El Djezzarine. Vous voyez, nous ne sommes quand même pas tout à fait des sauvages. La civilisation gréco-latine, et même les Carthaginois, les Wisigoths, les Vandales et les Byzantins! Oui, tant que ça! Il faut quand même pas déranger les croyants dans leur jeûne, avec ces pouliches excitées jetées comme ça dans les ruelles et les venelles de la Casbah de Constantine, un jour de sirocco, presque nues les bonnes femmes. Shorts. Varices. Beaucoup de lard. Face à la maigreur salvatrice du peuple, j'ai honte à leur place. Hot! Hot! oui, il fait chaud, Ch'hili (sirocco)! Puis, nous, ah! madame, on a le sang chaud. Y a qu'à lire les gazettes. Heureusement que dans la Contrée, le tourisme marche mal. Algériens sanguinaires! Mais oui, sept années qu'ils ont fait la guerre, à massacrer de gentils colons et de rustiques gardes-champêtres (Constantine : 20 août 1955. La ratonade gigantesque fit des centaines de morts, tous algériens, abattus au fusil-mitrailleur par les Européens déchaînés et haineux protégés discrètement par les autorités coloniales de la ville...) mais tous armés jusqu'aux dents, tirant à vue, jouant aux justiciers du Far West partis à pourchasser les mauvais Indiens. Seulement voilà, les temps avaient changé; mais eux n'y comprenaient rien, outrés qu'ils étaient par tant d'ingratitude de la part des Arabes...

Il y a aussi le conteur qui fascine tout le monde : il dit des poèmes en s'accompagnant d'un tambourin. L'homme est aveugle. Le visage, qu'il a abrupt et pâle, lui tombe sur le menton, sans aucune transition, et accentue la maigreur de l'ensemble. Engoncé dans un vieux burnous, dont la couleur délavée et difficile à préciser ajoute à sa pauvreté, il porte aux pieds de vieilles chaussures militaires sans lacets ni couleur, qu'il a héritées de la guerre de sept ans. Elle lui montent haut sur les tibias. Assis en tailleur, il psalmodie de sa belle voix rauque et comme cinglée de sonorités rugueuses. Le vent sec et aride qui dessèche terriblement les narines ne le gêne pas. Il cohabite avec les anges et oublie sa misère. La chaleur ne gêne pas non plus le public pris par le verbe du poète. Les gens assis en rond arborent quand même des visages de carême; beaucoup exagèrent leurs souffrances pour bien mériter la miséricorde divine. Ils trichent, mais ne le savent pas. Ils ont des faces nouées et terreuses mais s'émeuvent à certains passages du virtuose : « Ecoutez, ô croyants! » Il n'élève même pas la voix, mais tâtonne de temps en temps, à la recherche de sa chèvre et dès que sa main a rencontré les poils soyeux de la bête, il revient, rasséréné, et frappe sur son instrument avec plus de vigueur, comme si la présence de l'animal aux flancs maigres lui était d'un très grand réconfort. L'évocation est savoureuse :

آه يا بلارج يا طويل القايمة
سبعة سنين ما صليت
بجيت انصلي انسيت السورة

. . . . . . . . . . . . . . . . . .

et l'auditoire se ramollit à une telle flambée amoureuse (mais qui sait s'il ne veut pas parler de la guerre qui dura sept ans durant laquelle nous étions tombés dans un grand cri, les yeux éblouis, le cœur battant la chamade, avec la peur qui nous tenaillait au sein de la glèbe, à l'abordage du pays que nous découvrions soudain, à travers ses maquis protecteurs, ses plongées vertigineuses, ses failles épouvantables et ses sacrilèges dérisoires; à travers, aussi, les balles et les boulets de ceux qui, non contents de nous cribler de plomb, s'amusaient à nous arroser de napalm du haut de leurs avions jaunes, frelons vrombissants, avec leurs ombres en forme de croix nette et bien tracée sur la terre brune, tachetée de zones rousses et vertes et ocre?), et le conteur continue à se pâmer et à se méfier des tours que pourraient lui jouer les gamins, en lui volant sa chèvre; à se méfier aussi de l'haleine des touristes et de quelques croyants en rupture de jeûne, éparpillés dans la foule selon un ordre stratégique, prêts à décamper au moindre sauve-qui-peut (rester vigilant face aux M.S.C. et aux frères de la Religion!), mine de rien, à se passer discrètement la dive bouteille et à boire au goulot, sous le burnous ample et protecteur. Ramadan ou pas!

En déambulant ainsi à travers les artères et les places de la ville, j'avais l'impression de noyer mon chagrin, mais le conteur m'avait repassé son cafard, à dire ses beaux poèmes d'amour. Lui, il avait sa chèvre; mais moi, j'avais été trahi par ma dulcinée venue passer ses vacances chez son oncle, et que j'avais suivie jusque dans cette ville où j'avais passé une partie de mon enfance et de mon adolescence, à faire le va-et-vient entre le lycée franco-musulman et la Médersa Ben Badis que je fréquentais le soir et où j'avais fait la connaissance de mon compagnon qui venait juste de me quitter, après m'avoir délesté de quelques billets pour aller les boire dans une taverne louche où les géraniums poussent dans des bouteilles de bière qu'ils arrivent à faire éclater, au printemps, ou bien lorsqu'on les met trop au soleil, à cause de la croissance soudaine de la plante, avec son feuillage touffu et turbulent, buvant la chaleur et grossissant à vue d'œil sous les regards goguenards et dépités des ivrognes n'acceptant pas que leurs fleurs se mettent à leur jouer des tours et à les embrouiller... Parfaitement! elle m'avait trahi en me racontant des histoires sur sa liberté de mouvements dans la ville où habite son oncle et sur la largeur d'esprit de celui-ci. Elle m'avait encouragé à venir parce que – disait-elle – il nous serait plus facile de nous voir ici, tandis que là-bas, répétait-elle, il n'en était pas question puisque le lycée était fermé et qu'elle n'avait plus aucun prétexte pour sortir de chez elle ni la possibilité de soudoyer sa vieille nourrice qui lui servait de chaperon hostile, incapable d'éprouver la moindre pitié pour la horde qui poursuivait l'ingénue de son amour... J'avais beau passer et repasser devant chez son oncle, elle s'entêtait à ne pas paraître, à l'affût derrière sa fenêtre, prête à hurler au secours si je m'étais frayé un chemin jusqu'à elle; non parce qu'elle me craignait, mais pour donner le change à son tuteur – écrivait-elle dans une missive griffonnée à la hâte. Ce dernier se doutait de quelque chose, d'autant plus qu'elle ne voulait pas abuser de son hospitalité, etc. Toute cette mise en scène grotesque, alors que nous venions juste de nous connaître, empestait nos rapports. J'en devenais jaloux, quinteux et mauvais, avec cette solitude qui me desséchait les poumons, cette trahison de l'amante et surtout cette incapacité à retrouver les souvenirs que j'avais éparpillés à travers la ville, il y a une dizaine d'années. Impossible de retrouver – mémoire bloquée? – cette impression de liberté dont j'avais longtemps rêvé. Je m'étais même imaginé qu'il me suffisait de débarquer à Constantine pour que tous les souvenirs et toutes les impressions, que j'avais gardés en moi et peut-être déformés, viennent m'assaillir, me happer et m'enivrer littéralement. Mais rien! J'avais même pensé un instant que Samia n'était qu'un prétexte et que je voulais surtout revenir dans cette ville pour parvenir à retrouver tout le long de mes différentes pérégrinations. J'avais toujours remis à plus tard ma visite à cette cité fatale à ma mémoire, comme on repousse la tentation d'un bonheur trop grand parce qu'on a peur d'être déçu par la réalité, alors que l'imagination va son délire et exagère tout. Je m'étais évertué, dès le début, à contacter mes amis qui n'étaient jamais partis, même s'ils y étouffaient et rêvaient d'émigrer vers la capitale; et voilà que j'étais tombé sur ce compagnon lugubre, muet comme une carpe, toujours svelte et la tête dans les nuages, fier d'arborer une cravate rutilante, avec des fleurs bleues, qui ne lui appartenait pas.

Les rues avaient changé de noms, mais cela ne me gênait pas du tout, je n'ai jamais retenu le nom des rues. Je me suis toujours orienté par rapport aux maisons, aux magasins et aux squares. Non, cela ne me gênait pas du tout, et j'exultais même secrètement, à voir de nouvelles plaques avec des noms nouveaux. Il y avait même une rue qui portait le nom du Devin né dans la ville et mort maintenant, enterré à la lisière d'un bois, à proximité de la mer, sans suaire, avec juste sur le corps sa chemise mauve et un vieux blue-jean râpé... (Mais, dirait mon ami parti boire, c'est une autre histoire et tu nous casses les pieds avec ces digressions qui n'ont ni queue ni tête!) Toujours est-il qu'il m'était difficile de retrouver mon adolescence. Rien! Ni images, ni odeurs, ni lieux, ni silhouettes! La quête stérile de mes fantômes s'avérait douloureuse et je ne cessais de maugréer contre cette pauvreté soudaine de ma mémoire qui m'avait habitué à mieux et dont je me méfiais en règle générale, tant elle était apte à exagérer les phénomènes du passé, à les gonfler et à les rendre méconnaissables... Mais, là, aucune possibilité réelle de me rappeler les souvenirs que j'avais pourtant bien vécus dans la cité accrochée sur son piton et guettant la plaine alentour qui s'en allait jusqu'à Sétif. Mon compagnon revenu sain et sauf, après une cuite extraordinaire, disait que j'avais reçu un coup de lune sur la tête, à cause de mon amour pour Samia. Il s'escrimait à me faire redécouvrir mon passé et allait jusqu'à évoquer des péripéties que nous avions vécues en commun et à me présenter des personnes qu'il prétendait être d'anciens camarades du temps de l'époque héroïque, celle du surveillant général corse (il l'appelait « Midi et quart » alors que son vrai surnom était « Midi moins le quart ». Il avait vieilli, mon compagnon, et n'était plus à l'heure...) dont je ne me souvenais plus. D'ailleurs, mes anciennes connaissances ne m'aidaient pas dans ma tâche et s'étaient affublées de lunettes cerclées d'or, de moustaches tombantes, de bedaines molles, de postes de responsabilité, de femmes, de ribambelles de gosses et d'autres choses encore... Comment, alors, retrouver parmi ces nantis les gamins d'antan, turbulents inégalables et agitateurs notoires? Eux non plus ne me reconnaissaient pas. J'aurais donc changé, moi aussi! Je ne m'en étais pas aperçu. Seul, mon compagnon de la Médersa, l'ex-muezzin, m'avait reconnu sur-le-champ, alors que les autres avaient feint de m'ignorer. Je n'avais pas non plus identifié ceux qu'il me présentait au fur et à mesure des rencontres. Alors que dire de la ville? Chamboulée qu'elle était de fond en comble, avec de nouveaux noms de rues, de nouveaux squares, de nouveaux pigeons, de nouvelles mosquées et de nouveaux habitants qui avaient déferlé des montagnes dans un exode douloureux et vindicatif qui avait effrayé les bourgeois repliés dans les faubourgs résidentiels anciennement occupés par les Européens.

A défaut de voir Samia ou de retrouver de vieilles impressions que j'avais laissées dans la ville, je m'étais mis à suivre mon ami qui, faute d'aller se soûler, arpentait de nouveau les artères et les ruelles. Il s'était mis dans la tête que les souvenirs allaient me revenir graduellement; qu'il fallait simplement patienter et laisser le temps à la ville de m'imprégner, à nouveau, de son odeur et de son atmosphère particulière. J'avais consenti à le suivre mais il m'agaçait à me jeter constamment des regards interrogateurs et angoissés : « Alors, ça vient? Qu'est-ce que ça donne? Encore un effort... » comme si j'étais un malade incurable ou un amnésique très gravement atteint. Il était plus grand et se baissait tout le temps vers moi : « Alors, alors!... » Je n'osais pas lui dire que son manège me fatiguait car je me rendais bien compte qu'il était sincère et essayait de me mettre à son diapason, afin que nous puissions retrouver nos souvenirs communs, en rire ou en pleurer, selon le cas. Pourtant la ville était bien là, pas tout à fait la même certes, mais gardant un cachet qui ne trompe pas ceux qui l'avaient bien connue, surtout du côté de la ville haute. Avec ses conteurs, ses devins et ses charlatans, elle demeurait intacte et animée jusqu'à la confusion des hommes et des objets. Mon compagnon continuait à me guider à travers les places, comme si j'avais attrapé quelque cécité provisoire; et l'on retombait à nouveau sur le troubadour qui n'avait toujours pas l'air d'être là, caressait continuellement les poils soyeux de sa chèvre qui le nourrit de son lait et le guide pour aller de son bidonville à la place du chameau et vice versa. Il avait seulement remplacé son tambourin par une vielle, à moins que ce ne fût pas le même; ils se ressemblent tous! Mais mon ami est catégorique. Il dit même qu'il était déjà là il y a dix ans, lorsque nous fréquentions la Médersa. Il me rappelait que nous avions essayé une fois de lui voler sa chèvre et qu'il s'en était aperçu. Il nous avait frappés avec son gourdin, à l'aveuglette. La foule nous avait été hostile, tout de suite, et nous avait empêchés de nous échapper. Elle avait même aidé le conteur à nous corriger en hurlant : « Béni Kleb! Béni Kleb! » Non! là, il était catégorique et je ne pouvais que me rappeler cet épisode atroce où nous avions été malmenés. « On n'avait pas à lui voler sa chèvre, non plus! Ah! l'enfance... » minaudait l'ex-étudiant en théologie.

Il y avait aussi l'arracheur de dents! Ah! celui-là, disait mon compagnon, tu ne peux pas l'avoir oublié! Il nous faisait tellement peur. Non, je ne l'avais pas oublié. Le turban blanc immaculé par-dessus sa tête d'ébène, enflée et prête à éclater, il assied le patient sur une chaise, fait l'éloge de son art, sans aucune gêne ni aucune pitié pour le malheureux qui tremble de peur, à le voir ainsi, dressé au-dessus de lui, l'instrument aseptisé brandi au bout de la main. Puis, quand il a fini son numéro et qu'il a convaincu les spectateurs de la nécessité de lui confier leurs bouches afin de les débarrasser des dents pourries, il invoque Dieu et le prophète, fait des fumigations, empeste l'air et finit par aller farfouiller dans la bouche du pauvre bougre pâle et nerveux. Mais en travaillant, il continue à expliquer à la foule les causes du mal de dents, prend son temps, fait des gestes et ne cesse de brandir ses tenailles qui nous avaient, jadis, tant effrayés. Puis quand il voit que la bouche est en très mauvais état, il se met à houspiller le consultant, le querelle carrément, prend des colères dont nous nous souvenons encore, moi et mon compagnon. Terrible! Et le malade ne sait plus s'il doit s'enfuir, s'évanouir ou jouer au héros. Toujours est-il qu'il reste là, la tête contre la panse du Saharien qui le maintient d'un bras vigoureux, la bouche ouverte, les yeux révulsés de douleur, le visage inondé de sueur froide, prêt à claquer des dents, ou à mordre le dentiste qui continue à prendre la foule à témoin et les prophètes de Dieu aussi : « Ne venez pas me voir quand il est trop tard. Tant pis pour vous! Je vous aurai prévenus. » La foule crédule a vraiment l'air inquiète et baisse les yeux, sous la diatribe véhémente du charlatan qui pointe le doigt vers le ciel et dit que Dieu est grand. Maintenant qu'il est sûr de son public, il en rajoute, il est cruel mais ne s'en rend pas compte. Deux ou trois lascars se regardent mutuellement, chacun dans la bouche de l'autre, et rigolent tant qu'ils peuvent, mais l'arracheur de dents fait semblant de ne pas les voir, de peur d'être décontenancé : « Regardez bien, mes frères, ce misérable a trop attendu! Voilà qu'il vient maintenant voir Sidi Saad. Je vais être obligé de lui enlever toutes ses dents... » La foule opine de la tête et, tranquillement sadique, elle donne son accord. A ces propos, le malade se débat, bafouille qu'il ne veut pas... Mais le charlatan ne va tout de même pas le laisser partir comme cela, surtout qu'ici on paie d'avance. Il est méfiant Sidi Saad. On ne le roule pas facilement... Il dit qu'il est rusé comme un renard et rit comme un chérubin joufflu. Mais au bout du compte, il finit par extraire la sale dent et par l'exhiber fièrement au bout de ses pinces. Il va même dans la foule afin que tout le monde la voie et prenne ses dispositions avant qu'il ne soit trop tard. Mais le patient hurle et se tord de douleur face au public tout à coup compatissant et applaudissant à tout rompre et l'exploit de l'arracheur de dents et le courage du malade... On en avait une peur incroyable, à le voir se pavaner parmi nous. En ces moments critiques, nous n'étions jamais au premier rang, nous le laissions aux voyeurs. Nous, derrière, prêts à décamper si des fois l'envie venait au Saharien de nous arracher les nôtres sous prétexte qu'on lui avait tiré la langue! A l'arrière, un peu énervés, face au chicot dont la racine ensanglantée puait à dix mètres.

Du coup, je me rappelais l'autre Saharien. La

mémoire allait-elle me revenir avec toutes ces impressions du passé qui allaient m'inonder et me remettre dans le temps estompé, englouti dans une opacité intenable ? « Qui sait ? Qui sait ? » disait mon compagnon, heureux de l'aubaine et de son talent à me remettre dans le courant des souvenirs. Il retrouvait du coup sa familiarité et me tapait dans le dos, en signe d'euphorie. Celui qui vendait des plantes n'était pas charlatan pour un sou. Méditatif. Il connaissait le Coran et la pharmacopée traditionnelle. C'était un savant accompli. Terré sous sa tente qui l'abritait des intempéries, il laissait pousser sa barbe et développait son savoir en lisant des vieux livres écrits à la main. Quand on s'approchait de son étalage, cela sentait bon. Assis en tailleur, il étalait ses plantes et ses fioles à même le sol et proposait du thym, du harmel, du benjoin, du soufre, de l'alun, de l'ambroise-absinthe, du tilleul, de l'encens, de la gomme d'Arabie, de la gomme de férule, des clous de girofle, de la menthe sèche, de la cannelle, du safran en poudre et en morceaux, du poivre-gingembre, des caméléons desséchés, des dents de renard, des carcasses de tortue de mer, des lézards vivants, de l'eau de fleur d'oranger, de l'essence de roses, des pétales de jasmin, du musc, de l'ambre, des plantes et des parfums... Mon compagnon m'avait dit qu'il était mort, pendant la guerre de sept ans en fabriquant des bombes pour la révolution. Un martyr ! disait-il, et discret comme pas un ! Avait-on donné son nom à une rue de la ville ? Il ne le croyait pas. Il se taisait un instant, puis il reprenait : « Mais ce n'est pas possible, il faudrait beaucoup plus de rues qu'il n'y en a pour honorer la mémoire de tous les résistants. Ah! si seulement j'arrivais à coincer un sale bourgeois dans un sale coin de rue, je finirais bien, aussi coriace soit-il, par lui soutirer de quoi acheter deux litres! Tu boiras bien avec moi! A la tienne! A ta place, je l'enlèverais cette jeune fille pour laquelle tu es venu rôder dans la ville... Reconnais que tu crèves d'envie de l'enlever; à tel point que tu as oublié nos beaux souvenirs de potache. Reconnais-le... » Il passait du coq à l'âne. Mais il avait raison quand même, mon pauvre compagnon toujours assoiffé.

Mon amante, celle-là même dont je perdrai, plus tard, la trace sur cette maudite plage, le jour de l'insolation, serait même capable de glapir pour donner le change à son vieil oncle dont elle ne veut pas trop abuser, n'empêche qu'elle me laissait écumer la ville, fourbu et fiévreux, découvrant peu à peu cette atmosphère que j'avais traînée pendant des années, durant mon exil (surtout qu'il faut se méfier de la nostalgie. La pire des choses! J'en avais bavé plus d'une fois de cette horrible poisse, à traîner des après-midi de cafard dans les villes étrangères... Horrible, cette nostalgie! « De la frime – disait Céline – tu veux me quitter, tu veux partir, alors tu racontes que tu as le mal du pays... Tu en as assez de me voir, voilà tout! » Elle était toujours accoutrée d'une drôle de façon. Au début, je n'osais pas la présenter à mes copains. « Pu...tain...de...bon...Dieu... de poitrine – avait dit le Bègue – d'où tu...la...sors? » Du coup, il finissait par ne plus bégayer. L'émotion. « Elle n'aurait pas une sœur, une cousine, une tante, à la rigueur? Tu sais, les mamelles, c'est de famille! » Il m'avait vexé. J'aurais voulu le frapper, mais nous étions du même village, dans une ville étrangère, à collecter de l'argent pour les maquis de l'intérieur. La nostalgie me rendait pacifique. Impossible d'en venir aux mains avec le Bègue. J'étais prêt à m'en aller et à lui laisser Céline. Pourvu qu'il sût la baratiner. Je n'étais plus ce minotaure. Génésiquement épuisé, mon frère! Mais elle était coriace, Céline. Amoureuse! Pourvu qu'il sût l'embobiner. Epuisé, mon frère. Je donnerais tout pour retourner à la ville où j'avais passé toute mon enfance et toute mon adolescence. Je ne faisais plus que traîner... Le Bègue avait fini par séduire Céline...) dans ces villes multiples et que je confondais maintenant, dans ma mémoire. Mais j'avais un moyen infaillible de les classer : la couleur de leurs autobus urbains! Je racontais l'histoire à mon compagnon, toujours à la recherche d'un ami à taper ou d'un richard à agresser! « Moi, je les aurais reconnues à leurs bistrots! » Il riait. Misère noire. « Ah! mon frère, misère noire! Au fond, disait-il, je n'ai même pas envie de boire... Je voudrais rester avec toi, mais cesse d'être triste. » Il se taisait pendant de longs moments. Puis, il revenait à la charge. Mon histoire d'autobus le travaillait. « Mais quand deux villes où tu as séjourné ont des autobus de la même couleur, comment peux-tu les reconnaître? » Je n'y avais pas pensé. De toute manière, je mélange tout... Barcelone, Amsterdam, Moscou... Les gens sont tristes derrière les vitres d'un autobus. Il n'était pas convaincu et se grattait la tête, comme s'il s'attendait à ce que je lui joue un mauvais tour. Sceptique! En attendant, je n'avais toujours pas vu Samia, encore une fois cloîtrée; là où elle va, il faut toujours qu'on l'enferme. Je lui racontais qu'elle était belle. Il répondait : « C'est normal mon vieux que le clan la garde jalousement. C'est normal! C'est toi qui es fou. Enlève-là! autrement, tu ne l'auras pas. » Il était en retard de deux siècles. Je rêvais de prendre le train et de partir très loin. Mais je n'osais pas. J'avais peur de le regretter plus tard. Des fois que la dulcinée pourrait échapper à son oncle. Impossible, cependant, de rester en place.

Mon compagnon n'arrêtait pas de parler. Il disait que la lutte des classes était sournoise, dans sa ville natale. Les bourgeois avaient compris. Ils n'étaient pas bêtes! Ils s'étaient mis à investir dans l'industrie alimentaire, c'est plus sûr que l'acier. Ce genre de production, ils le laissent à l'Etat, en espérant qu'il finira par faire faillite et faire appel à eux, pour leur confier les rouages économiques. Leurs fils, déguisés en technocrates, font le reste et adhèrent au parti pour mieux défendre les intérêts de leurs parents. « Et voilà, y a plus qu'à pousser à la roue. Misère noire, mon frère! Eux, cependant roulent Mercedes et B.M.W.! » Pris de fureur, il se mettait à invectiver les riches, les M.S.C., les muphtis et les juges. « Les notables ont compris. Ils se font discrets et vaquent à leurs affaires qui fructifient quand même. C'est pas comme moi, pas même un ami à taper. Ils sont tous au chômage. » A le voir ainsi, j'étais prêt à lui donner encore quelques billets, mais je risquais de n'avoir pas assez d'argent pour payer mon retour. En fait, il jouait en partie la comédie et tentait de m'apitoyer : « Misère noire, mon frère! »

A tournoyer ainsi autour de la ville, nous finîmes par revenir à notre point de départ : sous les fenêtres de la belle. « Quelle garce! » Je trouvais qu'il exagérait, mon compagnon, à insulter Samia de cette façon; mais il avait bon cœur. Je n'allais quand même pas me vexer pour si peu! A bout de patience, nous échouâmes dans un bouge où il me raconta l'histoire d'Amar Bô.

La vieille putain avait le hoquet tellement elle riait à l'évocation, par mon compagnon, du personnage d'Amar Bô. Mon compère, complètement soûl, en profitait pour l'embrasser sur ses lèvres lippues, en faisant de gros bruits un peu dégoûtants. Il allait même jusqu'à lui pincer sadiquement les tétons qu'il allait chercher sous la robe, largement échancrée sur la poitrine dont la flatuosité l'écœurait quelque peu. Chaque fois que la matrone avait le fou rire, l'ex-muezzin saisissait l'occasion pour me glisser à l'oreille qu'il brûlait d'en découdre avec l'une des gamines de la maison, mais qu'il n'avait pas le sou et puis qu'il avait pitié de la vieille qui lui avait toujours rendu de grands services. Je le soupçonnais de ne pas dire la vérité. Mentait-il pour me donner le change et ne pas avoir à supporter mes sarcasmes? Certes, il mentait. Il n'avait jamais fini de raconter des histoires, d'autant plus que ses amis m'avaient paru ignorer qu'il ait été un jour muezzin dans une mosquée de la ville. Ils insinuaient même qu'il avait inventé cette légende pour mieux se poser en victime de la religion et pouvoir l'attaquer, tout à son aise, avec une bonne conscience. Mais là, il exagérait à fricoter ses sales affaires avec cette ruine dont le ventre en tressautant ébranlait la table autour de laquelle nous étions réunis, avec derrière nous les musiciens ressassant leurs mélopées, sans trop se presser. A moins qu'il ne s'intéressât aux bracelets d'or qu'elle faisait tinter sous son nez et qu'il ne cessait pas de regarder! Il devait certainement se casser la tête à faire des calculs complexes pour savoir combien de cuites extraordinaires il pourrait se payer avec le prix d'un seul de ces bracelets. Avait-il l'impression que je lisais dans sa tête toute cette affaire sordide? Toujours est-il qu'il n'arrêtait pas de me cligner de l'œil comme s'il voulait faire de moi plus qu'un comparse; un complice qui l'aiderait dans sa tentative burlesque de séduction. En attendant, il continuait à commander du vin et à boire, avec dans les yeux cette tristesse indicible qu'aucune ivresse ne pourrait dissiper; comme s'il perdait de plus en plus pied sans essayer de s'accrocher à quoi que ce soit, sadiquement obsédé par ce désir de se détruire jusqu'au bout. Mais, dans sa tête il n'y avait pas de désespoir, seulement l'envie d'attraper l'ivresse de n'importe quelle façon. Lui rappeler que nous n'avions pas d'argent et qu'il fallait trouver une solution pour payer la tenancière, lui aurait paru tellement insolite qu'il aurait été capable de me traiter de lâche. Déjà qu'il ne cessait pas d'ironiser sur les raisons qui m'avaient amené dans cette ville et sur mon abstinence, en défonçant les flancs de sa bonne femme, avec son coude, afin qu'elle prît parti contre moi et n'arrêtât pas de se gausser de ma maladresse et de mon incapacité à avaler la moindre goutte de vin, à cause de cette idée fixe qui me travaillait : étais-je revenu de cette ville pour suivre Samia, ou bien essayer de retrouver cette impression que j'en avais gardée? Je n'étais même pas amoureux et toute mon excitation me venait – qui sait? – de cette obstination du clan à vouloir protéger sa fille contre les insanités d'un malotru, agitateur dangereux, éveilleur de consciences et marchand d'angoisse, à l'heure où les paysans ne mangeaient pas à leur faim et qu'au lieu de métaphysique et de haute philosophie, ils avaient surtout besoin d'une bonne réforme agraire où ils ne seraient pas des marionnettes consentantes mais des activistes conscients.

La vieille était flattée, elle le laissait farfouiller entre les replis de son corps floche et tiède et moite et disait qu'elle en était amoureuse. « C'est mon fiancé! » répétait-elle. Prise de frénésie sentimentale, elle allait jusqu'à m'attaquer : « Un rabat-joie ton copain! Il ne faudra plus l'amener, mon petit, il traîne le cafard par la queue et exhibe un sale visage de carême; ça ne m'étonnerait pas qu'il soit rongé par le repentir, qu'il finisse muphti sur la fin de sa vie et empoisonne le peuple avec ses sornettes et sa religion. Qu'il fiche le camp! » Tout en disant, elle lui léchait le visage avec une langue ignoble d'autant plus qu'elle n'arrêtait pas de mâcher un chewing-gum en le faisant claquer entre ses dents d'une façon vulgaire. « Ferme ta gueule, que je lui disais, en essayant de me mettre en colère, tu m'empêches de réfléchir sur les problèmes de l'Etat. Amar Bô, après tout, n'est pas un imposteur. C'est tout bêtement un arriviste. » Elle ne riait plus. Elle chantait : « O Amar Bô! O Amar Bô! » en frappant dans ses mains et en se dandinant sur sa chaise. Peu à peu, les autres filles se joignaient à notre groupe et le chœur s'amplifiait : « O Amar Bô! O Amar Bô! » Mon compagnon dirigeait la chorale et les musiciens s'étaient mis à nous accompagner de leurs instruments. Le rapace avait fini par mettre de l'ambiance dans ce bouge minable et il était à peu près sûr d'avoir le bracelet pour lequel il faisait tant d'efforts, alors que plein de vin, il était sur le point de vomir, à trifouiller dans toute cette chair molle et humide et à embrasser ces lèvres grasses incendiées par le rouge à lèvres étalé en couches multiples, à tel point que les dents de devant en étaient totalement enduites.

Mais dès que le chahut atteignait son comble, la tenancière arrivait à la rescousse et suppliait mon compagnon de calmer l'assistance. Pour être bien vu par la propriétaire de la maison, il arrêtait habilement la pagaïe et se remettait à broder autour de l'histoire d'Amar Bô, personnage dont toute la ville connaissait la légende toute récente, grâce à mon ami et surtout grâce à Djoha qui avait exagéré quelque peu les choses, pour pouvoir jouer la carte de la subversion et déconsidérer la bourgeoisie. Alors, reparti à raconter les péripéties de cette histoire loufoque et pourtant véridique, il donnait, à nouveau, le hoquet à la vieille putain qui l'excitait en faisant tinter ses innombrables bracelets.

(Il avait tout fait dans la vie, Amar Bô! Il avait aussi tout raté! Il était rouquin, râblé et tranquille. On ne l'avait jamais entendu élever la voix. Pacifique! Il ne buvait pas. Il ne fumait pas. Il chiquait seulement. Avec modération. Il avait tout essayé et il avait tout raté. Il voulait être boxeur mais comme il n'était pas suffisamment hargneux, il se faisait copieusement conspuer par le public qui le soupçonnait de se faire acheter par des adversaires beaucoup plus nantis que lui. Le peuple n'avait pas besoin d'une marionnette que n'importe qui pouvait manipuler à sa guise. Il exigeait plutôt un grand champion pouvant servir la cause du nationalisme et aller dans la métropole donner des leçons aux boxeurs européens que la mythologie populaire décrivait comme des pantins couards et sans aucune consistance. Il faut dire qu'à l'époque la boxe était en crise dans le pays habitué à voir ses enfants partis, outre-Méditerranée, glaner les titres sous le nez de l'autorité coloniale haïe. Mais Amar Bô n'avait aucun talent et se faisait battre par tous les malabars des douars avoisinants. Il n'avait aucune chance de réussir dans le noble art, malgré les encouragements des militants nationalistes qui avaient cru à sa valeur pendant quelque temps. Lorsqu'il ne put faire durer plus longtemps la mystification, il changea de village et de profession. Il devint acteur dans une troupe d'amateurs qui, en contrepartie de ses services, lui permettait de dormir dans son local. La troupe de la « Réussite », comme elle se nommait superstitieusement, manquait cruellement de femmes, à tel point que les rôles féminins étaient tenus par des jeunes travestis. Lorsque Amar Bô en eut assez de jouer les dulcinées éplorées, il eut l'idée d'utiliser son ancienne gloire locale, son nez cassé et ses cheveux couleur de feu, et de faire le tour des bordels en vue de recruter des filles pour la troupe. Son idée eut quelque succès et il revint, un jour, dans le local, flanqué de deux ou trois femmes effarouchées et voilées qui jetèrent l'émoi dans la paisible communauté théâtrale. Mais Amar Bô, devenu la gloire de ses compagnons, eut beaucoup d'autorité et devint le directeur de la troupe qu'on venait admirer de très loin pour voir s'exhiber les deux ou trois filles qu'elle possédait. Le succès fut immense jusqu'au jour où celles-ci, au lieu de mourir de misère dans la troupe d'Amar Bô, furent séduites une à une par de riches paysans qui les installèrent dans de belles maisons et les entretinrent de façon très généreuse. Là encore la chance tourna et la troupe, en perdant ses femmes, perdit tout son prestige, périclita et finit par disparaître totalement quelques années avant le début de la guerre de sept ans. Cette fois-ci Amar Bô ne quitta pas le village. Il s'y installa comme marchand de charbon dans une petite boutique donnant sur la grand-rue. Précédé d'une réputation d'artiste, de boxeur et de philosophe, il attira dans son local toute la jeunesse inoccupée et se transforma en maître écouté et respecté, malgré son extrême misère, son génie prolifique désastreux (il se trouvait à trente-cinq ans à la tête d'une famille composée de dix enfants affamés et d'une épouse acariâtre qui ne cessait de lui reprocher son passé de boxeur et d'acteur amateur) et sa confusion politique d'autodidacte agaçant. Il vendait peu de charbon, mais colportait les nouvelles, diffusait les journaux de la capitale et tournait – amèrement – tout en dérision. Ses trois échecs (la boxe, le théâtre et le mariage) ne l'avaient pourtant pas trop aigri. Il demeurait fidèle à sa théorie philosophique de la passivité et de la non-action, réalisée concrètement dans l'attente de quelque événement dont il ne parlait jamais mais qui l'éclairait mystiquement de l'intérieur. Il avait mauvaise réputation dans le village, Amar Bô! Personne n'entrait acheter du charbon dans sa boutique obscure et encombrée par les corps de ceux qui venaient y passer – gratuitement – la nuit, car même les bains maures étaient trop cher pour leurs bourses quasi inexistantes. Mais le charbonnier était ami avec tout le monde : il recevait les militants à leur sortie de prison, les hébergeait et leur déconseillait la voie qu'ils avaient décidé de prendre. Il répétait qu'il n'aimait pas la violence et avait paradoxalement gardé de son ancienne activité de boxeur un pacifisme incroyable! Il recevait aussi les gendarmes et les mouchards et les appelait à plus de mansuétude vis-à-vis des militants qu'ils pourchassaient ou dénonçaient. Un bon cœur, Amar Bô!)

Mon compagnon, donc, qui avait répudié sa femme et confié ses enfants à l'Assistance publique pour aller vivre avec sa mère dans une mansarde de la vieille ville, trouvait scandaleux qu'Amar Bô gardât ses dix enfants : « Il fallait les confier à quelque société de bienfaisance ou à quelque riche marchand impuissant ou stérile! » disait-il à qui voulait l'entendre. La vieille putain opinait de la tête et rigolait plus fort que jamais. De temps en temps, elle s'éclipsait avec un client et revenait vite occuper sa place auprès de mon ami qui – pendant qu'elle était partie – empêchait les gens de s'asseoir sur sa chaise. Deux ou trois fois j'avais dû intervenir pour l'empêcher de se faire massacrer, lui si frêle et à moitié tuberculeux qui aboyait comme un roquet et montrait ses pauvres poings tremblants. Chaque fois que la grosse femme revenait, il se remettait à lui raconter l'histoire d'Amar Bô, oubliant que je ne l'avais suivi dans ce bordel que parce qu'il avait promis de me la raconter à moi, avec toute la saveur dont il était capable. Alors que là, il avait l'air idiot et ne cessait pas de minauder, d'admirer les poignets de la pauvre ruine, de lui dire qu'il n'en avait jamais vu de si fins ni de si gracieux, alors qu'il devait sûrement refréner une envie folle de décamper à toute vitesse, au seul contact de cette chair gélatineuse et molle. Elle, baguenaudée, trissante et enfoncée dans ses falbalas satinés et mauves, n'arrêtait pas non plus de couler, de baver et de suer, tellement elle était contente d'elle. Elle riait plus fort que les autres aux facéties idiotes de mon ami d'enfance, que rien ne pouvait plus retenir maintenant qu'il était sûr qu'il allait terminer sa beuverie sans se faire de soucis pour la note puisque sa vieille amoureuse jurait tous ses dieux qu'elle n'accepterait jamais de le laisser payer, surtout qu'elle était au courant qu'il était en chômage et qu'il n'avait rien trouvé depuis des années. Lui aussi jurait tous ses dieux qu'il ne pouvait se laisser payer à boire par une femme, que son honneur en serait atteint et qu'il ne voulait pas devenir la risée de toute la ville. Il exagérait. Il déraillait. Il extrapolait. Mais il était sûr de lui! Il voulait tout bonnement qu'elle lui glissât en douce un gros billet et qu'elle le laissât payer la note de la tenancière et empocher le reste qui pourrait lui servir pour la cuite du lendemain. Maintenant qu'il savait qu'elle était consentante, il posait ses conditions, la soûlait tant qu'il pouvait et lui donnait de petites tapes dans le dos comme si elle était un cheval rétif ou une vache courageuse. Il s'était mis, pour la séduire complètement, à lui raconter mes malheurs, à lui dire que je voulais être scribe et que l'enseignement de la philosophie m'ennuyait passablement. Elle avait alors perdu de sa hargne et s'était quelque peu amadouée. Je la voyais qui me regardait à la dérobée, puis au bout d'un moment, elle me donna sa main afin que je lui lise l'avenir inscrit là à travers les méandres de sa paume. Elle me prenait pour un devin ou pour un astrologue. Décidément la philosophie menait à tout! Devant mes dénégations et mes refus réitérés, elle boudait : « A quoi ça sert d'être philosophe, si tu ne sais pas lire les lignes du bonheur! Tu ferais mieux d'aller te tuer ou de changer de métier. Charlatan! » Elle me tançait de haut, m'écrasait de sa bedaine, le souffle court et l'haleine mauvaise... Je n'en menais pas large et je ne savais pas quoi dire. Mon compagnon, du coup, jubilait : « Tu le mérites – qu'il hurlait – en se tenant les côtes; tu fais trop le fier, avec tes diplômes, tes amours, ta révolution et ta mémoire incapable de retrouver tous nos vieux souvenirs dans cette ville que nous avons sillonnée dans tous les sens et dans laquelle nous avons tant ri. Le frère ne se soûle pas et il a l'audace de dire qu'il est amoureux d'une gamine de dix-sept ans. Quel maniaque! Allez, lis les lignes de la main de Madame. Tu nous as assez embêtés comme ça! » Tout en parlant, il ne cessait pas de me donner des coups de pied sous la table et de cligner de l'œil, le droit, celui que je voyais, parce que l'autre, je ne pouvais même pas savoir s'il l'avait toujours, ce sale prestidigitateur que j'avais trouvé en train de tuer son cafard, dans la gare. Et moi, débarquant comme ça à l'improviste, alors qu'il pensait que j'étais mort héroïquement au maquis, ou devenu ministre, ou chef de cabinet et que je ne pouvais donc pas prendre le train, mais que j'arriverais dans mon ancienne ville, en avion spécial, voire en hélicoptère, comme tous les autres technocrates toujours pressés de venir régler les affaires du peuple et de repartir le plus tôt possible, jouant aux hommes archi-occupés, providentiels et irremplaçables... Et voilà que je lui tombais dessus, le sauvais de sa détresse, lui prêtais de l'argent, lui racontais honteusement que je n'étais qu'un professeur éloigné des sphères gouvernementales comme la terre est éloignée du soleil; et mon compagnon, sincèrement heureux de me retrouver, estomaqué par mon arrivée et mon peu de réussite dans la République Démocratique, clignant des yeux dans le soleil aveuglant de l'avenue où commence la gare et où finit la ville et son ravin légendaire, ne voulait pas en croire ses oreilles. Je ne comprenais pas qu'il me houspillât pour plaire à une vieille catin goutteuse et cachant ses varices sous des robes amples, longues et traînant par terre. Puis, comme il voyait que j'étais malheureux devant tant de traîtrise, ébahi devant cette volte-face-éclair, il finissait par avoir du remords et m'expliquer à voix basse l'affaire des bracelets qu'il convoitait. Puis, ne sachant plus que faire, il reprenait l'histoire inénarrable de l'ascension extraordinaire d'Amar Bô, le charbonnier aux dix enfants, devenu notable par la grâce de Dieu. Il prenait la voix des troubadours annonçant le titre d'un conte qu'ils vont dire, pour prévenir les badauds partis ailleurs, au moment de la pause, et revenus avec une rapidité étonnante.

(Il recevait tout le monde et offrait toujours du thé à ceux qui venaient dans sa boutique. Il n'empêchait rien. Il donnait des conseils que l'on était libre de suivre ou de ne pas suivre. Il laissait les militants venir comploter et rédiger les exordes au peuple qui n'avait jamais cessé d'attendre le mot d'ordre du déclenchement de l'insurrection; de même qu'il laissait venir les gendarmes et les mouchards espionner et faire leur sale travail. Il répétait tout le temps qu'il était l'ami de tout le monde mais les nationalistes se méfiaient de lui et se tenaient prêts à le liquider. Peu à peu, la réputation du charbonnier dépassa les sphères dans lesquelles gravitaient les chômeurs et parvint jusqu'à la jeunesse dorée qui alla s'encanailler auprès des misérables du village et faire alliance avec eux, contre les membres de l'autorité qui au fur et à mesure que le déclenchement de la guerre approchait, devenaient susceptibles et ombrageux. Quelques-uns, très rares, rallièrent les militants et prirent le maquis dans la boutique du charbonnier où personne n'osait venir les arrêter pour ne pas nuire au travail des mouchards, à l'aise parmi les futurs maquisards et les futurs terroristes. En attendant, la famille de l'ancien boxeur continuait à végéter et à vivre dans la misère. Ce dernier se plaignait du marasme et harcelait les autorités afin qu'elles lui payassent une mensualité pour le gîte qu'il donnait à leurs indicateurs. Mais en vain, car en haut lieu on soupçonnait le charbonnier d'être le chef d'une cellule politico-militaire, camouflé sous une bonhomie de parade. Il n'en était rien et Amar Bô était vexé par tant d'ingratitude. Pendant longtemps, il hésita et fut terriblement tenté d'aller proposer ses services aux militants. Mais devant le scepticisme et les sarcasmes de ces derniers, il observa un statu-quo prudent et continua à nager entre deux eaux. En fait personne ne le prenait au sérieux, et il agaçait la plupart des personnes qui assiégeaient sa boutique. On venait lire les journaux à l'œil, et les analphabètes se faisaient écrire leurs lettres d'amour par des jeunes gens renvoyés du lycée ou bien en rupture de ban. Une agitation extraordinaire régnait jour et nuit dans la boutique dont la célébrité allait dépasser les frontières étroites du village pour se répandre dans les autres villages entre Sétif et Souk Ahras...)

Tout le peuple connaissait l'histoire d'Amar Bô qui avait su mettre les rieurs de son côté, mais l'Ascète en chef n'aimait pas trop qu'elle parvînt jusqu'aux oreilles des troubadours de la ville qui s'étaient mis à la raconter, en la transformant quelque peu pour ne pas attirer l'attention des M.S.C. dont Djoha disait qu'ils étaient camouflés dans la foule et travestis en mendiants, aveugles, spectateurs, et même conteurs publics : « Ecoutez, bonnes gens, et croyez-en vos oreilles! Voilà, l'histoire inénarrable de l'ascension d'Amar Bô qui, de simple charbonnier misérable, est devenu un potentat de la République, grâce à sa ruse et à son optimisme, à tel point qu'il essaya de renverser le gouvernement et de prendre le pouvoir à lui seul, aidé par quelques comparses. Oyez, bonnes gens, l'histoire d'Amar Bô, ennemi juré de Djoha le simple et de son compagnon l'ex-muezzin, que Dieu le damne et éloigne de vous le malheur, mes frères. Ecoutez!... »

La foule s'agglomérait autour du vieillard dans un silence absolu car l'affaire était grave et l'on voulait comprendre cette histoire rocambolesque d'Amar Bô et de sa tentative de prendre le pouvoir par la force. On venait pour savoir comment il avait fait et dans l'attente, l'on se taisait. Le conteur, au courant de l'impatience des gens, ne se pressait pas du tout. Il augmentait ainsi les effets du suspense et tapait sur son tambourin pendant de longues minutes insupportables. Mais nulle plainte ne parvenait à ses oreilles. Il était tout à son aise. Calme, il faisait résonner la peau tendue à bloc de son tambour; puis, au moment où tout le monde s'attendait à ce qu'il commençât la fascinante aventure d'Amar Bô, il prenait la parole pour faire l'éloge de la générosité et demander à chacun des assistants de mettre une obole dans la chéchia du gamin, sur le point de faire la quête. Puis le rusé conteur se mettait de nouveau à dire longuement le titre de son histoire que tout le monde connaissait : « Ecoutez, bonnes gens, et croyez-en vos oreilles! Que le prophète enlève la lumière de mes yeux, si je mens! Qu'il me donne la rage et le torticolis! Qu'il me donne la mort! Voici l'histoire inénarrable de l'ascension d'Amar Bô qui de simple charbonnier misérable est devenu une notabilité de la République Démocratique, grâce à sa ruse légendaire et à son optimisme éternel, à tel point qu'il essaya de renverser le pouvoir de l'Ascète en chef pour le remplacer et distribuer les charges et les honneurs à ses comparses. »

Il aurait pu continuer à tourner en rond pendant toute la matinée, alors que le peuple, crispé par l'attente, commençait à perdre patience et à ne plus avoir de sous à mettre dans la chéchia du gamin qui en était à sa septième quête, bien avant que l'histoire ne débutât réellement, car le conteur continuait à se limiter au préambule : « Oyez, bonnes gens! Ne croyez pas que je veux vous voler votre argent, mais l'affaire est grave et vous allez être dans le secret des grands de ce monde et des puissants de cette Contrée bénie par Dieu et par son prophète Mohamed... Si d'aventure vous trouvez que mon histoire ne vaut pas la peine d'être payée si cher, vous aurez toujours le loisir de vous faire rembourser votre argent et de vous en aller tout de suite, de quitter le cercle de cete communauté de bons musulmans qui n'ont jamais raté une seule prière depuis leur puberté... » Il n'avait rien à craindre, de toute manière personne n'aurait osé reprendre son obole, d'autant plus qu'un geste pareil pourrait porter malheur. Qui pourrait aussi ne pas écouter l'histoire d'Amar Bô de la bouche du plus célèbre conteur public de la ville, avec une éloquence et une truculence tout à fait exceptionnelles? Personne. Pas même les quelques mécréants venus là pour perturber la mémoire du conteur, lui poser des questions sournoises, le faire bafouiller et se payer sa tête devant un auditoire friand de joutes oratoires auxquelles il finissait par se joindre. Pas même les M.S.C., prêts à intervenir dès la moindre allusion à la situation politique. Non, personne n'était capable de venir perturber le vieillard, car l'histoire était trop passionnante. Amar Bô était en train d'éclipser la célébrité de Djoha lui-même, père de cet érudit dérangé de la tête, venu poursuivre de ses assiduités une jeune lycéenne, nièce d'un notable de la ville, et que l'on avait vu traîner partout, fourbu et fiévreux, jacassant parfois et atteint d'un mutisme sublime d'autres fois, en compagnie de l'ex-muezzin complètement soûl...

(Pendant la fameuse guerre de sept ans, Amar Bô s'arrangeait pour avoir des laissez-passer des deux côtés. Les maquisards savaient qu'ils pouvaient le tolérer et l'armée coloniale croyait tenir en lui un interlocuteur valable. Lui, bernait tout le monde et gardait sa neutralité. Il avait fini par faire des affaires et gagner de l'argent. Pas trop, juste ce qu'il fallait. Il tenait beaucoup trop à sa tranquillité d'esprit et à son indolence pour aller se mettre à la tête d'une grosse fortune. L'aisance ne lui tourna pas la tête, mais sa femme devint de plus en plus prétentieuse à tel point qu'elle eut deux fois des jumeaux en l'espace de trois ans. Elle disait à ses voisins venus la plaindre : « Amar Bô est riche maintenant! Il faut en faire profiter le plus de monde... » Pourvu qu'elle ne hurlât point, son époux fermait l'œil sur sa prodigieuse fécondité. Dieu soit loué! La Contrée avait besoin de tous ses enfants, à l'heure du massacre et de la cruauté des armées venues ratisser les montagnes et les forêts, à la recherche des anciens amis d'Amar Bô, ceux qu'il n'avait jamais pris au sérieux, devenus des partisans aguerris et des commissaires politiques solides. Mais l'ancien marchand de charbon, père maintenant de quatorze enfants, n'osait pas trop exprimer ses craintes. Sa femme l'encourageait à s'enrichir et à jouer sur les deux bords, et malgré sa répugnance naturelle pour l'agitation et l'excès de travail, il avait fini par changer peu à peu et par acheter des fermes aux gros propriétaires partis s'abriter en Tunisie.)

« Oyez, bonnes gens! Que la paix soit sur notre prophète Mohamed et que le démon soit damné! Ne riez pas des aventures d'Amar Bô, devenu vizir par la grâce de Dieu. Ne vous fatiguez pas l'esprit! N'écarquillez pas vos yeux! Que vos oreilles demeurent bien là où Dieu a voulu qu'elles poussent! Pourquoi vous presser mes frères? La journée est encore longue et le canon annonçant la rupture du jeûne ne tonnera pas encore... Priez pour l'âme du prophète et ayez pitié d'un jeûneur dont la salive se raréfie au fur et à mesure que le soleil tape plus fort; aidez-le dans sa misérable vie... Le gamin va passer, pour la dernière fois... peut-être... Débarrassez-vous de votre argent au profit d'un misérable " Meddah ", chef de famille nombreuse, car n'est-il pas dit dans le plus saint des Livres, que les riches doivent donner aux pauvres? Priez et soyez généreux... Après je vous dirai comment Amar Bô va se retrouver catapulté au sommet de la gloire et devenir conseiller de notre Ascète, que Dieu le bénisse, lui donne longue vie et perpétue son pouvoir sur nous autres, misérables pécheurs et impénitents coriaces... » Le public murmurait sa désapprobation au sujet de la rapacité du pingre insatiable. Allait-on finir par le lyncher? Pas avant de connaître la fin de l'histoire! L'enfant préposé à la quête tirait la langue à ceux qui donnaient très peu d'argent et dénonçait au conteur ceux qui ne donnaient rien. Ce dernier se mettait à les houspiller, à les traiter d'avares et de mécréants, à les injurier grossièrement et enfin à les menacer de son bâton, afin qu'ils aillent ailleurs et quittent le cercle de la fraternité, insensible à leurs arguments de chômeurs n'ayant plus le sou. Ils avaient beau retourner les poches de leurs pantalons et la capuche de leur burnous, la foule demeurait hostile à ce contretemps qui la privait de connaître le fin fond de l'affaire Amar Bô. Le conteur public ne daignait reprendre sa narration que lorsque tout les intrus incapables de mettre dans la chéchia quelque obole étaient partis au loin, pourchassés par les enfants qui leur jetaient des pierres jusqu'aux confins de la ville nouvelle.

Mon compagnon, qui avait fréquenté Amar Bô pendant l'époque héroïque de la boutique où tout le monde pouvait passer la nuit et lire les journaux du matin, arrivés de la capitale par le train de midi, continuait à boire. Mais il était tellement parti que cette tristesse qu'il essayait de dissimuler au fond de ses yeux limpides avait fini par apparaître. Il sanglotait maintenant, la tête dans le giron de la vieille prostituée qui essayait de le consoler : « Ne réclame pas ta maman, je la remplace... » Mais lui pleurait de plus belle et continuait à réclamer du vin. Il n'était plus capable de boire tout seul et sa vieille amie se sentait obligée de lui verser la divine liqueur dans la bouche, à même le goulot de la bouteille, coincé entre les lèvres du mécréant qui buvait en même temps ses larmes. Il ne cessait pas de parler et de demander pardon à tous ceux qui l'entouraient. Je craignais de le voir finir par confesser à la grosse femme qu'il avait eu l'idée, au cours de la soirée, de la délester de ses bijoux sur lesquels elle devait compter pour pouvoir vivre quand elle aura été mise à la porte de cette maison où l'arrivée de jeunes filles à peine pubères, due à l'incroyable exode rural, rendait sa situation de plus en plus difficile. Elle ne comptait d'ailleurs plus que sur une petite clientèle de pervers venus profiter de sa laideur pour satisfaire leurs tendances masochistes ou sadiques.

« Oyez, bonnes gens! Bientôt le muezzin va annoncer la fin du jeûne. Mais avant de partir chez vous, laissez-moi vous dire comment échoua la rocambolesque tentative de sédition d'Amar Bô! Avant de poursuivre mon récit, je vous demande de prier pour l'âme de notre prophète Mohamed que la paix de Dieu le submerge! et de donner une petite pièce au gamin qui va, pour la dernière fois, faire la quête. Ne le décevez pas! Ne me décevez pas et n'oubliez pas que vous êtes le peuple que Dieu a choisi pour le faire résider dans son paradis. » Cette fois-ci, il n'y eut plus de protestation. Tout le monde était à bout et arborait un visage de carême comme un guerrier arborerait son bouclier : très agressivement. Personne ne voulait démériter de Dieu ni rater l'épilogue de l'extraordinaire ascension d'Amar Bô, après avoir payé tant de fois le droit d'écouter ce conteur inspiré, de loin le meilleur de la ville, mais – hélas! – le plus radin. « Une fois les deux parties de l'armée face à face, l'Ascète en chef ordonna de bombarder la fraction soulevée et tout rentra dans l'ordre. Il y eut beaucoup de morts, des deux côtés. Un général, ami d'Amar Bô, se suicida et le chef de la sédition fut arrêté! Oyez, bonnes gens et priez pour le saint de la ville, Sidi M'Cid le valeureux. Que croyez-vous qu'il advînt d'Amar Bô? Au bout d'un an, il fut mis en liberté et reçu en grande pompe par l'Ascète en chef qui lui pardonna sa révolte, en présence des dignitaires, du diwan et du muphti. Amar Bô ne voulut rien promettre, mais le chef de notre République dont tout le monde sait la mansuétude et la générosité lui octroya une bourse de cent mille dinars et le congédia le plus affablement du monde. Amar Bô acheta un grand magasin et s'établit marchand de meubles et d'art ménager dans la capitale où les mariages étaient aussi nombreux que les divorces. Ecoutez, ô mes frères qui croyez en Dieu et en son prophète, n'oubliez pas de damner l'âme de Djoha le malicieux faisant courir le bruit que l'Ascète libère les arrivistes séditieux et laisse croupir en prison les méchants communistes, athées, alliés du démon et d'une puissance étrangère. N'écoutez pas Djoha! Dans notre Contrée, tous les prisonniers politiques finissent par être libérés et munis d'une bourse de cent mille dinars pour leur permettre de redevenir des citoyens exemplaires, et donner une impulsion nouvelle au commerce intérieur. »

Le chœur avait repris : « O Amar Bô! Mon compagnon ruminait de vieux rêves fous. L'aube plaquait sur les visages une couleur verdâtre. Il n'était pas beau à voir, assoupi qu'il était, la tête sur le ventre proéminent de la vieille femme endormie à même le sol, la robe largement remontée sur des cuisses boudinées et blanchâtres, le sexe à l'air – renflement grisâtre et net de tout poil comme une bosse grenue dans le dos d'un vieil éléphant –; elle dormait profondément, bavait sur la cravate de mon ami d'enfance, empruntée à un camarade moins miteux, un liquide douteux qui avait fini par sécher, à certains endroits. Les musiciens étaient partis depuis longtemps et le bordel, refroidi et puant la cigarette éteinte, avec un air lugubre comme un vieil acteur démaquillé. Moi, coincé entre deux gamines qui voulaient se disputer l'ultime client, je ne savais que faire, pris que j'étais entre le désir de vomir et le désir de céder à une colère terrible risquant de donner le cafard aux pauvres filles délestées de leur charme et de leur innocence par des crapauds de mon espèce ne cherchant qu'à séduire les femmes pour les laisser tomber ensuite, comme une vieille pantoufle, semblable en tout point à celle que la dulcinée avait lancée sur moi, au début de mon voyage, pour donner le change à son oncle chez qui elle était venue s'abriter de la surveillance intolérable de son père. Ce dernier l'avait soupçonnée d'être amoureuse et n'avait pas hésité à l'éloigner de moi en l'envoyant passer ses vacances dans cette ville où j'étais venu échouer, ville de mon adolescence et du temps où j'étais un mutin irréconciliable, secondé dans ma tâche par mon compagnon, vautré à l'heure qu'il est sur le corps d'une très triste et très malheureuse vieille prostituée alcoolique et goutteuse, vivant ses derniers beaux jours dans un bordel où elle se soûle de temps en temps avec lui, parce qu'elle l'aime secrètement et qu'elle n'ose pas le lui dire de peur qu'il ne lui rie au nez. Elle n'avait plus le hoquet. Elle dormait, avec ses deux poignets nus, délestés de leurs bracelets en or, passés dans la poche de mon ami. Je n'avais même pas le courage de le dénoncer. A quoi bon!

Il me fallait m'éclipser. Quitter ce bouge. J'avais besoin de me doucher avant de prendre le train, pour ne plus revenir ici, nigaud pris à mon propre jeu, incapable de contacter l'amante, à nouveau enfermée, incapable d'empêcher le compagnon de voler les bracelets de la pauvre femme.

Pourquoi l'avais-je suivi à l'intérieur du bordel? Je connaissais pourtant aussi bien que lui l'histoire inénarrable de l'ascension extraordinaire d'Amar Bô : ancien boxeur, ancien acteur, ancien marchand de charbon, devenu conseiller de l'Ascète en chef puis honorable propriétaire d'un magasin de meubles et d'art ménager, après une malheureuse tentative de coup d'Etat.

Je gardais de cette visite à la ville de mon enfance une impression inoubliable. Inutile d'essayer de la larguer parmi le monceau de souvenirs éteints et fades! Et mon compagnon avait tout fait pour me remettre dans ce passé où je n'ai pas le souvenir d'un seul jour indispensable avec juxtaposition dans ma tête de coups de sonnette qui ébranleraient ma torpeur. Mais de la ville elle-même, il ne me restait plus rien. Quelque structure floue et si complexe que j'en attrapais de terribles maux de tête. A quoi ça sert donc de mettre des rêves dans mes matins quand les cauchemars se pressent à la porte de cette zone opaque où mon cerveau se brouille comme une vitre par laquelle il pleut un lacis de gouttes de sang? Je n'avais jamais quitté l'hôpital. Au fond je n'y étais pas mal! Nadia ne me dérangeait plus. Elle boudait d'une façon définitive et je n'avais plus de soucis à me faire de ce côté-là. Je pouvais écrire tranquille. Bavarder avec Djoha. Eplucher une orange. Regarder la lampe bleue dont j'avais pu compter les points noirs sans bouger de ma place, après de pénibles exercices d'assouplissement de mon cou que je savais maintenant tourner dans tous les sens, sans éveiller l'attention des autres malades. Quand j'avais le cafard, je chantais une vieille chanson de prisonnier : « Mère, le mur est haut... » que l'ensemble de la chambrée reprenait en chœur. Mais il y avait cette pourriture de souvenir qui me gâchait le bonheur que je m'étais organisé à force de concessions, de mesquineries et de pots-de-vin. Il fallait toujours que j'aille vadrouiller quelque part à l'intérieur de mes hantises avec cette peur prédominante du sang, mais, à empiler les impressions les unes sur les autres, j'en arrivais à tout confondre! Comment alors éviter de bafouiller? Seul l'écrivain public qui somnolait en moi me permettait de faire surface, de ne pas trop m'épuiser à travers une agitation grotesque comme celle des mouches de mon enfance sur lesquelles je renversais des tasses vides et que j'enfermais entre les parois de la porcelaine contre lesquelles elles venaient buter pendant des minutes angoissantes jusqu'à ce qu'elles se mettent à s'alourdir progressivement et à trotter sur leurs pattes comme des somnambules en détresse. A ce moment-là, je levais la tasse, mais elles ne s'échappaient pas tout de suite; elles demeuraient là, immobiles et vacillantes pendant quelques secondes, indécises ou éblouies; comme si tout à coup, elles étaient devenues aveugles. Je ne voulais pas les tuer, mais juste leur donner le vertige, les voir tituber, puis s'envoler péniblement d'abord et prendre de l'élan de plus en plus, jusqu'à devenir insaisissables et avoir l'audace de venir frôler mes mains étalées sur la table du petit déjeuner durant lequel j'étais écœuré par l'odeur du lait épais et crémeux que ma mère versait dans ma soucoupe... Il me fallait donc écrire sous peine de mourir asphyxié comme les pauvres mouches des matins frais de mon enfance; sans compter que je pourrais finir par m'ouvrir les veines avec une lame de rasoir, une fois parvenu au sommet de la dépression nerveuse qui me guettait depuis pas mal de temps. Mais qu'écrire, sinon des souvenirs? Je n'allais quand même pas jusqu'à avoir dans ma mémoire la trajectoire précise, fulgurante et lumineuse du train qui m'avait ramené, de nuit, de la ville où j'avais espéré retrouver mon amoureuse, à la ville où je résidais. Qu'en restait-il? Rien! ou presque.

De toute manière, il avait fallu que je rentre. Mon compagnon m'avait déçu et j'avais trouvé cruelle sa façon de voler les bijoux de la vieille prostituée qui a supporté entre ses jambes le grouillement brutal de mille verges déchaînées pour acheter ses bracelets. La ville aussi m'avait déçu, malgré la suspension vertigineuse, au-dessus du ravin, de son pont métallique surgi dans l'air entre les deux parties du rocher... Il avait fallu rentrer. Les nouvelles qui m'étaient parvenues au sujet de ma mère étaient alarmantes. Elle était arrivée à un seuil critique qu'elle s'évertuait à ne pas franchir, et demeurait dans un état stationnaire, comme si ayant peur du vide, elle préférait voguer entre deux pôles de décision. Il est vrai que le choix était limité. Entre la douleur et la mort, que choisir? Elle était sage ma mère. Elle ne voulait pas trancher. M'avait-elle réclamé sur son lit de maladie? Ma tante n'osait se prononcer. Elle disait métaphoriquement qu'il y avait le désordre dans la tête de sa sœur et que les différents sacrifices de coqs noirs et de poules blanches n'avaient pas donné les résultats escomptés.

Lorsque j'étais revenu à la maison où ma mère agonisait, j'avais été frappé par le laisser-aller qui prédominait dans la demeure. Siomar n'était toujours pas de retour et continuait à envoyer de temps en temps des cartes au chromo brillant et aux couleurs agressives représentant des places et des rues, des montagnes et des lacs, des plages et des pêcheurs de pays étranges et lointains. Il griffonnait au dos de chaque carte postale quelques mots laconiques dont la signification était à double sens, à moins qu'il n'y en eût aucune et que ce fût moi qui en inventasse. Il ne disait rien au sujet de Selma mais l'on sentait à travers les mots utilisés ou les mots biffés ou bien les points de suspension, qu'il était quelque peu inquiet; à moins qu'il fût tout simplement impatient à l'idée que ma mère tardait à mourir et qu'il aurait préféré rentrer le plus tôt possible à cause de ses affaires. Que voulait-il au juste? Peut-être éviter de revenir avant que Selma soit morte et enterrée.

Le silence était dur à supporter dans cette maison où chacun avait toujours entretenu une agitation incroyable. Les bruits parvenus du dehors étaient irréels : voix chevrotante de muezzin épuisé par l'air de son minaret parti voguer entre le ciel et les nuages; quintes caverneuses de vieilles poitrinaires; voix lamentables de mendiants sournois et psalmodiant dans les ruelles où l'écho rendait leurs litanies plus pressantes; sons de flûte, tristes et amples du cul-de-jatte renversé sur le dos, au coin de la rue, les deux jambes comme deux barres torturées brandies sur le passage des promeneurs et bouchant l'horizon. Et l'odeur du bain maure donnait aux beignets huileux et spongieux un avant-goût de cheveux moisis dans le petit matin blafard et glacial, juste à l'heure où les halles s'ouvraient et exhibaient leurs monstrueuses richesses face aux cohues prises de frénésie, dans un va-et-vient inefficace et dangereux. A l'intérieur, chacun se terrait dans sa chambre et Malika, ma tante, zigzaguait à travers le patio comme si elle ne savait plus quoi faire. Quand ma mère allait très mal, elle m'appelait et, à nous deux, nous essayions de comprendre le sens de son délire de plus en plus homicide, puisqu'elle parlait de tuer Siomar et me demandait si j'avais ramené de chez le repasseur de couteaux la grande hache servant habituellement à couper en deux les têtes de mouton de l'Aïd. Elle prétendait me l'avoir confiée pour en faire aiguiser le tranchant! Elle délirait. Il ne fallait pas la contredire. Il fallait accepter tout ce qu'elle disait et aussitôt, elle retombait dans une sorte de sommeil comateux. Elle dormait alors de longues heures dans son alacrité acide de femme malade et hallucinée à cause de ce sentiment de culpabilité qu'elle avait tissé peu à peu depuis le jour où elle avait été violée par Siomar, mon père qui ne reconnaîtra jamais sa paternité vis-à-vis de moi, ni vis-à-vis de mes sœurs et frères. Elle se consumait à travers ce complexe de culpabilité alors que le vrai coupable déambulait sur les trottoirs des grandes avenues, dans les grandes villes où il n'y a pas de soleil, mais où le néon s'allume dès quatre heures de l'après-midi pour aggraver la fatigue des visages et les cernes marron des messieurs toujours pressés auxquels Siomar devait serrer la main qu'ils mettaient un temps fou à sortir de leur gant de cuir jaune... Ma mère avait peur de l'enfer et se révoltait de temps à autre, comme si tout à coup elle prenait conscience de l'injustice dans laquelle elle avait été enfermée depuis l'âge de seize ans, sans qu'elle pût s'en sortir. Maintenant, dans son délire, elle exigeait qu'on lui laissât le coupable afin qu'elle le tuât, à coups de hache, et qu'il ne pût plus faire de mal à d'autres femmes. Elle disait dans un rire suave à la fois et sardonique, qu'il ne pourrait plus aller traiter des affaires dans les métropoles où elle n'avait jamais été; qu'il ne pourrait plus faire le joli cœur. Parfois, elle me chuchotait à l'oreille, afin que sa sœur n'en sût rien, qu'elle avait préparé toute une mise en scène afin de se débarrasser de Siomar dès son retour de voyage. Cependant, elle était incapable de me donner les détails précis de son plan car elle les avait oubliés – disait-elle – mais puisque j'étais là, j'allais l'aider à se venger de l'abominable patriarche. Elle ne disait pas qu'il était mon père et qu'il l'avait violée. Je n'étais même pas censé le savoir. Ma tante disait qu'elle était restée pudique malgré l'hallucination et le désordre.

La seule façon d'échapper à ce pourrissement des êtres et des choses (qui me dit que dans la cuisine, le placard où l'on a l'habitude de stocker les légumes n'est pas plein de pommes de terre dont la germination est déjà très avancée, de carottes dont la couleur orange est en train de tourner au bleu-gris, avec cette touffe laineuse qui s'enroule autour des légumes quand ils sont pourris, de tomates éclatées en deux avec leur jus épaissi autour de la peau fripée et criblée de pépins ronds, plats et jaunes?) consistait à dormir le plus possible; et au réveil, je demeurais étendu sur mon lit pendant de longues heures de la matinée, le visage tourné vers la fenêtre dont les persiennes me hachuraient le corps avec des raies de lumière et des raies d'ombre : taches brunes superposées sur mon visage, mes mains et mon ventre, devenant de moins en moins floues, au fur et à mesure que derrière les vitres, le flamboiement devenait plus violent, avec au-dehors, la nuance des bruits devinés à travers l'espace et parvenus à mon oreille inquiète, prête à percevoir la moindre plainte de ma mère, amortis des fois, brefs et claquant dans l'air sec d'autres fois, selon qu'il faisait beau ou pas, qu'il y avait beaucoup de soleil inondant dans la rue les jambes nues des rares femmes dévoilées, ou bien une trombe d'eau trempant les passants dont les burnous en laine brute sentiraient longtemps la laine mouillée : odeur spécifique à la fois forte et doucereuse. Je n'avais pas envie de retrouver les visages blêmes et maussades des femmes de la maison qui avaient perdu toute l'agressivité de leur démarche acquise grâce à cette habitude qu'elles avaient de marcher pieds nus sur les dalles fraîches. Je préférais me morfondre sur mon lit, moite et énervé, fumant cigarette sur cigarette alors que dehors les tramways fusaient dans le matin spacieux que la foule n'avait pas encore imprégné ni de son odeur, ni de son agitation, ni de sa poussière, vers les plages nombreuses. Peut-être, d'ailleurs, que toutes ces sensations ne parvenaient pas jusqu'à moi, alors qu'éveillé, je vivais l'angoissante attente de la mort de ma mère que j'avais toujours appelée Selma parce qu'elle ne m'avait jamais semblé assez vieille pour mériter le nom de mère; mais qu'elles glissaient à travers mon sommeil et s'implantaient jusqu'au moment de mon réveil, et qu'alors je ne savais plus si je les avais perçues vaguement au moment où encore endormi je commençais à desserrer cet étau de fatigue qui cernait ma tête, ou bien plus tard, c'est-à-dire au moment où complètement réveillé, j'avais ouvert les yeux, regardé le plafond, fumé une cigarette... Qu'importe puisque je demeurais pendant de longues heures étendu sur mon lit, les paupières éblouies et rosies par la clarté qui arrivait sans transition et bouleversait la structure de la pièce dans laquelle les objets (chaises, tables, livres, etc.) surgissaient, rigides et désolants dans le champ de ma perception plus que brouillée par le mal de tête et la rage de ne pouvoir rien faire pour sauver ma mère de cette déliquescence qui la vidait de la vie.

Ma mère se rendait bien compte de son insupportable douleur, aussi ne cessait-elle pas de ronchonner sous l'étroitesse de sa propre révolte, voulant, tout à coup, tout chambouler à travers sa vision déformée du monde et à travers sa mémoire ramollie par le délire et la constante cuisson de l'atmosphère, avec le toit à claire-voie qui s'ouvrait telle une blessure béante couleur orange à travers la blancheur des murs à la fois ripolinés et rugueux, dans cette chambre où elle était sûre de mourir. Au bout de l'éclatement, elle profitait de ce laps de temps entre l'épuisement total et la résurgence courte mais violente la catapultant au sommet de la haine envers le maître qui continuait à envoyer des cartes postales comme un défi à sa raison chancelante, à son corps amaigri et à ses chimères nébuleuses, pour se réaliser quelque peu. Elle voulait le tuer! Je ne voyais aucun inconvénient à ce qu'elle le fît, mais je savais qu'une fois en face de lui, elle n'oserait même pas lever le regard tellement il l'avait soumise. Lui dire qu'elle n'était pas capable de l'assassiner et qu'elle exagérait cette atmosphère d'avant-veille de crime, la mettait dans des colères terribles que je ne lui avais jamais vues avant sa maladie. Je préférais dans ses moments de lucidité attiser sa haine de mon vrai père, mais elle allait jusqu'à accuser tous les hommes d'être des satyres et parmi eux, elle n'épargnait personne; pas même Djoha faisant figure de complice, à ses yeux. Je n'essayais pas de le défendre. Il méritait sa colère! Elle bouillonnait; et qui saurait lui en vouloir? Lasse, haletante, il lui arrivait de quitter son lit et de sortir quelque temps dans la cour lorsque la voix du muezzin a une intonation particulière qui laisse entendre que le soir sera frais. La lèvre molle de chagrin, la chevelure noire et houleuse, elle tourbillonnait au milieu du patio et semblait grésiller de la chair, tellement elle bruissait de mille douleurs et de mille envies rentrées de se venger. Où en était-elle du saccage? Elle ne savait pas trouver les mots pour me le dire et m'entretenait dans une incertitude éprouvante pour mes nerfs. Il fallait la délester de ses phrases, la laisser vaciller quelque temps puis reprendre sa fixité de folle tatouée pour l'éternité par les zébrures de la violence subie à seize ans et supportée pendant vingt ans malgré ce foisonnement ocre-orange qui vrillait de temps à autre entre ses deux yeux rétrécis par la perplexité. Que faire? Prise qu'elle était entre sa soumission et sa révolte volcanique, elle était condamnée à mourir de harassement dans le désert de son cerveau qui ne répondait plus que par intermittence. Turbulente! le palabre incessant dont le débit lent et syncopé ne laissait pas de croître, elle rameutait, folle qu'elle était, tous les chats et toutes les tortues qu'elle nourrissait dans son giron, de viande crue.

Certains jours, elle avait le visage boursouflé et n'en était pas hideuse, avec ses yeux dilatés et sa poitrine opulente se soulevant au rythme du sang qu'elle osait rêver de déverser sur la Contrée. Mais pouvait-elle renverser l'ordre immuable des choses? Elle le croyait car elle oubliait qu'elle était une femme qui ne pouvait pas grand-chose – pour le moment – contre la mainmise des hommes, des cadis, des démagogues. A travers ses paupières enflées, le teint blême, elle nous guettait et parfois nous menaçait de ses sarcasmes, oubliant vite qu'elle pouvait à nouveau rechuter et retomber dans cette léthargie semi-comateuse n'ayant rien à voir avec ce déluge verbal qui la tenait éveillée toute une partie de la nuit, les jambes cachées sous une couverture aux motifs arachnéens, la moitié inférieure du corps douillettement recroquevillée et l'autre agréablement exposée à la fraîcheur qui ne cessait d'augmenter, au fur et à mesure que la nuit devenait plus profonde. Rarement, avec un gémissement, elle retrouvait le sens du réel qu'elle appréhendait plutôt ou saisissait, heureuse et jetant le cri fêlé de sa dernière hantise, sans parler de moi et sans parler de mes deux sœurs mariées depuis longtemps et vivant dans d'autres régions lointaines! Mais sa tête restait pleine de remous et elle réintégrait très vite les dimensions du désordre. Elle parlait alors d'un vautour qui avait plané au-dessus d'elle quand elle avait seize ans et qui lui avait caressé les cuisses de ses plumes, alors qu'inclinée sur la margelle du puits, elle tirait un seau d'eau avec une corde humide et à moitié effilochée. Elle avait dit que le vautour était jeune et qu'il avait essayé à plusieurs reprises de s'engouffrer sous sa robe; chaque fois, il lui avait chatouillé les cuisses de ses plumes douces et légères. Elle disait aussi qu'elle en avait attrapé un fou rire mémorable et qu'elle avait failli se noyer tellement elle avait ri. Mais le vautour avait fini par passer sous sa robe, et, effrayé par l'obscurité qui y régnait, il s'était mis à s'agiter dans tous les sens, à criailler et à picorer ses jambes et ses cuisses jusqu'au sang. Elle avait cessé de rire et avait eu une peur bleue due à l'affolement du pauvre animal de plus en plus désespéré. Elle avait dit – pensive – qu'un peu de sang lui avait coulé le long des jambes et qu'elle avait fini par maîtriser le petit vautour, l'avait mis dans une cage et essayé de l'apprivoiser. Mais elle ne put le faire longtemps car il fit un tel tapage la nuit que Siomar avait fini par le libérer, disant que Dieu n'aimait pas qu'on enfermât les oiseaux dans les cages et qu'en plus un vautour était un signe de malheur. Il avait donc fallu s'en débarrasser le plus vite possible.

Malika mettait cette fabulation sur le compte de la folie et soupirait deux ou trois fois, avant d'aller triturer son chapelet d'ambre ramené par Siomar de La Mecque il y avait deux ou trois ans. Puis elle restait là, rigide et immobile. Sa raideur finissait par m'exaspérer au plus haut point. Maintenant j'étais au courant de tout. Ma tante ne se révoltait pas mais au fond elle en voulait quelque peu à sa sœur. (Dans la ville les hommes déambulent et se curent les dents après avoir bien mangé et fait la prière du soir. Ils traversent les odeurs de jasmin avec des précautions de quinteux, et des égards de pulmonaires qui craignent la fumée de cigarettes, le vertige et la nausée; mais la buée des verres, dans lesquels on verse le thé brûlant qui écume, leur donne des palpitations au niveau des narines...) « Ils sont tous les mêmes », disait Malika. Je me sentais tout petit. Djoha aurait eu la maladresse d'applaudir et de mener la révolte des femmes. Il ferait semblant de ne pas comprendre si je lui disais qu'il était mal placé pour agir de la sorte.

Selma disait d'une voix lasse et monocorde : « Il faut se méfier de tout. Rester sur ses gardes. Il n'y a pas que les hommes dont il faille se méfier. Il y a aussi l'odeur du jasmin, les tortues, les petits vautours qu'on a la stupide prétention d'apprivoiser. Il y a le reste aussi : les images! Pire que tout, les images. » En effet, les hallucinations l'éreintaient sérieusement. Selma me répétait qu'elle avait mal au bout des seins et que c'était là le signe du malheur qui allait frapper à sa porte (Demain, la rue comme un foisonnement de signes de toutes les couleurs, mais le marron et le bleu feront comme des crevasses dans les yeux des passants retapés à neuf, rhabillés de leurs vêtements lavés la veille; et dans les yeux de ma mère qui les guetterait derrière les persiennes de sa fenêtre, une ombre passera comme si elle enviait le bonheur banal et quotidien de cette masse inconsistante et amorphe.) et ses yeux noirs devenaient plus foncés encore lorsqu'elle ressassait sa peine, et il ne me restait plus qu'à imaginer sa transe inépuisable, avec le va-et-vient du couteau de cuisine dans la gorge de mon vrai père, gaillard magnifique engoncé dans ses habits amples de couleurs gaies, avec ses chairs molles de bon vivant, bien adipeuses et spongieuses comme ces beignets chauds que nous allions manger chez un marchand teigneux, au petit matin, du côté du port, avant le retour des pêcheurs de crevettes. Il ne me restait plus qu'à imaginer, en ayant froid aux mains et aux pieds, face à cet effroi terrible, le sang de mon père et l'urine de mon père qui allaient se mélanger et faire une rigole aux couleurs douteuses à tel point que même les chats ne les lécheraient pas; ils viendraient juste les renifler, mettre leurs bouts de nez roses dedans puis s'en iraient... Et mon père qui s'arrêterait tout à coup de parler en voyant le couteau brandi par Selma devenue folle à lier... Aurait-il peur? Je le savais courageux et tellement fanatisé par son bon droit et le bon droit du bon Dieu qu'il était capable de rire, de rire de son gros rire rauque, avec son ventre floche et rebondi.

Pourquoi Selma disait-elle qu'elle avait froid aux bouts des seins et que c'était là le signe du malheur qui allait frapper à sa porte. Un seul coup : Toc! Superstitieuse? Elle l'était! Et qui serait capable de lui dire qu'elle divaguait, qu'elle était incapable de tuer une mouche, qu'une tête d'homme n'est pas une tête de mouton qu'on fracasse avec une hache pour aller – au su et au vu de tout le monde – chercher la cervelle tendre et molle et rose et striée de bleu et qu'on fait manger aux enfants débiles pour qu'ils deviennent quelque peu intelligents comme Siomar se promenant pour le moment dans de grandes villes... Splasch! dans le plus mou du ventre plein de sang mauvais et épais... Le va-et-vient du couteau... Terrible cette chose-là. Dans cette gorge stupidement humaine; surtout que la porte de l'armoire (où je cachais, autrefois, de grosses boîtes de concentré de tomate, vidées de leur contenu et remplies de grosses bestioles bien rangées que j'avais vainement essayé d'apprivoiser, en hiver; tandis qu'au printemps, je mettais dans l'armoire d'autres grosses boîtes dans les couvercles desquelles je faisais des dizaines de petits trous et que je remplissais de vers à soie que j'aimais regarder dévorer les feuilles de mûrier et grossir, puis tisser patiemment leurs cocons et s'y enfermer...), ouverte par inadvertance – mais en fait elle n'a jamais bien fermé cette armoire – continuerait à grincer et à battre follement... Et moi qui regarderais la scène dans la glace qui bouge, j'aurais l'impression d'un mouvement extraordinaire, ample et régulier... Et Siomar qui, au lieu de mourir tranquillement, s'inquiéterait de ce mouvement insupportable. Il se pourrait même que les photos que Selma a l'habitude de cacher là tombent de l'armoire ouverte et s'éparpillent : photos d'ancêtres, disait ma mère, mais il y avait aussi des photos de chats et de chiens, voire de tortues qui avaient appartenu à sa mère. Et moi qui n'avais jamais laissé Selma me photographier parce que je me sentais toujours à l'étroit dans une photographie, enfermé définitivement dans le temps et dans l'espace, figé pour l'éternité comme si je n'allais plus vieillir ni jamais quitter tel ou tel décor... Figé comme un cloporte écrasé sur un mur blanc de chaux et granuleux, avec les pattes gondolant de toutes parts et l'ombre du petit corps écrabouillé et drôlement entortillé, tracé avec du sang comme un double de lui-même... J'avais brûlé toutes les photos de mon enfance au grand désespoir de Selma, parce que je m'y trouvais trop laid et trop gros... J'avais aussi brûlé ses photos à elle, surprise toujours dans une position qui prêtait au fou rire, en train de plisser les yeux, ou bien en train de se mordiller les lèvres, ou bien encore en train de camoufler son goitre. J'avais souvent le fou rire, non pas seulement à cause de tout cela qui était plutôt triste, mais parce que ma mère donnait toujours cette impression qu'elle était sur le point de s'endormir comme si elle était hypnotisée par le gros œil de l'appareil photographique.

Quelle idée de croire que ma mère, qui avait tant maigri, serait capable de tuer Siomar! Il fallait la laisser radoter... comme si elle pouvait éliminer, d'un seul coup de couteau, toute cette soumission millénaire des femmes de sa condition. Elle était incapable de faire du mal à quiconque, mais elle se défoulait et il fallait la laisser faire et ne pas l'interrompre, malgré le froid qui m'engourdissait les pieds. Il était temps d'aller dormir et il ne restait en moi qu'une sensation acide d'ombre fraîche, d'étroitesse inouïe et de porte très basse, badigeonnée au bleu de méthylène. Puis resurgi tout à coup de l'immuable songe, je déferlais dans le sommeil durant lequel je rêvais que je dépeçais tous les chats et toutes les chattes du quartier parce que je les soupçonnais d'être en chaleur et que je sortais les corps des tortues de leurs carapaces et les donnais à manger à un vautour nouveau-né qui faisait des trous dans leur chair gélatineuse, avec son bec, tout en piaillant comme si on l'avait écorché vif.

Ce fut mon dernier séjour dans la maison maternelle avant l'insolation qui brouilla mon esprit à tel point qu'on m'enferma dans un hôpital où je sus, par mon prétendu père Djoha, la mort de ma mère dont j'avais, enfant, déchiré toutes les photos.

Nadia avait feint de s'apitoyer sur mon sort et avait amorcé une manœuvre douteuse de rapprochement pour profiter de mon désarroi, m'acculer à négocier et m'avaler, à nouveau, comme une couleuvre qui glousserait après avoir englouti un oisillon. Elle profitait de mon état de santé déplorable depuis que j'avais attrapé cette malheureuse insolation sur la plage-repaire du nègre et de son chat trop gâté. Ma mère était morte depuis quelques jours et je ne fis rien pour aller à son enterrement. Il aurait fallu avoir la force de lutter contre ceux qui détiennent l'autorité, les papiers, les tampons et les autorisations. C'est à ce moment-là qu'elle tourna autour de moi en cercles amples au début, puis de plus en plus réduits, pour m'aveugler, me donner mal à la tête, me happer au vol, aller plus tard se lécher les babines et rigoler doucement, dans le réduit à balais qui, décidément, était devenu son lieu privilégié pour la grande méditation de ses problèmes de con! L'ogresse attendait ce jour de faiblesse pour pavoiser et arborer cette sale moue sur son visage d'infirmière-chef comme si elle ne voulait pas me donner le moindre répit et me le rappelait par cet air d'affliction qu'elle s'était, lestement, plaqué sur la face. C'est pourtant vrai que ma mère est morte! Elle avait colporté la nouvelle comme si j'avais gagné à la loterie nationale quelque gros lot fabuleux; et je voyais venir vers moi les gens qui avaient l'air de traverser un épais brouillard avant d'arriver jusque dans mes bras. Il fallait alors les étreindre, mais eux ne s'arrêtaient pas de me taper dans le dos, en signe de solidarité et de consolation. Je devais aussi les calmer car ils poussaient le zèle jusqu'à se mettre à sangloter contre mon épaule, alors que moi, le fils de la défunte, j'avais les yeux secs. Plus je les consolais et plus ils sanglotaient avec, par-dessus leurs têtes de malades, le mur blanc et glabre du parc (que je confondais avec un autre mur blanc et glabre et lisse et chauffé par le soleil de juillet; un mur comme il n'en reste que dans la mémoire des gens qui n'ont jamais su bien grandir; avec par-dessus un lézard courant sur les rainures fendillées de la couche de chaux écaillée par la chaleur et – peut-être – par la stridence des cigales, parmi les mouches musiciennes (Bzzz...) venues d'une aile chuintante se faire happer furtivement par l'immobile saurien dont la queue frétille et dont les yeux se rétrécissent, se rétrécissent de jouissance malsaine; avec, aussi, son corps qui s'étale, se détend, se meut en vagues concentriques d'une régularité éprouvante, puis s'arrête brusquement dans une attente douloureuse; tandis que derrière le rideau de toile, l'aïeul dort, les bras en croix et la bouche ouverte) dont la magnifique flore faisait la fierté de notre directeur. Ils ne m'impressionnaient pas outre mesure! N'importe, l'ogresse attend, méchant scorpion de race borgne; elle tend aussi le cou comme le lézard tend la tête, pour nous épier moi et mes compagnons venus me présenter leurs sincères condoléances, inconscients du risque qu'elle courait à venir se mêler de nos affaires, maintenant que ma mère est morte et que la dernière tentative de tomber amoureux de ma gardienne avait définitivement échoué. Je n'oubliais pas que je m'étais démené, alors, pour aller dévaster ce trou de l'horreur, œil-glauque-et-rouge-et-tuméfié-et-rosi-à-travers-ses-sillons-sirupeux-et-acides (à en avoir la gorge irritée : koh! koh! koh!) qu'il avait fallu écarter de la main comme une peau de chagrin qu'on ne doit absolument pas laisser rétrécir, sous peine d'étranglement définitif; surtout que pour en arriver là, j'avais mis le doigt dans ce fouillis de poils humides et enroulés sur eux-mêmes; et comme l'ogresse n'avait même pas gémi, il avait fallu se glisser encore plus dans son antre, faire le va-et-vient, tandis qu'elle, frileuse, s'était décarcassée en tous sens comme si elle voulait attraper ses morpions, ou bien se soulager dans la fosse d'aisance, tant elle s'était cambrée, à moins que fatigué par ma position, déséquilibré et à moitié assis sur mes jarrets tremblants, j'aie décidé de faire semblant et de tâtonner à travers la chair rebondie et striée d'une large bande rouge, trace de la faïence sur laquelle elle était assise; alors qu'elle – la tête entre les jambes pour mieux voir sa propre pénétration – avait livré à mon insanité vorace l'être de sa douleur et de sa stérilité. Toute la honte bue ne lui avait pas suffi! La voilà qui revenait me relancer au-dessus de la cohue de mes frères venus me consoler de la mort de ma mère. Elle ne s'arrêtait plus de jacasser et de me conseiller de partir quelques jours, assister à l'enterrement et revenir vite me soumettre à sa dévotion. Ogresse! Je lui crachais mon cri à la face. Elle ne s'en offusquait pas et me jetait un regard condescendant comme pour dire qu'elle savait pardonner cette effervescence normale chez quelqu'un à qui on vient d'annoncer – télégraphiquement – la mort de sa mère. Mais elle n'était pas la seule à vouloir que j'aille conduire les funérailles car on ne pouvait pas compter sur Djoha capable seulement de mettre la pagaille dans le cortège funèbre, de psalmodier à l'envers le Coran, de sentir mauvais des pieds et d'indisposer tout le monde. Il était capable de quelque espièglerie pour marquer sa solidarité avec cette femme qui ne lui avait jamais appartenu alors qu'il en était secrètement amoureux et qu'il passait ses journées, pendant ses brefs séjours annuels, à la regarder se mouvoir dans le soleil, entre les cordes de linge cinglant son visage d'une ombre rectiligne et le ciel bloqué dans son bouillonnement de l'été.

Ils continuaient à venir me voir pour me consoler de la mort de ma pauvre mère, hâves et pâles et exsangues, la raison oscillant entre les circonvolutions de leurs cerveaux, fragiles dans l'ombre qui les absorbait après que le soleil les eut catapultés du jardin qu'ils traversaient péniblement, vacillants et loqueteux, dans la salle où je recevais leurs condoléances. Ils voulaient tous que j'aille porter le cercueil de ma mère, mais comment leur expliquer que je n'avais pas envie de voir son cadavre ramolli par la chaleur de juillet et commençant déjà à bleuir sous l'effet de l'humidité, tandis qu'une vieille femme assise à même le sol, à côté du corps exposé dans son suaire de velours vert, s'acharnerait à lui fermer les yeux, dont les paupières auraient perdu leur élasticité? Comment leur expliquer aussi que j'avais peur de retrouver le beau visage de ma mère que la lèpre de la mort aurait déjà corrodé, enflé et rendu cireux et méconnaissable : lèvres adipeuses aux extrémités verdies par l'angoisse de l'agonie, et les mains surtout, transparentes, avec cette blancheur irréelle. Je n'avais pas envie de voir son ventre mou, son œil droit ou gauche qui s'évertuerait à ne pas se fermer malgré les efforts de la vieille laveuse de cadavres secrètement exaspérée par ce manège de la morte, prête à y voir quelque symbole occulte de damnation et de malédiction (car tout le village savait qu'elle avait été la concubine de son beau-frère) qu'elle seule était capable de déchiffrer, rivée qu'elle était à son chapelet trituré convulsivement, plutôt qu'égrené pacifiquement; car au fond elle était livide et avait peur de cette morte singulière, pécheresse impénitente, qui commençait à sentir mauvais. Pourquoi aller regarder la vieille femme encenser le cadavre de Selma et peiner à lui fermer la bouche, à tel point qu'exaspérée, mais arborant toujours son sourire hypocrite, elle finissait par lui mettre un ballon sous le menton pour soutenir les deux mâchoires, comme si elle voulait la faire taire, alors que pendant une vingtaine d'années, elle avait vécu dans le silence! Non, je n'avais rien à faire avec ce cadavre entouré de ces femmes infatigables jetant dans la mêlée des hurlements stridents qui retomberaient sur les assistants et se ficheraient dans leur chair comme autant d'éclairs métalliques. Les pleureuses en rajouteraient et feraient semblant d'écumer de douleur, d'autant plus que l'été écraserait la ville devenue somnambule à travers un mouvement titubé, éblouissant et syncopé par les chants que l'on déverserait, sans aucune retenue, sur la défunte... Il avait fallu attendre la visite de Djoha qui avait assisté aux funérailles, pour me faire une idée précise du vacarme et du chaos faits autour de la sépulture de ma mère. Revenu en hâte pour me mettre au courant, il ne tarissait pas d'éloges sur la magnificence de la cérémonie et allait jusqu'à dire que Selma n'avait jamais été aussi belle. La consolation que j'avais là! Quel affreux personnage! Il se sentait comme libéré et me reprochait carrément de n'avoir pas assisté aux funérailles. Il me traitait de lâche. Il m'avait même accusé d'avoir simulé cette maladie pour échapper à la corvée de l'enterrement, et en fait, de m'être réfugié à l'hôpital pour y vivre tranquillement jusqu'à ce que tout fût terminé. Je lui avais dit qu'il était mal placé pour me faire des leçons de morale et que les morts ne m'intéressaient en aucun cas, car l'on ne pouvait avoir devant un cadavre qu'un sentiment de compassion fastidieux et d'autant plus inefficace que c'est sa propre mort que l'on pleure et non pas la mort des autres. Je lui avais dit aussi qu'il aurait mieux fait de ne pas couvrir l'acte immonde de Siomar quitte à faire de la prison pour quelque temps – malgré sa peur des tarentules qu'il n'avait jamais cachée – et laisser éclater le scandale et porter ainsi préjudice au gros propriétaire terrien, malgré toutes les amitiés qu'il aurait pu faire intervenir en sa faveur. Il avait été complice! Mon déchaînement avait l'air de le surprendre et il me suppliait de ne pas trop élever la voix. Puis il me répondait que personne n'avait envie que le scandale éclatât, pas même Selma qui n'avait aucun intérêt à ce que cette affaire fût étalée au grand jour et donnée en pâture à la médisance de la ville, qui, de toute manière, aurait donné raison à Siomar, tant elle le craignait... Je savais qu'il avait raison, mais je ne voulais pas qu'il l'échappât belle, derechef, et qu'il s'en allât raconter dans toute la capitale que ma mère avait eu le plus bel enterrement qu'on avait jamais vu depuis celui de Ouallada, la femme de Haroun Er-Rachid, émir de l'empire islamique, au VIIIe siècle. Il ne fallait pas lui laisser le temps d'avoir bonne conscience...

De toute manière, j'étais fatigué par tout ce monde qui venait me faire des reproches sur ma conduite, à tel point que je m'étais demandé si j'aimais réellement ma mère! Lui, continuait à parler, à me bercer de sa voix tranquille. Il disait : « Lorsqu'on avait fini de laver la morte, qu'on l'avait parfumée au musc et au camphre, le cortège s'organisa sous la houlette de Siomar, revenu en vitesse dès qu'il avait appris la mort de sa concubine. Il l'attendait, cette bonne nouvelle, car il craignait qu'elle ne l'assassinât dans son sommeil lourd et profond. Mais contre toute attente, les femmes, mises au courant par Malika des rapports que Siomar entretenait avec la morte, prirent les choses en main et décidèrent de s'occuper de tout. Elles n'avaient besoin de personne, disaient-elles, avec une assurance qui faisait bafouiller le maître de céans, incontesté jusque-là. Les cadis et les muphtis s'opposèrent à cette fronde des femmes et firent savoir qu'il était de leur devoir de rappeler aux femelles que la religion leur interdisait toute intervention dans les funérailles, même lorsqu'il s'agissait d'enterrer une des leurs; que de mémoire de musulman, on n'avait jamais vu un cortège funéraire formé de femmes mais d'hommes uniquement et que si elles avaient l'intention d'accompagner la morte au cimetière, les hommes ne participeraient pas à la cérémonie. Malgré les fanfaronnades des cadis et l'intervention du commissaire de police qui avait menacé de disperser tout cortège dans lequel se trouverait une seule femme, elles passèrent outre et organisèrent les obsèques. Le peuple parut à la fois dépité et ravi. Le spectacle en valait la peine. Point de cadi à l'horizon! Point de lecteur de Coran! Rien que des femmes vêtues de leurs voiles noirs, silencieuses, avançant en rangs serrés, dignes et calmes, ne répondant pas aux quolibets provocateurs de la populace qui venait le plus près possible, renifler leurs odeurs de femmes affligées, révoltées contre l'attitude de Siomar... » Djoha en rajoutait-il, lorsqu'il racontait que le commissaire, à bord de sa voiture, suivait le cortège de loin, avec des précautions de shérif parti sur la trace de méchants Sioux? Il disait que non, que le chef de la police s'était même déguisé pour échapper au mépris du peuple, mais qu'au fur et à mesure que le cortège avançait vers le cimetière, il y intégrait, discrètement, ses M.S.C. armés juqu'aux dents, travestis en femmes éplorées, mais le doigt nerveux sur la détente graissée en hâte, prêts à tirer au moindre désordre. L'on craignait une réaction des mâles incapables de supporter plus longtemps cette mascarade au cours de laquelle on remettait en cause leur mainmise sur les femmes, ni cette entorse à la coutume religieuse et au droit divin. Djoha disait en riant – mais il ne me faisait pas rire le moins du monde – que le cortège était plutôt comique : « Il faut être juste! Elles n'avaient pas l'habitude de marcher derrière un corbillard, c'est un art que l'on ne maîtrise que lorsqu'on l'a longtemps pratiqué. Imagine-toi un cadi! C'est beaucoup plus leste derrière une voiture mortuaire, malgré sa bedaine gorgée d'eau et malgré la sieste faite dans de mauvaises conditions un jour d'enterrement. Un cadi, ça a l'habitude! Il ne vit que pour ça. Sans les enterrements, il n'aurait aucune valeur. Si les gens le respectent, c'est parce qu'ils l'associent à la mort. Rien de plus! Il faut être juste, elles étaient loin d'être à la hauteur, les amies de Selma! »

Maintenant qu'il était pris par son jeu, il mimait les gestes des femmes du cortège, s'esclaffait sans aucune retenue, oubliait que ma mère était morte depuis seulement une semaine et que j'étais entouré par la suspicion de mes compagnons de salle, montés par Nadia contre moi parce que je ne lui avais pas permis de profiter de ce malheur qui me tombait sur la tête pour revenir aux effusions et biffer d'un coup tout le malentendu et tout le malaise qui avaient pourri nos rapports déjà pas très reluisants depuis cette affaire de serviettes hygiéniques (Madame, Tripax...). Mais je n'avais aucun scrupule à son égard, le sachant, bien avant l'expérience décevante, en cabale avec les M.S.C. qui étaient peut-être à l'origine de sa promotion, avec ce titre ronflant qu'elle aimait faire claquer entre ses dents de belle garce : infirmière-chef! Je savais depuis longtemps que sa haine avait atteint un seuil critique et qu'elle ne me raterait pas à la première occasion. Ogresse! Elle était une antenne de la police et tout le monde la craignait, même le médecin à lunettes de donzelle dans les verres desquelles j'aime me refléter tout à mon aise, faire le beau, barrir, faire le clown, au grand dam de l'idiot feuilletant d'énormes livres où toute la science était écrite blanc sur noir, à tel point qu'il n'y avait qu'à lire... Tout le monde la craignait car on savait toutes les accointances qu'elle avait avec des types louches venant fouiner de temps à autre ou bien perquisitionner en exhibant de gros colts, plus pour plaire et être admirés que pour nous faire peur. « Merveilleux votre pistolet. Calibre? Année de fabrication? Merveilleux! » Il suffisait d'un rien pour les amadouer, les berner et même leur subtiliser – provisoirement – leurs méchantes armes qui leur donnaient tant d'assurance et tant de morgue. Je me souciais peu de toute cette affaire : M.S.C., Nadia, Djoha, même! Tous dans le même sac. L'essentiel était ailleurs! J'avais perdu ma mère et j'étais anxieux à l'idée de la solitude qui allait s'abattre sur moi, arbre saccagé dans le chaos des soliloques insomnieux, écartelé entre plusieurs désirs irréconciliables et du reste inventés de toutes pièces pour me donner une raison de vivre, voué à attendre que Samia me fasse signe, m'écrive, vienne me rendre visite à l'hôpital pour me dire qu'elle est bien vivante, qu'elle n'a pas subi le sortilège du nègre, sur la plage, qu'elle n'a pas cherché à m'éviter à Constantine où elle m'avait donné rendez-vous, qu'elle n'a pas, non plus, été mariée de force par le clan des orangers dont son père est le chef et le tribun incontesté, qu'elle n'a pas été souillée par mon exubérance à vouloir toujours tâtonner sur la peau des femmes, à la recherche d'une raie de lumière qui me sauverait de l'anéantissement et du suicide. Je ne savais plus que faire, en vérité, et demeurais enfermé dans cette salle, cloué sur ce lit, à consoler tous ceux qui venaient pleurer la mort de ma mère. J'étais pris dans la tornade et ignorais quand et comment il fallait faire cesser cette comédie. Je les insultais jusqu'à l'extinction de ma voix. Je n'étais pas un assassin, même si Nadia m'accusait des pires crimes, mais un homme seul, vidé par la méchanceté des autres, incapable de faire autre chose, sinon délirer pour retrouver une sorte de pureté première, puisque les conditions objectives n'étaient pas tout à fait réunies pour le grand bouleversement. Malgré tous mes efforts, le sentiment d'irréalité prédominait en moi, car le soleil entré par la baie vitrée donnait aux choses et aux personnes une sorte de passivité plus proche de la torpeur que du rêve; et la structure des formes juxtaposées contre ma rétine flamboyante exaspérait en moi ce sentiment de lassitude teinté de bouffonnerie. Criailleries de l'infirmière-chef. Rêverie éveillée et fantasmagorie truculente de Djoha. Réaction quasi magique des autres malades qui ne cessaient pas de pleurer ma mère comme s'ils n'avaient attendu, toute leur vie, que ce signal pour déverser sur les dalles de marbre blanc de l'hôpital (un ancien palais arabe, flanqué d'une aile du plus pur style-rococo-flamboyant-néo-colonial-dix-neuvième-siècle-comme-un-décor-de-villa-hispano-cubaine-dans-un-mauvais-film-yankee-) toute l'eau qu'ils avaient emmagasinée à l'intérieur de leurs corps apparemment secs et nerveux. Même le P.G., assassin ignoble qui avait l'habitude de se lamenter chichement sur un vieil amour, y allait de toutes ses forces.

Le cirque dura deux ou trois semaines juste le temps de laisser les M.S.C. faire leur réapparition et venir me persécuter alors que je n'avais pas encore fini d'expulser toute la douleur que j'abritais dans mon corps amaigri. Ils ne voulaient pas dire ce qui les amenait, ni reconnaître que Nadia les avait alertés. Chaque fois que je leur posais une question, ils répondaient invariablement que ce n'était pas à moi de poser des questions. Je savais qu'ils étaient tenus par le secret professionnel mais je savais aussi qu'ils n'étaient que des polichinelles à qui il faut savoir poser des pièges. A ce moment, je me rappelais les leçons incomparables de Djoha et les flattais tant que je pouvais. Ils en souriaient d'aise et se laissaient aller à quelque confidence (chut, il ne faut pas le répéter. Top secret! qu'ils me disaient et avec l'accent déformé par le chewing-gum!) mais dès que je les voyais se décontracter quelque peu, je brandissais sous leur nez le chapelet merveilleux et providentiel, don de Djoha mon père, même si les liens de filiation qui me liaient à lui étaient ambigus et louches. « Dieu est grand, mes frères! » Ils étaient obligés de m'imiter et de réciter des versets coraniques pour ne pas paraître ignares. Je les corrigeais au passage, les reprenais, les encourageais de la voix et allais jusqu'à me fâcher. « Dieu n'aime pas qu'on déforme sa sainte parole, mes frères. L'enfer vous guette, mes frères! » Pris au dépourvu, incapables de réfléchir vite, inquiets de la présence autour de moi de tous mes compagnons fanatisés jusqu'au délire, ils ne comprenaient pas ce qui leur arrivait et ne me posaient plus de questions. Seules leurs armes qu'ils caressaient furtivement leur donnaient quelque assurance. Ils étaient interloqués de me voir égrener le gros chapelet à grains blancs avec une parfaite aisance et pour les confondre jusqu'au bout, je le leur mettais, à tour de rôle, dans les mains, et ordonnais d'une voix de stentor qu'ils en comptassent mille grains chacun. Ils ne pouvaient refuser et s'embrouillaient dans leurs comptes. Malhabiles et bêtes, ils riaient de leur maladresse pour ne pas perdre la face et c'est à ce moment-là que nous leur arrachions barbes et moustaches postiches afin de les reconnaître. Pris de court, ils n'avaient plus qu'à dégainer leurs pistolets et tirer en l'air pour couvrir leur fuite, parmi les gros éclats de rire des autres malades, heureux de la diversion qui leur permettait d'oublier que ma mère est morte et d'arrêter de la pleurer, chaque matin, pour montrer toute l'affection qu'ils avaient à mon égard, moi le scribe, qui leur écrivais de longues lettres pour leurs familles (rallonge tant que tu peux, me disaient-ils, nous te faisons confiance, raconte n'importe quoi pourvu que ça les impressionne) débarrassées de leur hargne.

Dès qu'ils étaient partis, la peur me reprenait. Les journaux avaient commencé à parler de la disparition d'une jeune fille qui répondait, à quelques nuances près, au signalement de mon amante. Combien de temps allais-je pouvoir tenir et échapper à leurs griffes? Je savais pertinemment, pour les avoir fréquentés, qu'ils finiraient par perdre patience et par utiliser tous les moyens pour m'accuser de la mort de Samia; d'ailleurs l'infirmière-chef en était à peu près convaincue maintenant. De toute manière, elle était de mèche avec les enquêteurs et participait à la répression. Elle profitait de l'insolation que j'avais attrapée, de mon désarroi, de ma solitude de plus en plus grande, depuis la disparition de ma mère, pour me poser des questions insidieuses. Elle était décidée à me faire parler. Je finissais par lui faire des propositions malhonnêtes, à l'exciter en lui récitant tous les passages érotiques de la poésie arabe dite de l'âge d'or;

celle d'ABOU NOUASS et de BACHAR IBNOU BOURD. Rien à faire! Le truc du chapelet ne marchait pas avec elle, il était usé! Elle était au courant, quoique je n'eusse jamais rien dit à ce sujet. La laisser perplexe! L'étouffer! L'étrangler! Je ne voulais quand même pas la laisser agir à sa guise et me coller un meurtre sur le dos, non! Peut-être qu'elle accepterait une nouvelle tentative dans les W.-C. des médecins. Ceux-là, ils sont propres. Et pour éviter de tomber sur la boîte, celle qui sert pour le sang des femmes (Madame, Tripax a pensé à vous, etc), il n'y avait qu'à aller dans les W.-C. des hommes alors là pas de dégoût! pas de nausée! la jouissance étale sur ta figure de garde-chiourme frigide... emm! tiens regarde ma langue... je te la mettrai là où tu veux tu n'as qu'à me le dire... non! ne rougis pas... là où tu veux... imagine un peu bon Dieu... cette fois-ci ça marchera... je pourrais même te dénuder la poitrine et regarder cette différence horrible (faut pas le dire... chut!) cette fois-ci je serai plus courageux plus persévérant... plus mâle! allez allez laisse-toi faire... (Elle hésite quelque peu). va pour ta salive de femme sur le retour avec le foie malade et le cœur toujours barbouillé (baâ)! va pour ta sale salive sucrée-acide... L'exaspération me raclait la tête comme si j'avais un morceau de fer rouillé qui va et qui vient, granuleux comme une lime peut-être... Je palperai ton ventre mou... Avoir vu dans son enfance des ânes qui bandent, puis trouent le pavé d'un torrent tumultueux... odeur de sel, à moins que ce ne soit tes aisselles de moucharde. Ton ventre mou comme un mollusque rouge strié de blanc qu'on ne trouve que sous les éviers des taudis quand le soleil n'y entre jamais. Pulsation de ton sale cœur, comment peut-il battre la chamade, alors que tu m'as dénoncé à la police? Comment peux-tu avoir envie que je te pénètre, que je te mette la langue partout, que je ferme l'œil droit pour ne pas voir ton sein gauche noyé dans l'opacité de ma myopie? Il fallait la tenter, la tenter. Seul moyen de m'en sortir. Je te le ferai de la façon que tu veux... Je te propulserai dans des tribulations telles que tu prendras le bon Dieu pour un bâton très dur. Allez, allez, laisse-toi faire. Question de survie. Pour toi aussi! Avant qu'ils reviennent. Allons! Je vais te dire que tu recèles dans tes flancs un jaillissement formidable. Tu n'as qu'à le laisser couler... Mais elle n'acceptait pas. Elle minaudait et me mettait au comble de la fureur lorsqu'elle essayait de me démontrer que c'était là un piège dans lequel elle se refusait à tomber de nouveau. Que j'étais perdu, à cause de ma peur du sang. « Fichu! » Elle joignait le geste à la parole. Je ne pouvais plus la malmener. La rendre perplexe ne m'amusait plus. Elle rentrait en elle, et chienne enragée, elle me voulait proie imprégnée de l'odeur mâle, mais elle me rêvait, surtout, en gibier de potence. L'exécution sur la place publique. Avec fanfare et tout! (Sadique! Après tout, tu n'as qu'un pauvre clitoris te pendouillant au beau milieu de la tumeur qui te sert de sexe et que tu ne peux même pas faire vibrer pour avoir l'extase. Rien! Moucharde tu es, moucharde tu restes.)

Entre la mort de ma mère et l'intransigeance de Nadia, je ne savais plus quel Dieu invoquer.

Mes jours étaient comptés. J'étais sûr qu'ils auraient ma peau. Mais ils ne la dépèceront pas. Je leur éclaterai entre les mains, bien avant! Bonsoir! Ne pas oublier de leur tirer la langue. Je n'ai pas tué Samia. Ils le savent aussi bien que moi. Mais c'est politique! Ils veulent me salir. Je leur exploserai dans le visage, au moment où ils s'y attendront le moins. Splasch! Fleur de sang. Tellement violente qu'ils en seront aveuglés pendant quelques minutes. Autour de moi, la rumeur se lève de tous côtés, dressée comme une chose solide et coupante (chape d'acier ou tôle de zinc?) qui vibre dans l'air définitivement structuré à travers cette plaque de chaleur stagnante qui réduit fantastiquement mon espace. J'étais perdu. Où se cacher, si les hôpitaux psychiatriques ne sont plus un bon abri? Que faire? Si seulement Samia pouvait réapparaître, si le nègre ne l'avait pas soûlée avec ce sang de chèvre qu'elle avait été obligée d'ingurgiter malgré elle; ils hésiteraient peut-être à m'arrêter, à me torturer. Quelle histoire, pour une défloration non réglementaire! Pourquoi, cette fugue? Le soleil est, à lui seul, une oppression qui nous arrive de l'extérieur, nous excorie, nous essore... Nerfs devenus des câbles tendus entre la peur et l'exultation. Enchevêtrement des mots, des sons, des cloches, des réveille-matin, des clochettes des juges, des grelots des chèvres noires qui dévastent la plage où je me suis pâmé-sordidement-d'amour. Dehors, aussi : le soleil, les câbles du tram, les grues et les treuils du port, le tremblement de la clarté... Ici! Le soleil! Le toit à claire-voie. L'eau des femmes de ménage écume et je continue à gésir au fond de mon amertume. Ma mère est morte. Eau vacillante. Douleur qui sourd. L'eau verte. L'eau bleue. J'ai peur. Les mauvaises odeurs. L'écume. Le salicorne. Le cube blanc du mausolée où le vieillard pousse ses sales affaires. L'odeur (de quoi?). Mes yeux à doubles paupières et les autres qui jacassent. Si je pouvais seulement en finir suavement! Suavement!

*Dis!*
*Habitude de mon âge*
*J'ai pris un escalier vermoulu*
*Foré profondément par un taret à la recherche*
*[de sciure*
*J'ai tourné des corridors poisseux*
*A angles aigus qui vous tombent dessus sans*
*[qu'on les voie venir*
*J'ai habité des chambres fétides*
*J'ai soufflé sur des lampes à carbure qui don-*
*[naient à la morte allongée auprès de moi*
*Des tons roses des tons bistre malgré la pâleur*
*[de son visage*
*J'ai forniqué à corps et à bras*
*Des creux béants*
*Immenses de chiures*
*Dis!*
*Que radotes-tu?*
*L'espace taraudé à vif*
*Et la cithare cachée sous les livres de mathéma-*
*[tiques...*
*Pas de nénuphars pour ma belle!*
*Elle n'a plus de trou à son sexe*
*Pas même une fente*
*Rien!*

*J'ai tout colmaté avec mes deux mains frileuses*
*Malgré les torrents de sang*
*Et la souffrance des paysans*
*Scribe! Ferme ta gueule*
*Que le marteau-pilon*
*Mette ta rage en pièces*
*Il n'y a plus d'arbres*
*Ni l'ombre des arbres*
*Tu parles, Scribe!*
*Le peuple tournoie dans les ruelles sans idées [préconçues*
*Il tousse il meurt tous les jours et continue [à signer avec*
*Le pouce*
*Menu fretin... (?!)*
*La balle qui cisaillera ma vieille veine vétuste*
*Celle entre les deux yeux qui bat dans ma tempe*
*Comme un vieux marteau sur une très belle [enclume*
*Fermez-la!*
*Et toi aussi Scribe*
*N'ouvre surtout pas la bouche*
*Tu gobes les sexes-secondes*
*Comme un vieux poisson pédéraste*
*Ou comme une araignée chenue qui trimballe son [ventre*
*Et qui panique à travers ses propres fils gélati- [neux*
*Pire que la bave d'un crapaud épais*
*Ou la semence d'un scarabée qui tourne sur [lui-même*
*Et attend qu'un cri fuse de la brume, lui tombe [dessus*
*Et le fasse crisser en plein fracas de midi.*

*Dis!*
*Oh! si je pouvais...*
*Mais les fenêtres tordues ne veulent pas s'allu-*
*[mer.*
*Un rat! un seul rat qui chasse un papillon aux ailes chuintantes; et l'enfant gris de faim qui lacère les rideaux miteux de la cuisine de sa mère. Tu parles! Ma langue à quoi sert-elle? Tu parles si je puis bâtir les H.L.M. avec ce qui me reste de salive... Cohues saccadées des souks tamisés par les toits à claire-voie (et moi qui la suivais d'une boutique à l'autre, fasciné par ses jambes nues et souples. Où l'avais-je rencontrée? Elle achetait ici et là, des fleurs et des crevettes et des cerises de Miliana. Tout un goût ferrugineux dans la bouche comme si l'on traversait la rue des rétameurs. Puis l'odeur de laine brune que les marchands font brûler pour prouver aux clients grincheux sa bonne qualité. Excavation! Le cycle infernal. Elle, devant. Et moi, derrière. Petite! Vierge secrète! Comment faire pour te dire. Non, je ne suis pas un ours; mais je crains de ressembler à un singe dépenaillé. Honte que l'on déplace à coups de friandises, chaque fois qu'on traverse le jardin botanique. Elle, devant. Et moi, derrière. Le fracas des phrases qui cinglent mon visage où j'ai bâti un barrage de haine toute bleue n'a rien de cocasse. Sinon que parti à rutiler derrière la donzelle, j'avais fini par m'inciser les lèvres à force de crispation. Elle pouffait et je me sentais déjà trahi comme lors de mon séjour à Constantine... A force de crispation. Veines grossies devenues des gros câbles sur lesquels elle pourrait, si elle le voulait, marcher sans tomber et jouer au funambule je ne dirai pas : aïe! ni ouf! Fulgurer*

*ma tenace vision de cette trace sous la robe d'été imprégnée de l'odeur de tes aisselles et imprimée de grandes fleurs où les mouches et les naïfs viendraient se faire gober, sans aucun scrupule. Tu sais, ces grandes fleurs jaunes que tu ne m'offres pas car tu ne viens pas me voir à l'hôpital où je soigne une mélancolie bue au sein de ma mère. Tu allais par-ci, par-là, acheter toutes ces belles choses : fruits et poissons de l'été, alors que je guettais, sournoisement, tes formes de femme hostile à toute approche non réglementaire. Mais je te suivais et rien ne me séparait de toi sinon ton ombre, à tel point que le soir, une fois rentré chez moi, fourbu et fiévreux, j'avais honte d'avoir mal aux testicules... Avec tout ce soleil et cette mouvance molle des taches d'ombre qui ternissent les visages des vieux assis sous les porches des immeubles face aux panneaux-réclames qu'ils ne savent pas déchiffrer (Achetez-un-coffre-fort-dans-votre-banque-populaire-vous-économiserez-plus!)... Et si les tortues se mettaient à porter, tout à coup, au lieu de cette carapace inélégante, la boule ronde du soleil, pour mieux fasciner les libellules et les faire tournoyer d'aise!).*

Ma mère morte; Nadia au centre du complot qui allait avoir raison de ma ténacité; Samia disparue ou séquestrée ou mariée contre son gré; il ne me restait plus rien. Il me fallait attendre que les événements se referment sur moi et m'emportent au gré de mes bourreaux. Je n'avais même pas à les devancer. Je voulais seulement les surprendre.

« Non! je ne suis pas ton père », disait Djoha. Il était bourré de kif, il avait le hoquet et des larmes provoquées par son hilarité extravagante lui coulaient le long du visage dont la peau tannée et recuite avait quelque chose de mâché et d'avachi. Il ne pouvait plus s'arrêter de rire. La bonne blague! Dans un hôpital, de surcroît! Il n'avait pas mieux trouvé pour me faire cette farce : « Je ne suis pas ton père... Non... pas du tout... » Il agitait fébrilement son index avec tant d'ostentation qu'il me mettait dans une fureur aveugle. J'aurais tort de le lui montrer car il serait capable de s'exciter beaucoup plus, de devenir vulgaire, de faire des gestes saugrenus, de se déculotter et d'effaroucher mes compagnons de salle. Bourré de kif. Bourré de vin. Il se dandinait de long en large et puait la friture de sardines. Nadia veillait, mais avec son air pincé et ses yeux qui s'agitaient en tous sens, elle le faisait rire encore plus, attraper même des fous rires tels qu'il en suait abondamment. Que pouvait-elle, face aux tribulations de ce pantin grotesque et désarticulé? Elle ne pouvait pas éviter l'esclandre. Venait-elle dans la salle pour nous épier? Elle venait surtout pour avoir l'œil sur moi (peur que je m'évade? Attends un peu ma jolie. J'ai une surprise pour toi que je garde bien au chaud entre mes circonvolutions cérébrales. Personne n'est au courant. Pas même le pitre que j'ai cru être mon père, pendant de longues années. M'évader? Moi! Non! Non! Ce serait trop facile. Tu lanceras vite tes amis à ma poursuite. Je sais... Je sais... Ils ont des voitures tellement rapides! Et même des avions et même des hélicoptères qui peuvent atterrir dans un mouchoir de poche...) et voir où j'en étais de mon insolation (disait-elle). Ça va mieux... Moins de fièvre... Moins de maux de tête... Puis l'autre qui avait jailli de la porte au moment où je l'attendais le moins, nanti d'une autorité que je ne lui avais jamais connue, plein d'assurance et de morgue, tenant en respect l'infirmière-chef et tenant en haleine les autres malades qui ne l'avaient jamais vu dans une telle excitation. Lui, si doux, si paisible. C'est le mélange qui le perd : le vin et l'herbe. C'est trop, mon petit père. C'est trop...

Chaque fois qu'il avait fait son plein de rêverie opaque, il revenait à la charge : « Je ne suis pas ton père! » Et il m'énervait à pointer sur moi son doigt maigre et tremblant et moite, et à me jeter son haleine aigre au visage. Il avait oublié que j'étais au courant bien avant qu'il vienne me le dire, tourner sept fois sa langue dans sa bouche, bafouiller, s'étrangler et enfin éjecter ce qu'il croyait être son terrible secret. Triste bouffon! « Mais tu peux continuer à m'appeler père », ajoutait-il, magnanime. Et si moi, tout à coup, je ne savais plus trop bien qui était véritablement mon père, lui clown dégingandé pour qui j'éprouvais une véritable adulation, d'autant plus que j'adhérais totalement à sa philosophie subversive, ou bien Siomar qui m'avait conçu, élevé et envoyé à l'école? Là, je voyais qu'il était pris au piège. Sur le point de désamorcer son excitation, il hésitait quand même, à reprendre son sérieux, à se dessoûler, à s'arrêter de voir la vie en rose. Pourquoi est-ce que je croirais à toute cette histoire que m'a racontée ma tante Malika, alors que ma mère agonisait dans une chambre voisine? Après tout j'avais bien le droit de choisir entre les deux, celui avec qui j'avais le plus d'affinités... Et puis, je n'ai jamais demandé à savoir qui était vraiment mon père. Je n'ai jamais eu de père! Et je ne veux pas en avoir. Tiens! Là, tu ne feras plus le fou! Il avait l'air catastrophé... Les rêves lui étaient passés. Il ne lui restait plus rien à quoi s'accrocher. Plus rien! « Tu peux aller raconter tes balivernes ailleurs. Nadia, mettez-moi ce perturbateur à la porte! » J'avais retrouvé ma voix de stentor. Je n'avais plus rien à perdre. Djoha me suppliait de le laisser. Il voulait me parler et me promettait de bien se tenir. Du coup, il était angoissé à l'idée que je ne voulais plus croire en cette histoire de paternité forcée. Personne n'a violé ma mère. Non, personne! Même pas Siomar. Tout le monde dans la ville où je suis né jurera que Siomar est un homme de foi, bon et généreux, qui a construit une mosquée, avec ses propres deniers, sans aide aucune de l'Etat. Qui pourrait prendre Djoha au sérieux? Tout le monde est au courant : il est rusé et dérangé de la tête. Il sert tout juste à faire rire le peuple et à vendre de beaux poissons, du côté du port. Il était coincé, mon père, et ne voyait plus comment s'en sortir. Nadia, du coup, était repartie en claquant la porte. Elle n'y comprenait plus rien. Djoha pensait que c'était là une manœuvre de ma part pour faire partir l'infirmière et commençait à retrouver sa gaieté de tout à l'heure. Il me clignait de l'œil grotesquement et disait : « Zébi! Zébi! Ce que tu es malin toi. C'est pas pour rien que tu as fait des études. C'est pas si bête, la philosophie. » Il me flattait, et à nouveau, retrouvait quelque peu son assurance. Il devait même se dire en son for intérieur, ou même dans sa barbe, qu'il l'avait échappé belle cette fois-ci et qu'il me revaudrait tôt ou tard cette petite mesquinerie, voire cette trahison. Je n'avais aucune envie d'être le fils de Siomar, richard joufflu et ventripotent, à l'affût d'un nouvel enrichissement, totalement recyclé et prêt à investir dans l'industrie nationale pourvu qu'on lui laissât ses terres et ses autocars et sa licence d'import-export, prêt à se recycler et à parler un langage démagogique pourvu qu'on le laissât continuer à fructifier; non il n'hésiterait pas à investir dans l'industrie (alimentaire), à construire des mosquées, à faire des dons aux sociétés de bienfaisance, à se faire élire sur les listes du parti, pourvu que... Pourquoi le marchand de poissons était-il venu rompre le seul lien qui pouvait me rattacher au pays réel, à l'odeur d'oignon et de pain de seigle aigre à l'odorat et acide au goût? Il était fou de croire que j'allais marcher et accepter cette filiation fumeuse qu'il voulait m'offrir. Il était certainement le complice de ma tante (dont les confidences chuchotées dans la pénombre d'une chambre ouverte sur le crépuscule alors que l'humidité de la dernière averse me transperçait les os, car on avait laissé une fenêtre ouverte derrière mon dos, sur le jardin trempé et rongé par la mousse, m'avaient consterné) qui avait supporté le calvaire de voir sa sœur partager le lit conjugal. Là, je le surprenais et le bousculais quelque peu. Il irait jusqu'à dire, plus tard, que je l'avais malmené, violenté dans ses derniers retranchements pacifiques et qu'il m'avait vu arriver sur lui, rampant, bavant et écailleux comme une bête bizarre entre le dragon des eaux et le lézard des sables, les yeux rétrécis par la haine, les mains comme deux sangsues collantes et flasques... Je m'amusais à découvrir sa perplexité de pantin capable de toutes les pirouettes et de toutes les volte-face, pourvu qu'on ne dérangeât point ses rêves tranquilles nés de la quantité d'herbe humée à l'aube, au sortir du lit... Bourré de kif et de vin, il était venu me rappeler que je n'avais plus de père. Je devais, alors, me venger de ce charlatan que j'avais réellement adulé, mais qui tentait de me délester de la dernière charge affective, nécessaire à mon équilibre, de couper le cordon ombilical, rien que pour faire le pitre et se débarrasser de ce secret de polichinelle qui le hante quand même, car il est incapable de se taire, de garder un secret, d'être un père pour moi qui suis malade, qui ai tant mal à la tête, avec cette sale insolation attrapée sur une plage, alors que je cherchais Samia, disparue tout à coup, ne laissant aucune trace de ses pas ni sur le sable, ni dans le salicorne blanc et rêche qu'elle aurait pu fouler, piétiner, dans un moment de rage. Lui, fait comme les autres, il ne croit pas à mon histoire de coup de soleil pris en plein sur le crâne qui bouillonne, mais il n'ose dire le contraire; seulement il m'agace à loucher stupidement sur mes poignets bandés tous les deux, à soupirer, à me supplier d'accepter l'évidence; et cette rupture amère avec le père non pas génésique (celui-là, je le gomme et je le nie) mais affectif, découvert dès l'âge de dix ans, alors que j'étouffais dans la maison de Siomar, livrée aux chamailleries des femmes et aux siestes obligatoires. Dévotion extraordinaire que j'avais, d'emblée, ressentie face aux insanités de cet impénitent intraitable et de cet agitateur efficace qui avait mis en moi le grain de folie si nécessaire à la sublimation, acheté qu'il disait, à une vieille magicienne, enfermé dans une fiole qu'il avait transformée en amulette portée sur la poitrine. Mais maintenant qu'il insistait pour rompre le dernier lien qui me retenait à lui, il n'avait plus à entrer dans mes secrets. Il ne pouvait savoir ce qui me passait par la tête et se crispait à cette idée que je lui laissais entrevoir. Il sortait de plus en plus des nimbes et des vapeurs exquises. Ivrogne! Charlatan! Mangeur d'herbe! Magicien! Je ne lui en voulais même pas de toutes ces qualités originales dans le pays où l'hypocrite dévotion des bourgeois faisait rage et où le commerce des chapelets n'avait jamais tant multiplié son chiffre d'affaires; mais il m'était difficile de lui pardonner cette dernière trahison, ou plutôt ce manquement à la règle du jeu instaurée entre nous depuis que j'étais enfant et que j'attendais son passage et son court séjour annuel comme s'il était un météore dont la régularité m'inquiétait. Au moment du grand saut, il s'était comporté d'une façon tellement médiocre que je n'osais le mettre dans mon secret, de peur qu'il n'allât ameuter la turgide haridelle camouflée derrière ses vitres, prête à me livrer aux M.S.C. pour obtenir un avancement hypothétique ou une médaille du mérite qu'aucun barbu digne de ce nom ne voudrait épingler sur son ignoble poitrine, parce que le temps n'était pas encore venu de décorer les femmes.

Il avait fini par se faire expulser de la salle et il était parti entre les bras de deux colosses débiles arborant des blouses blanches et des calots amidonnés. Se souviendrait-il plus tard de cette scène ? Il s'était débattu comme un lion, quoique pas tout à fait dessoûlé et pas tout à fait sorti de ses brumes épaisses. Maintenant, il n'était plus là et j'en suais d'angoisse. Seule sa présence aurait pu me faire revenir sur mon projet. Je n'en avais plus le choix et étais au pied du mur. Il me fallait tenir parole et respecter ma décision, non parce que je voulais jouer au héros, mais parce que j'avais peur, terriblement peur de ce qui m'attendait lorsque les M.S.C. jetteraient leur masque et que livré à eux par l'ogresse en désespoir de cause, je finirais par toucher le fond de l'humiliation et de la solitude. Alors, à quoi bon ? Ils n'auraient de cesse que lorsque j'aurais reconnu que j'avais assassiné Samia, en l'étranglant ou bien en lui maintenant la tête sous l'eau jusqu'à ce qu'elle se raidisse définitivement. Je n'avais aucune chance de m'en tirer. Les journaux s'excitaient fort et y allaient de leur compassion pour cette-jeune-fille-de-bonne-famille-victime-d'un-satyre-ou-d'un-philosophe-farfelu! Il n'y aurait même pas de chasse à l'homme, puisque Nadia veillait au grain. Il n'y aurait pas non plus de mise à mort, puisqu'ils arriveraient trop tard. Tout à coup le silence dans la salle fut coupé par la voix de l'ouvrier rapatrié de France et qui ne savait plus parler l'arabe. Il s'était mis à psalmodier des versets du Coran dans sa langue natale. Lui, allait donc pouvoir partir. Il avait retrouvé son langage mais il ne s'en apercevait même pas. Prostré, assis sur son lit, les jambes pendantes, les mains entre les cuisses et les yeux obstinément fixés au sol, il continuait à réciter le Coran, d'une voix mélodieuse.

Après cette courte effervescence du malade qui avait récupéré sa mémoire et du même coup sa langue natale, le silence était revenu très vite. Personne ne bougea plus et personne n'essaya de s'étonner au sujet du miracle auquel il venait d'assister. Il faisait très chaud. C'était l'heure de la sieste et la salle avait gardé l'odeur des aliments ingurgités pendant le repas. Une atmosphère douceâtre essayait de se diluer mais n'y parvenait pas malgré les fenêtres ouvertes et les ventilateurs qui brassaient un air continuellement chaud et moite, et n'empêchaient même pas les insectes de venir vrombir un coup. C'est pendant de tels instants que la mémoire chute et va chercher très loin le moyen d'échapper à l'angoisse. Impossible de supporter les battements de mon cœur ni le tic-tac de ma montre se vidant et se dévidant comme une machine infernale attachée à mon poignet, à tel point que je n'osais même pas la regarder, de peur qu'elle n'éclatât ou ne se vidât d'un seul coup, faisant venir le soir, puis la nuit... Je n'avais pas envie que le temps passât. Envie seulement de jouir de ce silence, de la torpeur des autres malades de la salle, de cette somnolence où, malgré tout, la vivacité du passé venait poindre et éclater en images phosphorescentes : Djoha qui m'avait intrigué souvent à dire devant moi : « les furoncles de mon grand-père poussent dru entre ses jambes... » mais je n'avais jamais pu comprendre la signification d'une telle phrase jusqu'au jour où harcelé par ma vindicte et mes sarcasmes, il reconnut que c'était là un mot de passe, pour dire que les fleurs de pavot que l'on camoufle à la police, entre les cuisses des mauvaises femmes, avaient donné une bonne récolte... Mais lui ne m'intéressait plus. Il m'avait trahi. Il fallait l'oublier, cependant, je faisais trop d'efforts pour essayer d'expulser de mon esprit l'image de ce clown terriblement lucide et terriblement révolté, seul capable d'attiser la haine du peuple contre tous les gros bourgeois qui l'exploitent et tous les muphtis qui le mènent démagogiquement en bateau, alors que le temps presse... Non, il ne fallait plus que je me préoccupe de lui. Demain, il rira jaune quand il aura su ma façon de profiter de sa rhétorique politico-poétique. Il aura même l'audace de faire rire les autres... Il ne me restait plus qu'à sombrer, qu'à penser au corps de Samia, dévoré par le soleil (comme le corps de Jacqueline, la petite femme du capitaine Le Coq, dévoré par les baisers du cousin dont elle était la maîtresse, dénudant sa chair pour lui, en notre présence, alors que nous avions la frousse que le mari revînt de la guerre qu'il était parti faire là-bas, en Indochine. Il était même revenu, le fameux capitaine, avec une décoration en plus et une jambe en moins remplacée par une autre en plastique, qu'il traînait pour monter les escaliers en s'essoufflant et en exhalant son haleine surie. Nous n'avions plus le courage de le narguer le pauvre capitaine qui ressemblait au manchot du jour de la circoncision, celui qui jouait du tambour dans l'orchestre de la fanfare locale. Au fond, qu'est-ce qu'ils étaient allés faire, ces deux-là, dans les rizières? Surtout le manchot qui avait quitté son douar et était parti défendre une cause injuste et perdue d'avance. Il me semblait même qu'ils se connaissaient bien, lui et le capitaine Le Coq. Je me souvenais de les avoir vus fraterniser, après la défaite, sur la place du village, à jouer aux boules, à rire aux éclats; l'un à retrousser sa manche pour montrer son moignon horrible et boudiné par la cicatrice d'une couleur plus foncée que celle de la peau, et douce, presque lisse; l'autre à remonter le bas de son pantalon pour montrer la jambe artificielle couleur de cire (rose? jaune?) et faire l'éloge de la mère patrie... Se connaissaient-ils vraiment? Je n'arrivais quand même pas à les dissocier dans ma tête et je les voyais entrer ensemble dans le bar européen du village, caresser le gros chien-loup vautré sur le seuil et tirant une langue rouge et grande, haletant sous l'effet de la chaleur; alors qu'à l'intérieur du bar noyé dans la pénombre, la grosse tenancière française suait par-dessus son maquillage sordide, étalé en couches épaisses et déjà fendillées; et exhibait au-dessous des bras et jusque sur le flanc deux taches blanches de sueur qui rendaient l'étoffe de son chemisier transparente. Une fois arrivés péniblement l'un et l'autre jusqu'au comptoir, les deux hommes se mettaient à faire des plaisanteries idiotes à la grosse barmaid qui les trouvait gentils : « Allons, allons, Messieurs! Des héros, comme vous... » Serrant la main du capitaine, mais pas celle du tambour algérien... (Après tout, on sait jamais, avec toutes les maladies qu'ils trimbalent...) Et nous dans la chaleur, toujours à faire le guet, supputant les chances du cousin (combien de coups à tirer?) Jacqueline nous promenait dans son auto rouge... Dans son auto rouge, elle traversait la place à une vitesse affolante pour se faire admirer par son amant qui passait son temps à lire les revues politiques chez le coiffeur du coin et à étaler son savoir d'élève de première du lycée franco-musulman de Constantine, quelques années avant le déclenchement de l'insurrection à laquelle il se joignit. Même qu'il n'était pas revenu. Mort certainement dès le début de la guerre. Elle nous payait aussi le manège, pourvu qu'on fût vigilants. Quand tout marchait bien, elle était tellement heureuse qu'elle nous donnait, dans son exaltation, des petits baisers sur la joue. Doux baisers mous sentant la lavande! Et nous, petits fripons, lui palpant les fesses, mine de rien. Oui, Madame! Faut-être vigilant... sinon le méchant capitaine...)

Maintenant que la nuit est tombée, que le dîner est terminé, je savais qu'ils allaient bientôt arriver. Le bruit courait qu'ils avaient fini par trouver le corps de Samia que j'avais cherché en vain, en compagnie du nègre, sur la plage. Je n'avais plus beaucoup de temps devant moi. J'espérais une ultime visite de Djoha. S'il venait, je serais peut-être capable de surseoir à ma décision. S'il ne venait pas, les jeux étaient faits. Plus aucune échappatoire! Rien. Le dos au mur. Pas même le temps de m'apitoyer sur mon sort. La nuit devenait de plus en plus bleue. Je savais, par expérience, qu'ils n'opéraient jamais avant deux heures du matin. Ils étaient routiniers, incapables d'introduire le moindre changement dans leurs horaires ou dans leurs méthodes de travail. A deux heures, ils me tomberaient dessus, me colleraient leur accusation sur le dos. Le nègre serait même capable de servir de témoin, de dire que j'avais eu un comportement bizarre. Il fallait se hâter. J'aurais bien aimé voir quelle tête ferait Djoha à me voir leur exploser entre les mains : pfuit! Il serait capable de les consoler, leur dire qu'ils en auraient d'autres comme moi, peut-être même plus subversifs, plus sérieux, moins délirants et moins lâches... Oui, il serait capable de les consoler. Eux, gras et gros, l'air maussade, pourraient même en vouloir à Nadia (Alors-cette-insolation-ça-va-mieux-le-pouls-est-bon-la-température...) de ne m'avoir pas assez surveillé. L'insolation! Ma mère, elle, m'aurait appliqué un cataplasme de feuilles de figuier, trempées dans du vinaigre, frottées avec une gousse d'ail. C'est que j'en ai eu, des insolations! Football mécanique dans les rues. Escapades durant les siestes... Souvenirs... Vols de millions d'étourneaux... Insolation? Etés de grêle, été de sécheresse...

Promenade dans le jardin. Se méfier de la fraîcheur et de l'amitié de mes compagnons. Odeur acide des troènes ouverts à l'exultation du soir... Voix pâteuse où traîne un reste d'insomnie... Bougainvillées à foison dont les fleurs violettes brillent dans le noir. C'est là, derrière les bosquets, que j'ai caché mon trésor légué à Djoha : les trois livres de chevet qui ne me quittent jamais. Rien de plus! J'avais depuis longtemps tout prévu, jusqu'à l'emplacement et la topographie des lieux et autres détails qui, à la limite, paraîtraient superficiels. Restait maintenant à s'en aller le plus discrètement possible, malgré la peur stupide du sang et le silence de Samia qui ne répondait toujours pas à mes lettres; à moins que.

## DU MÊME AUTEUR

*Aux Éditions Denoël*

LA RÉPUDIATION (1969)

L'INSOLATION (1972)

TOPOGRAPHIE IDÉALE POUR UNE AGRESSION CARACTÉRISÉE (1975)

L'ESCARGOT ENTÊTÉ (1977)

LES 1 001 ANNÉES DE LA NOSTALGIE (1979)

LE VAINQUEUR DE COUPE (1981)

LE DÉMANTÈLEMENT (1982)

LA MACÉRATION (1984)

GREFFE (1985)

LA PLUIE (1986)

LA PRISE DE GIBRALTAR (1987)

LE DÉSORDRE DES CHOSES (1991)

FIS DE LA HAINE

TIMIMOUN (1994)

*Aux Éditions Hachette*

JOURNAL PALESTINIEN (1972)

*Aux Éditions SNED-Alger (1965)*

POUR NE PLUS RÊVER

*Impression Brodard et Taupin*
*à La Flèche (Sarthe),*
*le 6 octobre 1994.*
*Dépôt légal : octobre 1994.*
*1er dépôt légal dans la collection : septembre 1987.*
*Numéro d'imprimeur : 6119 K-5.*

ISBN 2-07-037871-3 / Imprimé en France.
Précédemment publié aux Éditions Denoël
ISBN 2-207-21787-7.

**70613**